U0644238

Philip Reeve

BLACK LIGHT EXPRESS
暗光列车

[英] 菲利普·瑞弗 著　左林 译

上海译文出版社

目　录

第一部分

世联网

1

隧道刚刚诞生几分钟。墙壁还冒着汽，有的地方甚至还隐隐发
亮，好像由什么酷热的东西挖掘出来的。地面上一双铁轨向大山的心
脏飞驰，延伸近一公里，之后隧道在一块空荡荡的岩壁前戛然而止。
四壁和天花板熔化出一道拱门：它的材料看起来有一点点像骨头，但
其实什么也不像。

拱门开始隐隐发光。这光没有颜色，似乎也没有光源。这光像飘
拂飞扬的窗帘，充满整个拱门。一阵轻风穿过，混杂着隧道那还温热
的墙壁上烤焦的花岗岩味道，带来海的气息。那是来自另一个世界的
呼吸。

突然，一辆火车凭空而出。一个红色的老火车头拖着三节车厢，
不可思议地从那光帘背后冲出来。未见火车先闻其声，火车的歌声和
引擎的响声先行一步在隧道里响起。第一节车厢里有两名乘客把脸紧

紧贴在窗上：一个精瘦的棕发男孩，名叫岑·斯塔灵。一个女孩，名叫诺娃。其实她根本不是女孩。

　　起初他们只看见隧道壁上那烧焦的平滑岩石向后退去。接着他们从隧道口里冲出来，墙壁不见了，火车奔驰在　片开阔的平原上。海市蜃楼般的景色闪过，火车两边都有奇怪的锤头样的东西立起，连诺娃都觉得可怕，还好她后来意识到那只是些岩石。一片片宽阔的潟湖像摔碎的镜子，反射出灰蒙蒙的蓝天、几轮太阳和许多白天也在闪闪发亮的星星。

　　岑和诺娃不是第一次乘火车从一个世界旅行到另一个世界了。他们来自星罗帝国，那里车站遍布半个星系，由凯门连接，火车只消一次心跳的工夫就从一个行星驶入另一个。但他们刚刚穿过的这个凯门是新的：这个凯门原来根本不应该存在，而他们懵懂地穿过，驶向未知。

　　"一个新世界，"诺娃说，"新的太阳照耀下的新行星。这个地方除了我们，从没有人见过……"

　　"可这里什么都没有！"岑说，有点失望，又有点释然。他不确定自己期待什么。神秘的城市？发光的高塔？上百万个车站天使起舞欢迎？这里只有潟湖、低矮的草丛，还有发红的岩石，时不时还有一丛像褪色的旗帜样的东西耸立在阴影中。

　　火车开腔了。红色的老火车头大马士革玫瑰有自己的思想，就像星罗帝国的所有火车一样。"大气是可呼吸的，"她说，"检测不到交流信号——我完全接收不到信号系统或是轨道交通控制系统的信息……"

诺娃是个机器人：一个人形的机器。她用自己的无线大脑扫描了这些波段，搜寻这个世界的数据海。什么都没搜到。只有静电的呼啸声，还有些一百万光年之外的一颗类星体的无意义的颤音。

"也许这个世界是空的。"她说。

"但这里有轨道。"大马士革玫瑰说。

"真的轨道？"岑问，"普通的轨道？有正常的尺寸什么的？"

"唔，"火车说，"我们可以做个简单的测试就能知道。我们翻车了吗？没有。所以我说这些轨道没问题，就跟家乡的轨道一样。"

"可是这些轨道哪里来的？"

"是蠕虫，"诺娃说，"是蠕虫铺的……"

蠕虫就是那台外星机器，它掀开真相的面纱塑造新门，在大山的心脏熔化出这条隧道。它在山中高速推进，吐出蜘蛛丝一样光亮的崭新铁轨。很快岑和诺娃也能从玫瑰的摄像头里看到蠕虫了：一片灰尘云山雾罩，在他们前方稳定推进。灰尘里面有时现出蠕虫摇晃的脊背，无色光亮的龟纹，还有它佝偻的躯体，就像条巨大的半机械蛆虫，又像座轰鸣的生物高科技大教堂，喷射出蒸汽，放射出道道奇怪的闪光。在它的里面和下方，庞大的建造工程正以让人眼花缭乱的速度推进。这不仅仅是像下蛋一样铺设陶瓷枕木，再在上面架设轨道，然后用螺栓固定住，还有隆起的地面要平整，或者短隧道要打通。而且轨道下面还要有路基，所以蠕虫身下的地面也正在被处理，变得比周围的更硬、更亮，嘶嘶地喷出零星的反光微尘，飞舞了一会才褪去。等玫瑰到跟前时，已经几乎消失不见了。

"它变慢了，"火车舆丁开口说话，也慢下来，"它正在脱离轨道，为自己做个旁轨……"

他们以步行的速度从蠕虫旁边走过。蠕虫的彩虹色光泽已经没有了，它永不停歇的运动也停下来。它似乎崩溃了：变成一座黑色的山丘，像是冷却的煤渣。它身体内部某处躺着雷文的尸体，那个筑造了它的人，埋藏在这个新世界里。

车轮的声音变了。

"还有轨道吗？"岑问。

"让我们来看看吧，"大马士革玫瑰说，"我们应该再问自己一次，我们翻车了吗？哦，答案还是没有……"

"我意思是，怎么会有轨道的？"

蠕虫已经落在身后，消失在笼罩于外星潟湖上空的朦胧光亮下。但从玫瑰的屏幕上看，轨道还在向前延伸，现在没那么闪亮了。轨道一直伸到地平线，远处的景色吸引他俩头挨头看着，拼出一个箭头的形状。

"这些轨道是本来就有的，"诺娃说，"蠕虫造了一小段连接轨道，把新门接到附近一条原有的线路上。"

一只大昆虫扑腾着干巴巴的翅膀，懵懵懂懂地从行李架上冲出来，开始猛撞岑面前的玻璃，好像渴望出去探索这个新世界。这是一只僧虫。岑不由自主地畏缩。他最近经历了些可怕的事，其中最糟的就和那些虫子有关。如果虫子足够多，它们就可以组成一个有智力的虫僧。他在德斯迪莫就是被这样一个虫僧攻击了。这只虫肯定是从德斯迪莫来的幸存者。它孤身一虫毫无智力，误打误撞上了火车。

诺娃轻轻用双手拢住它。岑觉得应该把它杀了，但她说："那太不仁义了。可怜的虫子。我们可以找个合适的地方把它放出去……"

于是他去找个盒子，把虫子放进去。

火车的三节车厢是雷文设计装修的。岑和诺娃还没有时间好好参观。前车厢是一节宽敞的老派国务车厢，上层有一个带浴室的卧室，下层是起居室，尾部有个小的医疗角。中间车厢是餐车，冷库里放满了食物。后车厢里存放着一些想必雷文觉得会需要的东西：一台工业三维打印机，一辆装着越野轮胎的小型平板卡车，两个相互隔绝的空间里堆满了备用燃料丸。有个储物柜里面装满了太空服，一个充电座正在给闪光灯和蝴蝶无人机充电。还有几排枪、冰镐、几卷绳子，以及成堆的盒子，里面放着其他补给。

只消看看所有这堆东西，岑已经有了一丝做主人的安心感觉。他成功了，像曾经梦寐以求的那样成了有钱人。现在他有了自己的火车，只是没人可以让他炫耀。卫神们，看护人类的智慧的人工智能并不愿意有新的凯门打开。雷文不择手段打开了它，而岑和诺娃就是他的马前卒。他们摧毁了大帝的火车，大帝本人也死了。他们再也回不了星罗帝国。岑的母亲、姐姐，还有他称为朋友的人，全都与他隔绝了，跟他死了也没什么区别。他的指尖摩挲过雷文的活木车厢那光滑的表面，这是他第一次感到离乡的寂寞，心里一阵刺痛。

他把几包轨道军应急口粮从塑料包装盒里倒出来，然后带上盒了走回国务车厢。诺娃还站在原地没动。那个被困的虫子在她合拢的双手里发出窸窸窣窣的响声。她头倾向一边。

"有什么？"岑问。

"有声音。"她说，"频率大约在七十五千赫上下。非常原始的电波传输。我觉得这声音是……"

大马士革玫瑰切进来："我也听到了。好像前面有个车站……"

她打开一面全息屏，和他们分享火车外壳上前置摄像头里的视野。一座低矮的小山丘从片片镜面般的潟湖间升起。他们脚下的线路通向它，岑看见其他线路在那里交汇，从潟湖之间低矮的堤岸上蜿蜒穿过，其中有一条线路穿过一座像鱼骨一样的长长白桥。山的边缘还有一圈白的东西——也许是树，也可能是建筑。山顶上有些结构更大的奇怪尖角在闪耀。

"雷文那时是对的。"诺娃静静地说。对她来说，用缅怀的口气说起已经不在的雷文，比这个新世界的一切都更奇怪。机器人没有父母，但她觉得她对雷文的感觉就像是人类对父亲的感觉，而且是个绝顶聪明、神神秘秘、相当危险的父亲。她不能说爱过他，但她从没想过脱离他生活。她真希望雷文也能看到这一切。

虫子在她手中不耐烦地拍着翅膀。岑递过盒子。诺娃把虫子捏进去，盖子封上时，他试着不看。虫子让他对正在接近的车站有不好的预感。他想起车站天使，那些在家乡有时出现在凯门附近的神秘的光，它们曾告诉雷文如何打开新门。车站天使本身就看起来有点像昆虫：像光做成的巨大螳螂。也许它们在这儿等着欢迎大马士革玫瑰。但雷文说过它们只是投影——那如果真的车站天使其实就是巨大的虫子会怎么样呢？就像脚手架那么大的虫子？

诺娃把装着虫子的盒子在外套口袋里放好。现在她站在窗口，凝视窗外。岑走到她身边。她目不转睛地看着窗外不停变换的风景，但手摸到了岑的手，他们十指紧扣。在特里斯苔丝星上，新门打开前那绝望的几小时里，他告诉她他爱她，他们接吻了。他吃不准自己现在回想起来是什么感觉。想亲吻一个机器人，这是很奇怪的事。可能就跟一个机器人想亲吻人类一样奇怪，他想知道她会不会想要再来一次。他一直隐藏着自己的感情，哪怕对自己也是。在他生活过的环境里，你决不能表现出你在乎什么，因为其他人可能会抢走它，或是毁了它来伤害你。他几乎被自己对诺娃的感觉吓到了，但他还是很高兴她在这儿。

他看见窗外苍白纤弱的树，圆圆的树叶在微风中旋转，而在树之间……那是建筑吗？还是人影？除了树，这里的东西岑全都没见过类似的。这时一个长长的影子在移动……

"那是辆火车吗？"

"是只蠕虫。"诺娃说。

"不完全是，"大马士革玫瑰说，"这个更小，更简单。"

它跟雷义的蠕虫比起来，像个未竟的半成品。长长的刺昂然穿过银色的外壳，来回摇摆着，仿佛在感受空气。它的侧腹上有贝壳那样的花纹，下方还有个角质底盘，好像装配成了几套金属轮。它正在拖着一排车厢。诺娃把窗户打开一条缝，这时他们听到一声低沉不协调的优柔的呼唤。

"火车的歌声？"岑问。

"如果是的话，"玫瑰自命不凡地说，"这歌声可不怎么样。"但她还是唱了一支歌回应，外星火车减速了，让她先走。她刹车停下来，旁边应该是个站台，看起来是一整块古老的厚玻璃板做的。在它雾气腾腾的表面上，这个世界的居民正聚拢过来，好奇地盯着大马士革玫瑰。他们的声音从窗户里溢进来，嘎嘎叫，又哼哼叽叽，像是鸟群在叽叽喳喳，又像黎明的丛林。诺娃皱皱眉，启动她的翻译软件。

"有人在一个很模糊的频道上对我叽里咕噜，"大马士革玫瑰拘谨地宣布，"我完全不知道他们想要什么。"

"我猜我们弄乱了他们的时间表，"岑紧张地说，"他们在等下一班火车去甲乙丙丁不知哪个行星，结果等来的是我们，他们一定很恼火。"

站台很快变得满满当当。可完全没有看起来像人，哪怕是像人形的东西。这些旅客各自差异也很大。岑知道这些生物肯定来自好些不同的世界，而不只是同一个星球上的生物。有很多三条腿羚羊样的生物，穿着靛青的袍子，戴着黑玻璃面罩；有些透明的巨型蝾螈，他都能看见他们的器官在朦胧的体内飘荡和脉动。一只乌贼不知怎么学会了在地上走路，一路冒着体液走向站台前端，开始伸出触手去摸玫瑰的窗户。岑要不是握着诺娃的手，还以为自己陷在噩梦里了。

可诺娃只是转身对他笑笑，说："那就来吧！我们去自我介绍一下！"他还没来得及让她等等，也没来得及跑去后车厢拿一把雷文留下的枪，以防那群生物想吃掉他，她已经打开门，他们走出去，还手牵着手，走进这个外星车站的嘈杂、气味和光线中。

2

　　站台上那群生物后退了一点，好像被这些到访游客的奇怪样子惊到了。这时岑原以为是旧的白帐篷的东西突然活了过来。他们跟他之前在潟湖里看到的一簇簇站着的生物一样，只是当时他没意识到这些也是生物。他们把他团团围住，豆芽般的细腿之间撑挂着薄纸般的皮肤在颤抖，发出嗡嗡嘎嘎的声音。他们伸出小海星般的触手来摸他的衣服和脸。他缩回去躲着他们，不知道应不应该害怕。这感觉就好像他还是个什么都不懂的小孩子。但就算小孩子也有直觉，而岑的直觉在这里失灵了。这些像帐篷样的东西是在攻击他，还是在向他示好？他是应该鞠躬，还是微笑，还是说："我们很和平。"但这些生物连嘴都没有，又怎么可能理解微笑的含义呢？鞠躬也可能是极端的咒骂，而他说的话对他们来说可能也只是毫无意义的噪音。

　　这时诺娃开口了，发出和帐篷们类似的嗡嗡嘎嘎的声音。

这些外星生物定住了，颤抖着，小手张张合合。像种子一样撒在他们外皮里的黑眼球一齐聚向她。他们突然安静下来，听她说话。诺娃转过身，发出汽笛般的嘶嘶声，似乎让这些三脚羚羊听了很受用；他们抬起三角形的头，面罩后面闪烁着微弱的灯光。

她很快地瞟了一眼岑，得意地笑笑。"他们说欢迎我们。"

"你怎么做到的？"

她拍拍脑袋，说："解密软件。我已经开始翻译一些简单的句子了。我把他们的声音录下来，好回应他们的话……"

羚羊生物也发出汽笛般的嘶嘶声，频频点头。

"他们说欢迎来到……来到亚姆。这是这个地方的名字，'珠宝园里的亚姆'。真好听！他们很高兴见到我们。他们说，上次有新的物种找到世联网已经是很久以前了。"

对话还在继续。那些透明蝶螈的声音听起来像有人泡澡时在放屁。那些带触手的东西用一种复杂的手势语言，当诺娃试着摇摆双手加一条腿和他们交谈时，他们荡漾起来，发出一种油腻的彩虹色，岑猜他们大概在笑。有时她会给他的耳机发个消息，解释她刚刚得知的信息：这个世联网听起来非常大——几千个车站……他们把这些有生命的火车头叫做摩瓦……但是更多的时候她忙着编辑发送回复，保持对话就已经够忙的了。

岑开始觉得有点被冷落。诺娃比他聪明太多了。这些奇怪的生物让他害怕，他视线越过他们，看向车站的建筑。站台后边一个高高的结构升起，他在火车上就注意到了。这个结构的材质跟站台一样，也是像玻璃一样的东西。这个结构看起来也很古老，有点像是被废弃了。结构表面有许多裂缝和细纹，淹没在疯长的草藤里。这时影子已经拉长了，外星太阳落向地平线。阴影最深处，草藤发出波状诡异的光亮，好像它所有茎叶都是中空的玻璃做的，里面填满了大量的夏日萤火虫。透过这些光亮，岑勉强辨认出墙上有些雕刻……

"奇怪。"诺娃说。

"怎么了？"

"我告诉他们说我们来见车站天使，但他们好像不明白。我意思是说，我知道他们很可能管车站天使叫别的名字，但按我的描述，他们应该知道我指的是什么：巨大的昆虫形状的光。他们不可能对车站天使那样的东西视而不见……"她试着模仿天使的动作，但只是让那些乌贼样的东西荡漾出更亮的光。

于是岑终于可以加入对话了。"你是说这个。"他指着墙上的雕刻说。

外星生物里有不少似乎明白指向一个东西这个动作的含义，终于，他们全都转过头来看向墙壁。他小心翼翼地穿过这群生物，拨开一些发光的草，好更清楚地展示那些雕刻。车站天使，平平的，像是画在坟墓上的法老。有象征太阳的图案，还有一些以前可能是某种文字的褪去的线条。天使们都用螳螂腿向太阳摆着姿势。站台上的生物们一片哗然。

"轨道缔造者。"诺娃说，走过来站在岑身边。这时羚羊和帐篷还有那个透明的东西都在用各自不同的语言解释。"他们把车站天使称作轨道缔造者。但他们说我们来晚了。轨道缔造者们已经死了，很久以前就死了……"

"那它们怎么召唤我们的？它们通过凯门投射的那些投影，还和雷文跳过舞……"

"我觉得那些可能是提前录制的信息，"诺娃说，"轨道缔造者们创建凯门，铺设铁轨，建造这里的建筑，然后就离开了——它们死了——有种说法叫"黑灭"——是某个黑暗的年代，我猜。现在更年轻的物种利用世联网做贸易。但某种程度上轨道缔造者们的投影还在运行，还在不停召唤……哦，岑。"

她看起来很伤感，但岑却如释重负。车站天使，或是轨道缔造者，或是不管叫什么名字，反正不是巨型昆虫，那够糟糕了；它们一定是难以置信地强大，才能造出遍布整个星系的轨道。它们可能就像卫神们。就像神一样。但这些更年轻的物种似乎并不比人类更先进，也许还不如人类。

"告诉他们我们来探索他们这个网络，"他说，"跟他们说，在我们游历了他们的世界，会见了他们的领导人，展示了我们可以交易的东西之前，星罗帝国严禁任何人穿过我们的凯门。告诉他们我是人类的使者，我来巡视，为我们的帝国和他们的世界建立贸易联系打前站。"

诺娃皱皱眉。"但这是说谎。我们甚至都不能回家。卫神们和努恩家族会处死我们。"

"我知道。所以我们才想从这道门出来，来到这个世联网，以防他们派人来追捕我们。但这不全是谎言；我们可以做贸易。玫瑰的第三节车厢里全是雷文的东西，在这里都是独一无二的。独一无二就是价值。"

诺娃大笑。她一直担心岑。现在看到他还在盘算，她很开心，说："但总有一天我们得面对不能回去的现实。"

"那时我们已经走远了。"

诺娃考虑了不到一秒，然后转身向那群生物转达了消息。他们似乎很高兴。他们理解人类想先在网络巡游一番，然后再开展贸易。赫拉斯代克他们自己（诺娃觉得指的是那些像羚羊的生物）在开始与外界接触之后，还把通往他家乡的门关闭了很多年。他们将竖起一道屏障，这样任何火车都不能未经允许进入人类的火车轨道。而这个网络上的每个车站都会欢迎他们：赫拉斯代克、迪卡、奇莫依……都会欢迎他们。

诺娃从口袋里找出那个盒子。僧虫似乎已经在盒子里织了一个茧；她透过虫丝只能认出那像黑色伤疤一样的昆虫身体。她捧起它问在亚姆能不能把它这样一只昆虫释放，但一些赫拉斯代克误解了，以为她要试着出售它。要，要，他们想买！昆虫对他们自己没什么用处，但他们有时和尼姆交易，尼姆喜欢昆虫，他们吃虫子，或收集虫子，也许自己就是虫子（诺娃的翻译软件还没完全掌握他们嘶嘶的语

16

言）。她把装着虫子的盒子给他们，他们给她三根小金属棍做为回报。她就这样完成了在世联网的第一笔交易。

之后，主人们就带着新来的访客在车站城市里参观。这时两颗小太阳都已落山，但天没有比白天黑很多。岑从没见过这么多星星，更没见过这么亮、这么鲜艳的发光气体云：羽毛、薄纱，还有垂帘，充满了夜空，包裹着星星，透出星光。

"珠宝园！"诺娃说，她先抬头仰望，然后又低头看向安静的潟湖里反射的星空。"这个世界一定坐落在一个星云中心。真美！"

在七颗明亮的恒星照耀下，每样东西都有七重影子。奇怪的光之下，这地方显得更加梦幻。一只蓝皮的蠕虫走过，用银链拖着一种像鸟的东西。岑说不清谁是谁的宠物。风车树的叶子在夜晚的微风中轻轻旋转。食品店里冒出化工厂般的气味，引擎商店里的烟却闻起来像花生酱。这里的东西实在与他的认知相差太远，他的大脑已经停止吸收，目光只是困惑地扫过这些新事物。这时出现了一些东西，令人惊奇地似曾相识，好像是珠宝店，一对戴着玻璃面罩的赫拉斯代克在售卖精巧的银质螺旋饰品和用来装饰赫拉斯代克尖羚羊角的玉饰。

岑在那逗留了一会，以小偷的视角研究着布局。他有把握能摸走一只角环藏在袖子里，而不被珠宝商发现。也许在星系的这个角落，他们甚至不知道贼为何物。

但他不需要角环，而且不管怎么样，诺娃知道他要做什么。（她第一次见到岑，他就在安贝赛集市的一家珠宝店偷了一根项链。）她抓紧他的手，把他拎起来。"不要随便偷东西，岑·斯塔灵。你现在责任重大。你是人类的使者。我也是。我们代表着我们整个物种，必须严格律己。"

"那这些家伙没意识到你是机器人？"

"我觉得他们认为我们是男人和女人。"诺娃高兴地说。被当成人类，她总是会很高兴。"他们这里好像没多少机器。我到现在还没看到任何比古老地球上的技术更先进的东西，除了那些生物火车，而且我觉得这些火车是长出来的，不是造出来的。"

"那你会告诉他们你的真实情况吗？"

"不会，"诺娃说，"我也不会告诉他们你是个小偷。这里是新世界，岑。我们没必要再守着原来的自己。我们可以重新选择身份。我们可以都是人类。"

这晚，暖风吹过潟湖，在大马士革玫瑰周围轻轻吹起风哨，玫瑰停在水边的旁轨上。风摇着卧室的窗帘，掀起又放下，所有这些无名星星的星光洒在床上。诺娃躺着，抱着岑。如果岑转过头，他就能看到一片星星在天上、在水中闪耀，但诺娃的脸让他移不开眼睛。上千颗恒星和气体云的星光扫过她那过于宽大的嘴巴，映在她不那么逼真的眼睛里。窗帘的影子在她几乎乱真的皮肤和惯常的雀斑上滑过。思乡之情、文化冲击，还有前方的上千个陌生车站都让他头晕，但他知道，只要有诺娃，就一切都好。

第二部分
冰棍女孩

3

服冻刑最可怕的部分是重新解冻。她被冰棺里水下诡谲的灯光照醒，迷惑得不知所以。她漂在一个满是黏稠冰冷液体的棺材形状的浴缸里。那液体不仅包裹着她，也在她体内，充满了她的肺和喉咙。她本应该习惯了，因为她是个惯犯，已经做了三次冰棍女孩，但她还是像每次一样吓傻了，狂蹬乱踢钻破还冻着的浆液，探出头来，呕咳着，直到把她唤醒的线偶们抓住她的手脚，把她从冰棺里拖出来，放到冰冷的地板上。

然后她瑟瑟发抖地冲了个凉水澡。身上最后一点冻睡胶被冲走了，落在老男人牙齿颜色的地砖缝里。她剥下身上的传感器贴片，盯着金属池上方安全玻璃镜子里的脸。棕色皮肤，嘴唇周围还冻得青紫。她名叫钱德妮·汉萨。要是头发没被剃光，眼神不那么苍老，她应该很漂亮。

她用监狱的旧毛巾擦干身体，穿上干爽的新内衣和监狱的纸制服。接着她跟着地上的一条红线走到另一个房间，等着另一个线偶拿来装着她被捕时穿的衣物的塑料包。衣服很高档：一件视频材质的库尔塔尢领长袍和瑟瑟作响的裤子，一双小银靴。她从 个叫塔利斯·努恩的有钱男孩那里偷了些钱。她在把钱全花光之前买了这些衣服。

她穿上那条裤子时想：问题是，这堆东西现在一定已经过时了。上次购物狂欢对她来说好像就在几天前，然后蓝军就抓住了她，但其实已经过去十年了。也许这是惩罚的一部分。你在你的时代里很入时，结果回到街上时穿着已经过时十年的衣服。这相当于向所有人宣布你刚从冷冻监狱里出来，也就是说你找不到工作，毫无希望，于是很快你又要重操旧业，以再被打回冰棍人收场。这是钱德妮第三次被冷冻了——抑或是第四次？

她偷了塔利斯·努恩的耳机和钱，但线偶们没有把这些还给她。那是个漂亮的耳机，小巧精致的铜器，像个花茎，迷你花形的视频音频终端安在太阳穴和耳后。钱德妮猜他们把耳机还给了塔利斯，好像他没有钱再买副新耳机似的。他们给了她一个装在塑料袋里的看起来很粗笨的一次性耳机。她一戴上，耳机就打开了。它与数据海的连接非常有限，被严格控制；里面存着很多有用的注意事项，教人怎么重返社会。但这个耳机似乎坏了：它显示的日期，比她入狱的日期只晚了六个月。接着她试了几个数据海里她有权限访问的无害网站，这些网站都显示同样的日期。

这让她觉得有了希望，还有点心存疑虑。假如她只被冻了六个月，那还不错。她的衣服也许还时兴。她也许还有机会和她认识的人重逢，不像以前的几次。但她从没听说过有人在服冻刑期间还能出狱的（为什么？自己表现很好？），那也可能是搞错了。可能他们本来想释放另外一根可怜的冰棍，却错把她放了。

她决定什么都不说，继续跟着红线走到最后一间房间。这里有些真的窗户；外面有阳光，一辆火车正穿过蜿蜒在冷冻监狱上方的连拱桥。这里还有个真的人，但她对钱德妮毫无兴趣，跟线偶们一样公事公办。这人给钱德妮手腕上锁上一个定位手环，然后说："你的姐姐在等你。"

"我的谁？"

那女人指指玻璃门，门外是铺着地毯的大厅。另一个女人站在那里，向前微倾研究着墙上的一张海报，脸被一缕黑发遮住了。"你的姐姐。从大中央远道而来接你。你手续办完了，可以跟她回去。我建议你待在那儿。在卡拉维娜这里，我们不需要你这种人。"

这就有意思了，因为钱德妮很肯定自己从来没有过姐姐。那大厅里等着的那个人很可能是另一个在押犯的姐姐。本来应该被解冻的是那个犯人，而不是钱德妮。那很可能那人一看见钱德妮就会发现这个错误，而钱德妮就会被拖回监狱里面，再次被速冻到浸满液体的冰棺里，再待上九年半——这突如其来的前景对钱德妮来说太可怕了，她开始发抖，几乎要像一个小女孩一样哭出来。

但她还是忍住了。"OK。"她说着踱向大厅的门，暗自盘算着：外面的女士发现他们解冻错了人一定会有片刻疑惑，她就趁着那片刻疑惑逃走。从冷冻器里出来她脚下没有什么力气，但如果她能坚持跑到凯弗车站，也许她就能登上一辆好心的火车，可以带她去另一颗行星。

门滑开了。大厅里的女人转过身。她比钱德妮年长一点，完全不认识。但她看到钱德妮时，她那平淡蜡黄的脸上突然挤出一个可爱的笑容。"钱德妮！"她一边说得特别大声，一边径直走过来一把抱住钱德妮。这是钱德妮有生以来第一个真正的拥抱。

"这就奇怪了。"钱德妮的脑袋被捂在她这假姐姐外套的假皮衣领里，她闷闷地说道。

"我有好多话要跟你说，小妹妹。"这个陌生人说，还是那么大声，拉着钱德妮的手，几乎拖着她出了房间，拖到薄雾笼罩的阳光下。"一上车我就跟你解释。快点！我们动作快的话能赶上 26.32 那班……"

26.32 次开往大中央的列车正等在站台上：一个阮氏 60 型号的大火车头，拖着一队双层甲板的银色车厢。钱德妮看见火车，开始放松下来，她喜欢火车。不管从冷冻监狱里出来这事有多奇怪，不管被冷冻期间世事变换几何，火车总是在那儿，耐心地在凯门间穿梭往返，从一个世界到另一个世界。和火车在一起，你知道身在何处。而且，火车上还有很多人。所以如果那个刚把她从冷库里接出来，假装是她失散多年姐姐的奇怪女人是个想杀人剥皮做人皮靠垫的疯子，坐上火车会给她很多机会溜走。

让钱德妮吃惊的是，这个女人有一等舱的车票，跟她身上的便宜衣服不太相配。她领着钱德妮去了前车厢，走进一个档次很高的私人包厢。门轻轻关上时，她脱下外套。外套下面穿着黑色的衣服，看起来简单但昂贵，这让钱德妮觉得自己的穿着打扮有点过头了。

"我的名字是卡拉·田中，"这个女人说，"我效力于努恩家族。"

"你是说，就因为他们儿子说我偷了他的零花钱，就把我冷冻十年的那些人？"钱德妮问。

"努恩家族是个家族集团，"卡拉·田中耐心地解释道，"也就是说他们有很多分支，很多不同的利益……"

"我不需要关于努恩家族的历史课……"

"不，你需要，"卡拉·田中说，"坐下。"她轻轻地说，但口气不容置疑，钱德妮闭了嘴，坐下来。她陷进柔软的座椅里，然后火车开动了。"我是拾级精神，"火车通过玳瑁天花板上的扬声器说，"我将停靠以下车站：普热德维奥斯尼、格洛列塔、博兹港，以及大中央……"

"你正需要历史课，"卡拉·田中说，"你这次虽然只被冻了六个月，但很多事情变了。"她指向窗外，卡拉维娜这个小城的建筑正加速后退。就像钱德妮见过的所有车站城市一样，这里也有一面墙，上面投射出几层楼高的大帝的全息头像。只是出于某种原因，这全息头像上不是大帝，而是一个和钱德妮年纪相仿的女人，蓝色头发，相貌普通。

"你被冷冻后没几天，"卡拉·田中说，"在斯平德尔桥发生了一起火车事故。马哈拉克斯密大帝驾崩。关于皇位的继承有些争议，但最终轨道军决定支持大帝的小女儿，特伦诺迪·努恩。她是伟大星罗的新任女皇。我服务于女皇。是她安排提前结束你的刑期，当然你要是和别人说起，你也找不到任何证据证实你的话，我们也会对一切矢口否认。特伦诺迪女皇想和你谈谈，她希望这一切绝对保密。你知道这意味着什么吗？"

"我并不蠢，"钱德妮说，"就是说要保守秘密。"

卡拉·田中对她笑笑。"很好。我很高兴你不蠢。从这里去大中央还有很长的路，这一路过去可能有点无聊，但我相信我们接下来的旅途能愉快相处。你饿了吗？我要从餐车点些吃的一起吃。但我希望我们就待在这儿吃。看到你的人越少越好。"

她们这时已经出了城。卡拉维娜著名的蒸汽湖已经落在身后，很快大山也过去了。火车在加速，向下一个凯门前进，通往距离此处三万光年的普热德维奥斯尼。钱德妮想想食物，觉得吃饭是个好主意。但她还是很困惑。

"这位新女皇想跟我谈什么？"她问。

"她会亲自告诉你。"卡拉·田中说。

4

在星罗的中央坐落着一颗行星，叫大中央，这是个重要枢纽，这个世界上的凯门通向星系里的所有主要线路。一个植被茂密的城市在这里建成：这座绿色城市更像是管理得井井有条的森林，只是树中间不时点缀着高耸入云的大楼。一条宽阔的河流上面浮着一些帆船游艇，飘摇着驶向大海。沿河两岸分布着宏大的帝国建筑：凯奔时刻表管理局、轨道军指挥塔、卫神们的金字塔圣殿。而最为宏伟的建筑则是皇宫，矗立在往北一些的山丘里，是河流起源的地方。

它的真名是杜尔加，但这个词的意思只是堡垒，或是要塞，或是某种古老地球语言里的什么东西，所以不太适合皇宫。也许几千年前这里最初是个堡垒，但多年来世代和平，这里就逐渐演变为宏大的宫殿。自下而上，从里到外扩建，直到变成现在这座花岗石平顶山。第一批人类来到大中央时，这里甚至还没有真正意义上的大气层，人们

27

在里面的大山洞里安家。晚些时候，情况稳定一些了，这批人在山洞旁边和顶上也建设起来，利用生物技术合成的象牙螺旋和特制的骨头不断把山洞向上扩展。宽阔的甲板突出来，上面错落有致地排布着精致的花园。在其中最高的一座花园上方，女皇本人正坐在那里向外俯瞰她的首都。

没人料到特伦诺迪·努恩会成为女皇。她母亲与先帝的婚姻只是临时的，只是为了加强母亲的家族与努恩一氏的商业合作关系。特伦诺迪从小就知道皇位继承人是她同父异母的姐姐普里亚。这个姐姐还未出生就注定要统治帝国，而且家族的基因专家确保她有女皇气派：光鲜、精致的普里亚，未来的女皇。可是不知为何，父亲死后的混乱中，普里亚没能让轨道军元帅丽萨·德利厄斯信服。因为丽萨·德利厄斯指挥轨道军，包括所有部队和战车，所以她的看法很有分量，而她决定更希望由特伦诺迪来统治星罗的轨道。普里亚消失了，特伦诺迪取而代之，登上帝国的轨道板车皇座。

哪怕现在，她登基六个月之后，她仍然对这荒唐的一切觉得麻木。太多聚会、太多峰会要参加，太多来访权贵要向她朝觐，太多官方画像要摆拍，以及太多新衣要试穿。所以只要她一有空，她就想逃离她的贴身侍女、发型师、化妆师、社交媒体战略官、安保人员，躲到这上面来，到皇宫中最茂密最不时髦的花园里。技术上来讲她仍然不是一个人——她的蜂鸟私人安保无人机始终盘旋在她周围，还有更大的机器在花园上空巡逻，时刻准备着，一看到有狗仔无人机俯冲过来想偷拍她的照片上传八卦网站，就会发出激光闪电警告。但她在这里能有一点独处的感觉，这对她很重要。曾经远在马拉派特的家中，她一整天的时间都属于自己，可以在别墅下面的黑沙海滩上散步，母亲专心画着海浪推来的冰山。那时她觉得一个人很无聊；那时她盼望着发生些不一样的事。现在发生了这么多，这些在高处花园里的安静时光是为数不多能让她保持镇定的事。

所以起初收到卡拉·田中通过耳机给她发的消息，说她启程了的时候，女皇很生气。然后就不生气了，因为卡拉说："我会把那女孩带来。"

卡拉·田中是另一个能让她保持镇定的办法。人人似乎都以为住在宫殿里一定很棒，可以每晚出去参加晚宴和舞会。庞大家族的其他成员都嫉妒特伦诺迪，希望丽萨·德利厄斯能选中他们来坐上皇位。只有尼莱希叔叔似乎理解新女皇可能会觉得害怕和孤独。他是特伦诺迪最喜欢的叔叔；一个温柔、慵懒、毫无野心的男人，安于在线路终点一个名叫"烤三地"的小旅游卫星上做个站长。"要是没有我的助手照顾我，哪怕就当个站长对我来说责任也太大了，"他在特伦诺迪的登基大典舞会上告诉她，"你应该借用她一段时间。卡拉跟着我很多很多年了，而且烤三地不是个人人都喜欢的地方。我希望她会喜欢在皇宫里待一阵子。"

卡拉·田中跟他一起来了大中央，然后在他走后留了下来。她很朴实、温和、聪明，还异常高效。如果她觉得女皇太累了，没精力听最新的计划和建议，她不怕得罪家族里地位最高的成员，告诉他们不要打扰特伦诺迪。当国务日程变得太疯狂，她甚至会拦住轨道军元帅德利厄斯。她能帮女皇从忙碌的一天里挤出时间来，可以在花园里走走。她还可以秘密抓她女卡拉雏娜，臭脾气漂亮的罪犯从冷库监狱里提前释放。

特伦诺迪看着卡拉和那女孩沿着被草淹没的小径走过来，感到一丝紧张。她没什么和下层人打交道的经验。他们站在站台上对她挥舞着小旗子时，她会从皇家火车的观景车厢里对他们礼貌地微笑，仅此而已。她其实只认识一个下层人，而且结果也不太好。这个女孩，这个钱德妮·汉萨，看上去相当可怕。她又矮又瘦。卡拉让她戴了一条头巾遮住她的光头，但她的衣服太惹眼，全是视频材料和人工钻石，那种……怎么说呢，特伦诺迪不知道什么地方能看到这样的衣服。而且虽然她的脸很漂亮，但她看你的时候魅力就消失了；她的眼神对她来说太苍老：苦涩而多疑。

"鞠躬。"卡拉·田中说，自己鞠了个躬。那女孩阴沉地轻轻点点头，怒视着特伦诺迪。

特伦诺迪也轻轻点头作为回应，说："欢迎来到大中央，汉萨小姐。你的旅途还舒适否？"

"要是她能告诉我你为什么要我来这儿，就会更舒适，"钱德妮·汉萨说，用尖锐的目光扫了卡拉·田中一眼，接着说，"我什么都没做。"

特伦诺迪身边的无人机感受到了女孩声音里的敌意，切换成防卫的阵型。特伦诺迪提醒自己现在是星罗女皇了，不能被钱德妮·汉萨这样的人恐吓到。

"这恐怕不是真的吧？"她说，"六个月前你和一个叫塔利斯·努恩的年轻人交朋友，你在普热德维奥斯尼的火车上遇到了他。你带他在卡拉维娜下了车，在那里抢了他的东西。"

钱德妮·汉萨瞪着女皇身后，皇宫后面的蓝色稀树高原里面，基因技术做的恐龙正在嚎叫。

"不要紧，"特伦诺迪说，"我登基时见到塔利斯·努恩了。他很无聊，也许活该被抢。你很可能给他上了宝贵的一课。他因为这么轻的罪就要求把你冷冻起来，这样不对。"

钱德妮·汉萨又看看她。她不太习惯有权势的人这样跟她说话。她很多疑。"所以你就把我放出来了？"

"这是一部分原因。"特伦诺迪说。

有块石基俯视着一个国际象棋花园：一块棋盘草坪，上面有紫杉修剪而成的灌木棋子。紫杉被嫁接了甲壳纲动物的基因，于是棋子在螃蟹一样的根上缓慢地前后移动，努力地下着一盘棋。特伦诺迪在石基上坐下，对钱德妮比划手势让她坐在身边。钱德妮回头看看卡拉·田中，好像怀疑有什么诡计，然后很不情愿地坐下了。

"你在卡拉维娜和塔利斯·努恩在一起的时候，"特伦诺迪说，"有个年轻人上了努恩家族火车。他说他是塔利斯·努恩，而他的相貌也确实很像真的塔利斯，我们相信了他。但他其实是伪装的。他的真名是岑·斯塔灵。他在斯平德尔桥破坏了火车，我的父亲还有很多人因此丧生。晚些时候他出现在桑德尔本，又制造了一些麻烦，然后就坐着一辆老火车从废弃的狗星线上消失了。我一直没查出来是怎么回事，为什么这些事会发生。卫神阿奈伊丝六代穿着一个真的、活的、呼吸着的界面亲自来到桑德尔本处理这件事，带着一位名叫马立克的轨道军军官，去那条已关闭的线上追查岑·斯塔灵，到现在两位都音信全无。数据海完全没有痕迹，轨道军元帅德利厄斯宣称一无所知，而我是女皇——你应该认为我能找出这种事情的真相吧！"

她意识到自己的声音越来越高，越来越愤怒。钱德妮·汉萨此时好像被她吓到了。她平静下来，说："我唯一找出来的线索就是，这一切发生的时候，真的塔利斯·努恩当时在卡拉维娜，和一个在火车上遇到的女孩在一起，那女孩后来抢了他。我就想，这也太过巧合了。于是我想我要把你带到这儿来，问问你和这些事有没有关系。哪怕你说有关系我都不会惩罚你，我只是想知道真相。"

"我对破坏努恩家族火车的事一无所知。"钱德妮·汉萨说。

"那你只是因为喜欢塔利斯·努恩，就去跟他搭讪？"卡拉·田中问，她保持一点距离站着，看着棋子的缓慢移动。

钱德妮发出轻蔑的声音。"喜欢他？那个傲慢的努恩男孩？算了吧。我对男孩不感兴趣。顺便说明一下，我对女孩也不感兴趣，以防你们有想法。有个男人付钱让我去和塔利斯·努恩交朋友，然后把他带到卡拉维娜，就这么回事。他说我要把这个努恩男孩在那里留住一周时间，但几天后我就烦透他了，所以我偷了他的耳机和现金就走了。"

"那个付钱给你的人，"特伦诺迪说，"是不是岑·斯塔灵？"

"我从没听过什么岑·斯塔灵，"钱德妮说，"他看起来可一点不像塔利斯·努恩。他很老了。"

"多老？"

"很难说。又老又奇怪。很白。头发也是白的。瘦得皮包骨头。就像电影里跑出来的，什么公爵或从古老地球来的什么人。他说他叫雷文。"

"你知道哪里能找到他吗？"

钱德妮摇摇头。"我在格洛列塔见过他几次。他跟我说话的那天晚上，我跑着撞倒他了，在那个旧车站附近，那个木板封住的车站……"

"狗星线的车站？"特伦诺迪问。

"对……"钱德妮说，"他说有个差事给我。说他觉得我可能想赚千把块钱，给努恩家族捣点乱，而这两个理由都吸引了我。他还提前付钱了。说要是我不把差事按他说的做好，他能知道，会来找我，但我不知道他有什么办法知道，反正我不怕他。"她耸耸肩。"我猜你找的岑·斯塔灵一定也是为他干活的。"

"关于这个雷文，你还有什么要跟我说的？"

钱德妮想了想。被冷冻了六个月，记忆里有不少空白。"他雇佣我的那天晚上，他就一个人，但之前一次我看见他和一个线偶在一起。那个女线偶样子很搞笑。穿得像个真的女孩，脸上还有像雀斑一样的东西，但她其实是个机器人。"

"诺娃。"特伦诺迪说。

"我从没听到他喊她什么。他们有一晚只是从我身旁走过，当时我就想这一对可真奇怪。"

外面的棋盘草坪上，红方的皇后出其不意，快速地落在一颗黑卒上，把小灌木撞落在地，用她的蟹爪根撕扯着。特伦诺迪很想那样把岑·斯塔灵也撕个粉碎，还有这个雷文，以及叫诺娃的机器人。是这三人制造了这一切，她敢肯定。但他们都不见了。和钱德妮·汉萨的谈话并没有让她找到答案，只有更多的疑问。

"你为什么想要做不利于努恩家族的事？"她问。

钱德妮又耸耸肩。她惊讶自己跟这个傲慢的小女皇讲了这么多。跟人聊天是个改变。她觉得在被她们扔回街上之前，再多说点也没什么坏处。

"我的家族本来好好的，"她说，"我爸本来在一个叫蛇兰枢纽的地方当站长，你可能从来没听说过这地方。但蛇兰枢纽在努恩家族治下。努恩大帝决定甩开我爸，好让某个傲慢没用的努恩后代取而代之。我爸之后就坠崖了。家很快就散了。"

特伦诺迪大吃一惊。"我肯定我父亲不会就这样把人从职位上扫开!"

"你的父亲不会,女皇,"卡拉·田中说,"应该是他之前那任大帝:你的叔爷爷。他的腐败声名远扬。"

"但钱德妮·汉萨没那么大年纪,不可能经历过叔爷爷在位的年代!"

"在冷冻器里不会变老。"钱德妮·汉萨说,带着些许冷冷的骄傲。她拉下头巾,特伦诺迪看到监狱的条形码刺在她的头皮上。

"钱德妮服了不少年冻刑,"卡拉·田中说,"第一次刑期最长——五十年,因为烧了蛇兰枢纽的站长别墅。那之后一会儿因为这个冻五年,一会儿因为那个冻十年。要是算她实际生活的年龄,她大约十九岁,但她已经出生九十六年了。"

钱德妮又耸耸肩,她做了这么个有点攻击性的、古怪的小动作。"一旦你被冻过,回来就很难适应,"她说,"我第一次出来之后,一切都变了,所有我认识的人,他们的生活都在向前。我甚至话都说不好,跟我说一样俚语的人都成了爷爷奶奶辈的人。于是我又惹了麻烦,因为这是我唯一擅长的事。就这样搞了几次,回到冰柜里反而成了一种解脱。"

棋盘上的红方皇后几乎快把那个卒消灭了。撕碎的叶子在花园里横飞。大中央的双子太阳有一颗正沉向地平线上低矮的云层。钱德妮·汉萨站起来,特伦诺迪的无人机激动地嗡嗡响,监视着钱德妮·汉萨的动作。"那我自己走出去?"她问。

"不！"特伦诺迪说。她也不清楚自己在做什么，只是她不能让这个受伤的女孩就这样出去，回到她的生活里在犯罪和冻刑之间循环。她转向卡拉·田中："你是怎么做到的，把她不引人注意地带到皇宫来的？"

"有人盘问的话，"卡拉说，"他们会发现汉萨小姐是你朋友的朋友，你正在考虑给她找份工作，女皇。一项善举。"

"我不需要努恩家的施舍！"钱德妮愤怒地说。

"安静，"卡拉告诫她，"之前在火车上我给你食物的时候，你可没有这么说。"

"那我就给她一份工作。"特伦诺迪说，声音柔和但足够响到让面前的两个人都静下来。她自己笑了。她当上女皇之后有了一班侍女：很多努恩家族旁支，还有其他小家族的女儿，她们的工作就是帮女皇穿衣服，陪着女皇。侍女中大多数都比特伦诺迪更高雅、更老练。她们让她害怕又烦恼，但她确信钱德妮·汉萨能和她们合作，就像卡拉·田中能和钱德妮·汉萨合作。

"钱德妮将成为我的新侍女，"她说，"玛德·努恩可以回金枢纽的家了。她总是炫耀老家的男朋友，说她有多想他。钱德妮就代替她。"有一会她觉得自己很有指挥的气势，接着有些气馁地看着卡拉·田中，问："我可以这样做，对吗？"

卡拉·田中鞠了个躬。"你是星系的女皇，女皇。你可以为所欲为。"

5

于是钱德妮成了一个空降的侍女。皇宫里的工作人员、机器人，还有保安，都称她"钱德妮夫人"，但她只是一个女仆。"把女皇的夹克拿来，钱德妮夫人。""把女皇叫醒，去和瓦格的站长共进早餐，钱德妮夫人。""你陪女皇去火星朝圣，钱德妮夫人。"其他侍女都很害怕她——她料到她们会这样，而且她觉得特伦诺迪也料到了。她不知道跟她们说什么，她们也不知道跟她说什么。她们之间很快就达成默契：她完全不和她们说话，她一点不介意。

反正她也没打算待太久。她这种厮混在阿雅古兹海下贫民窟里的女孩，皇宫不是她该待的地方。她不喜欢成为特伦诺迪·努恩的小慈善项目。她跟着女皇在迷宫一般让人迷乱的皇宫里走着——玉宫、镜球室、瀑布宫——她开了眼界，见识了很多值钱的东西。这里几乎全是值钱的东西，哪怕看起来像垃圾，其实也是来自古老地球的无价古董。钱德妮希望要是她临走时顺走几个宝贝，特伦诺迪能出于仁慈或难堪而不派轨道军追捕她。

但她也一直在找理由留下。这里吃得很好，而且免费。她告诉自己，在回到街头生活之前，她要好好补充营养。她有自己的房间，跟她从小成长其中的别墅一样大。后来她把别墅一把火烧了。她的房间在卡拉·田中的套间边上，比女皇的区域低一层楼。房间里所有东西都比钱德妮以前见过的更大、更好、更漂亮。哪怕是光都看起来很昂贵，装饰屏幕把她的卧室和起居室隔开，光透过屏幕滤进来。床是圆形的，像动画片里的云一样软和。她在床上躺成"大"字睡下，打着呼噜。她本可以整天都待在床上，但卡拉·田中总是确保她早早起床，时刻准备好出发，或完成各种愚蠢的任务。

每次卡拉·田中把她叫醒，或给她分配任务，钱德妮都会暗自下决心，受够了，她又不是奴隶，今晚她就要带几件便携的值钱玩意从某个后门溜走。可是不知怎地，第二天一早日出之前卡拉来敲门时，她还是在那儿。这个嘛，要是就在凯奔时刻表管理局的宴会之前走了，多可惜；她还从来没去过一个真正的宴会。而且她都待这么久了，要是不跟着特伦诺迪一起去火星朝圣，也很可惜……

火星是远在氢线尽头的一颗毫无意义的荒芜行星。但那是星罗上的第一个车站，卫神们在那里打开了第一道凯门。所以出于某种原因，每一任新登基的女皇或大帝都要去那儿，摆拍下他们透过压力舱

凝视地球深思的样子。如果没有沙尘暴正在肆虐，就能看见地球。从
压力舱还能看到人类开来火星的飞船残骸。当年人类来到火星，从这
里登上第一批火车，穿过火星上的凯门探索未知领域，安顿其他世
界。特伦诺迪站在观景台上，指向外面被沙子覆盖的瓦伦娜西号大船
残骸。这艘船曾载着努恩家的祖先穿过太空来到这里。钱德妮对此有
种奇怪的感觉，微微颤抖，就像她小时候上历史课，想到人类走了这
么远时，不禁发出的感慨。此刻没有沙尘暴，能看见古老地球，挂在
火星的天空上，像个小小的蓝星星。钱德妮觉得要能去那儿就好了，
但没有时间——出于某种原因，卫神们从来没有在地球上开过凯门，
乘坐飞船去那儿要好几个月，女皇需要准时回大中央出席夏季聚会。

　　从火星回来的路上，钱德妮自打上次象棋花园之后，第一次有机
会和特伦诺迪说话。其实也不是：那次之后大多数时间里，特伦诺迪
都会问"你安顿得怎么样，钱德妮"或者"你快乐吗，钱德妮"，但
这是钱德妮第一次觉得女皇真的想知道答案。

　　她们坐在新的努恩家族火车上。所有人都说这辆车还不如过去的
努恩家族火车的一块补丁，但它对钱德妮来说还是很豪华：六十节车
厢，由一个巨大的老火车头拉动，老火车头叫作水晶地平线。特伦诺
迪的区域在火车中间：一节车厢放她的衣服，两节供她和她的随从居
住，还有嗡嗡的战争无人机跟在窗外，然后火车一接近凯门，无人机
就迅速闪进车厢天花板上的机库里，因为只有在火车里面才能穿过凯

门。有一天晚上钱德妮睡不着，因为火车不停穿过正处在白天的世界，于是她从房间下楼，去车厢的沙龙一侧，发现特伦诺迪也有同样的问题。星罗的女皇，被一群小无人机簇拥着，正站在窗前，端着一杯巧克力，嘴上还有刚刚喝过的巧克力的印迹，像小胡子。

"你觉得这种生活怎么样，钱德妮·汉萨？"她问。

钱德妮本打算找个借口回房间，可她站住了，耸耸肩。她想聊聊站在火星上仰望古老地球时的感觉，但她找不到合适的词来表达。"就像生活在广告里。"她想了半天说。

特伦诺迪大笑。"你说得对！是这样！我们就是生活在广告里。我的整个生活只是一个宏大、烧钱的广告，设计来向星罗人民展示一切有条不紊，现世安稳。我们只是演员，演着我们的角色。"

钱德妮皱皱眉。"但你是女皇……"

特伦诺迪笑得更大声了。"你没有注意到丽萨·德利厄斯？"

"那个高个黑肤色的女士，顶着高高的白发的？轨道军元帅？"钱德妮确实注意到轨道军元帅。她才给女皇服务没几天，轨道军元帅就注意到她了。钱德妮听到元帅问卡拉·田中这个新女孩是谁。卡拉·田中刚刚变戏法一般让钱德妮通过了所有皇宫雇员安检，去掉了她的跟踪手环，赶紧搬出那套女皇行善给亲戚的朋友找工作的故事。但钱德妮能看出轨道军元帅不相信。她眯起苍老智慧的双眼，说："我相信你知道你在做什么，卡拉……"

"她才是轨道的真正统治者，"特伦诺迪说，"我只是她的傀儡。

所以她选择了我。我少不更事，没有主见。我只是一个出身努恩家的玩偶，她想试着让议会以我的名义通过一些新法律的时候，就把我放在轨道板车皇座上。如果我试着反驳，也许她就会像对我的姐姐普里亚一样对我，没人知道普里亚怎么样了。丽萨·德利厄斯来自某个可怕的工业世界；她出身草根，她想制定法律帮助其他穷人。禁止机器劳工，提高薪水之类的措施。但你能想象这些措施在我的家族里和其他家族集团里激起什么样的反应。他们说我在引入危险的法律，引发社会动荡，因为我年轻又愚蠢。但这不是我的错！我只是她的傀儡！”

钱德妮觉得她还挺喜欢丽萨·德利厄斯的声音和她的法律的。她还在想应不应该让她再多立一条法律，让人们不再被施多年冻刑，最终跳过几十年时光，就像个打水漂的石头。但她只是说：“实际上是卫神们在管事，不是吗？连我都知道。”

特伦诺迪盯着她的热巧克力，仿佛巧克力里有答案。“卫神们对丽萨·德利厄斯的企图什么也没有说。它们待在数据海里，不与任何人分享它们的想法。如果它们赞成，那应该说出来，好让所有人知道。”

“如果它们不赞成，它们可以把你和丽萨·德利厄斯用闪电什么的烧死。”钱德妮说。她从来没认真考虑过那些应该监视守护着所有人类的聪明绝顶的人工智能。很显然它们不关心她，所以她为什么要关心它们呢？她只有个模糊的想法，要是它们不喜欢你，它们会用闪电表达。

"我见过卫神一次,"特伦诺迪说,"那是阿奈伊丝六代的界面。在桑德尔本。那天晚上岑·斯塔灵和他的机器女孩逃走了。后来丽萨·德利厄斯把我叫醒,告诉我将成为女皇。那是我最后一次见到科比。"

钱德妮坐下,感觉这场聊天会持续很久。她父亲以前最后也会进入这种状态,虽然他那是喝米酒的效果,而不是热巧克力。火车穿过一道凯门,穿越一片平原,这片平原就像在两颗相融相蚀的红太阳下的冰面。钱德妮和特伦诺迪都常坐火车旅行,对窗外的景色都无动于衷。

钱德妮说:"科比是谁?"

"我成为女皇之前,本来我们是要结婚的,"特伦诺迪说,"那本来只是个商业婚姻,用来连接努恩家族和桑德尔本的太空宗室——陈-图尔西家族。科比是个呆子。怎么说呢,他以前是个呆子……但最后他还是很勇敢的。你知道吗?事情变坏的时候,才能看出人们的真面目。科比就很好,真的。我想他是真的喜欢我。可一旦我成了女皇,这些就一笔勾销了。女皇不能和一个默默无闻的小家族里的小人物结婚。我会不得不和一个阿尔拜耶克家的或是阮家,或是随便哪个大家族的人结婚……"

钱德妮坐在将逝的太阳的微光里,看着眼泪从星罗女皇的脸上滚滚流下,心想,对一个冰棍女孩来说,这些事真是奇怪。

"我没有爱上他，没有，"特伦诺迪说，"我不知道我为什么会哭。今晚之前我并没有怎么想他。我只是累了。科比·陈-图尔西！能摆脱他是我的幸运，真的。不知道他现在在做什么？"

第三部分

残月

6

科比·陈图尔西从耳机里看见来自火星的图像时，正坐在一班名叫"沉闷天气"的火车上。火车穿过一系列分布在跨奇巴线上的无聊的工业世界，它们多数被大雪覆盖。这些都是普雷尔家族的据点。科比的家族正想和普雷尔家族做笔重要的交易。他想这趟出差大概是他与努恩家族婚约破碎之后，对他的某种安慰。但他不喜欢普雷尔家族，他不喜欢他们这些毫无生气的行星，也不喜欢被派来陪同监督合同签署的罗洛表哥。于是他闭上眼睛，假装打个盹，其实他是在通过耳机直接向大脑的视觉中枢播放女皇火星朝圣的画面。

如果当初像计划的那样进展，他和特伦诺迪这时应该在庆祝婚礼。本来这只是一场商业婚姻，但科比爱他的特伦宝贝，他真的爱她。两大家族的媒人介绍他们初次见面时，他简直不敢相信自己运气这么好。他像个傻瓜一样笨拙地极尽全力想给她留下好印象，但给她留下的印象很可能并不好。不过在斯平德尔桥灾祸之后，她需要他，他也觉得她真的开始喜欢上他了。可之后，她突然被匆匆带走，当选女皇，真是万幸又不幸，科比·陈-图尔西。

而最糟糕的是似乎没有人理解他的心碎。他母亲更担心陈-图尔西一氏名誉遭受的损害。家族形象顾问告诉她，甚至不应该再允许科比在公众场合出现，以防他再给桑德尔本的八卦媒体更多谈资。这些媒体最近已经在为这事大做文章，这是当然的。所以他被支开，跟罗洛一起来到星罗上犄角旯旮处的这个冰冷荒凉的世界，完成与普雷尔家族财团交易的任务。于是此刻他瘫在沉闷天气火车上不舒服的座位里，在耳机上刷着关于特伦诺迪的报道，而罗洛坐在他身边吃杏仁糕，然后在扶手上擦拭黏糊糊的手指。

没人清楚记得是卫神们创造了家族集团，还是家族集团创造了卫神。有一件事是确定的：是卫神们创造了凯门，而当人类开始通过凯门旅行，是各大家族建造了车站、火车，还有火车头，铺设铁路，把各道门连起来。在那野蛮年代，和半个星系以外的世界做生意，法律朝令夕改，各大公司觉得他们仅有信任是不够成交的，于是他们开始联姻结盟，财团家族就此诞生。

几百年后，一些家族蓬勃发展，另一些凋零消逝。当下最重要的是努恩家族（当然了）、阿尔拜耶克家族、阮氏家族和坎氏家族。此外还有几千个小一些的家族——比如陈-图尔西家，在某个车站或个别系统里掌权，梦想着扩张。还有普雷尔家族，潜伏在他们治下的西边支线的冰冷世界里，守护着他们古老的仇怨，固执地坚信他们应该掌控更多权力、更多话语。"是我们建了星罗。"只要开始聊政治，普雷尔家的人迟早会嘟囔说，"我们是先锋，我们去了没人想去的地方，一旦我们建好了车站，在我们发现的世界上着手地球化，就会有些其他坏蛋溜进来取而代之。那些努恩家的人。那些阿尔拜耶克家的。鼻孔朝天，装得很道德，把我们排挤出去，对我们落井下石。好像没有我们普雷尔家族，他们也能成事一样……"

普雷尔家族从来没和别的大家族言和，也从来没有和别家通婚。他们参与贸易，但保持着距离。五十年前，他们支持了斯皮拉特线上反叛的分裂分子，开启了一场讨厌的小战争，要不是轨道军在加拉加斯特战役摧毁了他们的装甲战车，他们几乎就要夺得皇位了。

很多人都不明白卫神们为什么没有直接把那些普雷尔治下的世界分给其他更文明点的家族，这样问题就彻底解决了。也许只是因为除了普雷尔家族，没有别家不怕麻烦，愿意费心管理跨奇巴支线。

"科比！醒醒，表弟！变聪明点吧，卫神啊。我们到这儿了！"

科比关了耳机，假装刚醒来。罗洛刚站起来，散落一地的面包屑和糖纸。他比科比年长五六岁，但科比总觉得他那饱满的脸，还有爱吃甜食的习惯，让他看起来像个充气过度的小孩。

"拜托起来动动，科比表弟，"他大呼小叫地说，"我们可不能混日子。我们得罪不起普雷尔家族，普雷尔家族又特别敏感多疑。我了解这些人，记住。我为这笔交易准备好几年了，交朋友，四处联系人，而你只是围着那个傲慢的努恩家女孩团团转。"

"特伦诺迦不傲慢。她只是害羞……"

"好吧，表弟。别生气！要不我们给你找个可爱的普雷尔家族的女孩，嗯？她们铁石心肠，但你肯定能融化她们……"

科比怒目以对，伸手够外套和帽子。

残月比大部分他们经过的普雷尔家族车站稍大一些，埃隆·普雷尔的画像在站台上方俯视着，看起来更加有压迫感。一队普雷尔家族海军正在站台上恭候。一辆汽车载着他们离开车站，穿过一片调度区和引擎库，沿着蜿蜒的路进山。

那里的峭壁之间坐落着卡卡塔伽尔，普雷尔家族的大本营。据罗洛说，人们称之为"螃蟹城堡"。它的样子真的有点像螃蟹：这个生物建筑绵长而低矮，主楼藏在蟹壳形状的房顶下，两边新月形客房形成了它的钳子。建筑上方的天上撒着残月的碎片，这个世界因此得名。它应当曾经也和它的母行星一般大小，但很久以前某种作用力把它打碎变成一个永远残缺的新月，被一圈圈残骸包围。它像骨头般冰冷的光洒在雪和卡卡塔伽尔那弯曲的蟹壳房顶上。

一辆有轨车载着科比和罗洛进了这栋房子。他们下车，走进一个圆形门厅，墙全是黑色石头做的，装饰着巨型长毛动物的头颅——基因复制的某种古老地球的史前物种。"这些全是从远在山那边的家族狩猎保护区里打来的，"一位等候在那里的年轻姑娘说，"我听说你喜欢打猎？"

科比想知道她听说过关于他的各种传言没有。他曾经喜欢打猎，但他在努恩家族位于然加拉的狩猎保护区里做了蠢事，最后差点被一只保护区里的动物弄死。这些长着尖牙的光滑的兽头又勾起了他的回忆：恐惧和羞耻。当那个年轻女孩说，"如果你们愿意，明天我可以带你们出去。"他觉得要晕倒了。

"求之不得！"罗洛说。

"我是拉里亚·普雷尔。"她说，鞠了个躬。她年纪不比科比大多少。浅色的金发，深灰色的眼睛，不讨好的普雷尔家族海军的紫色制服裙，对她的粗壮形象毫无修身效果。科比以前没碰到过什么白人，很难忍住不盯着她的苍白疙瘩的脸，还有粉色长鼻子看。但她似乎是他晚上的女伴，于是他尽量笑得勇敢一点，跟着她进了餐厅，那里还有更多的人要见：多数是普雷尔家的人，还有轨道军的某上校，某些地方的站长，最后是那个老人本尊，埃隆·普雷尔，像他的住所一样丑陋而拒人于千里之外，他的脸因为老谋深算，有了很多深深的皱纹。

仆人是真人，不是机器人。他们似乎都一对一对地出现。一名男服务生带着科比和拉里亚入座，过了一会有个一模一样的分身，来帮他们倒饮料。更多对一模一样的服务生来上菜：稀汤，接着是长毛象肉排，端上来还渗着血。埃隆身边站着两个打手，一模一样的严峻的脸和光头。

"我伯伯在这里只招双胞胎，"拉里亚轻声说，"他身后的那对是西弗·马可和恩科·马可，他最喜欢的保镖。在普雷尔的世界里，只要有双胞胎出世，父母就知道他们可以在我们家族找到工作。这是向双子座卫神们致敬：数据海里的伟大双子座。双子座一直对我们家族很好。"

说得通，科比心想。人们都说双子座是卫神中最奇怪、最难相处的。普雷尔家的人正合它们的口味。至少拉里亚只有一个……

晚餐之后，他们走进一间小会议厅，罗洛打开全息投影，做了个主题演讲：普雷尔家族和陈-图尔西家族若联手开采普雷尔家治下系统里的矿产，必定钱途无限。"不要只是因为我们身在桑德尔本，就以为我们不知道什么是辛勤工作。陈-图尔西家族在最艰苦的环境里积累财富：小行星矿产，遥远的卫星。我的祖母，我们家族光荣的缔造者，几乎毕生都在太空度过，在威拉帕尼恒星的磁层里建造反物质农场……"行星的全息投影在科比的脸上飞快地移过。一个迷你小行星带出现在投影上方，就像空中的麦片光环，上面橙色的线标志出陈-图尔西家族的开采船在两个大一点的小行星之间行驶的轨迹。

罗洛很擅长这个。他看起来不那么孩子气了，面对普雷尔家族管理人员各种问题的火力，他滔滔不绝，用数字、统计对答如流。科比无事可做，只能坐着打瞌睡，边看眼前边从耳机里偷偷地搜索特伦诺迪的图像，想知道自己还有没有开心的能力。

"几周前，你们本要和努恩家结盟。"埃隆·普雷尔咕哝着说。他向科比伸出一根粗大的手指。"他本要和那个刚被塞进皇位的小情人结婚。这是你来这里的原因吗？普雷尔家族是你退而求其次之选，对不对？"

"我不否认与特伦诺迪·努恩的婚约解除时我们很失望，"没等科比想出怎么应付，罗洛平缓地说，"但我们决定把这个变故看成一次机会。那个女孩现在是女皇，但她的皇位坐得稳吗？人人皆知她只是丽萨·德利厄斯的傀儡，而没人喜欢丽萨·德利厄斯正在计划的改革。谁知道会发生什么？我们觉得也许最好还是和一个更合适的家族联合。"

这究竟意味着什么，科比不确定，但普雷尔家的人似乎很满意。在座的人窃窃私语表示同意。还有几个人甚至举杯，用他们当地的馊酒给罗洛祝酒。科比微笑着点头，试着表现得聪明。

"说得好。"埃隆·普雷尔咆哮着，那对双胞胎侍者上前给他倒饮料，也给科比倒上，"明天签约，下周发布官方声明，但我想我们是有共识的。我们两大家族的联合：陈-图尔西家将获得我们星外领地的独家开发权，而我们可以使用你们在桑德尔本的轨道区、调度区等基础设施。联合事宜就以拉里亚·普雷尔夫人和科比·陈-图尔西的婚事为定。"

科比第一次听到这事，他看到拉里亚·普雷尔那平淡的脸上惊恐的表情，看来她也是第一次听到这事。

"我还以为你明白了！"罗洛后来不停地说，"我还以为你母亲会告诉你，她给你找了门当户对的新亲家！"

"她要是告诉我，我决不会来这个可怕的地方！"

"啊。好吧，那我知道她为什么没告诉你了。"

他们都在罗洛的房间里，科比的房间在隔壁。两个房间都在螃蟹城堡较高的楼层。科比闯进来时，罗洛坐在床上，一只鞋脱了，好像正打算脱衣服。

"我可不想跟那个普雷尔家的女孩结婚！"

"拜托别再喊她'那个普雷尔家的女孩'。叫她拉里亚。你结婚后就得这么叫她。"

"我……"

"我知道，我知道。你不想和她结婚。但在我们这样产业蒸蒸日上的家族，这是你作为继承人要付出的代价。你就像个游戏里的筹码，亲爱的表弟；你的母亲必须竭尽全力把你的价值用足。"

"就这样？让我和那个冷冰冰的铲子脸公主结婚，我们才好给普雷尔家族卖命干活？"

"首先，科比，听到你这么说你的未婚妻让我很难过；她说不定是个很可爱的女孩。外貌不是一切，你知道的。其次，和普雷尔家族财团的联盟是我们家族眼下最好的出路。有些事你不知道，我的表弟。相信我，这些普雷尔家的人正四处动员。"

"什么意思？"

罗洛打个哈欠，摇摇头。"我说得太多了。现在，上床去，科比，我的好兄弟。现在很晚了，我们今天很辛苦，而且这些冷酷的野人好像还打算明早带我们去打猎。"

科比走开站在窗前。他隐约想从窗口爬出去，逃离这座寒冷的石宫，但这样母亲会暴怒，而且外面雪下得厉害。

下面的庭院里，埃隆·普雷尔穿着一件厚皮毛大衣，和一位客人告别。他的双胞胎保镖站在他身后的阴影里。来客的飞行器陆续离开时，启动的灯光映在他们剃光的头上，苍白闪亮的头颅，像一对完美配对的骷髅。

7

　　黎明时分，残缺的月亮移到了天空的另一边，但科比还能看见它挂在那儿，那巨大的残月填满远处调度区上方晴朗凛冽的天空。太阳很小很低，毫无温度。为什么普雷尔家族的人一定要在这里安家呢？科比很想知道。只是因为倔强任性吗？又或许他们只是喜欢艰苦。他那大房间里暖气不足，床硬得像块岩石。

　　打猎也很艰苦。普雷尔家的人不用雪船或狩猎无人机。他们打猎用真的猎犬，骑在真的马背上。科比上次骑马已经是好多年前了，但他不想让未来的亲家们看出他有多害怕。于是他爬上这大动物的鞍座，试着表现得从容。马都是人造的，加入了一撮斑马基因。马的皮肤随着骑马人穿的变色披风而出现变化，黑白条纹在被雪覆盖的残月碎石中是很好的掩护。

　　离狩猎保护区还很远的时候，科比的大腿已经生痛，脸在寒风中冻麻了。不过他似乎骑马骑得不错，跟着狩猎的大部队慢跑。这次的猎物不像他担心的那么大，那么凶残：只是一群生活在山顶的瘦长白毛猴。

他们循着猎犬的吠声和远处回荡的猴子的噪叫，转上一段陡峭的山谷。科比发现拉里亚·普雷尔就在旁边。拉里亚·普雷尔生硬地说："昨晚的声明，我完全没想到。"

"我也是，"科比说，"抱歉。"

"没关系。我也不想跟你结婚。"

这让他有点吃惊。"为什么不想呢？"他心里问。

"我不想和任何人结婚，"她说，"也许有一天会，但现在还不想。我这几年一直待在家族海军里。我很喜欢。我想有一天自己指挥战车。"

"我想你可以结婚，同时做个战士。"科比说。他觉得她的白脸和这寒冷很相称。她的脸颊和鼻尖变红了，还挺适合她。骑在马背上，她的大骨架也自有一种优雅。他想既然失去了特伦诺迪，那不论和谁订婚都不太要紧。那为什么不能是拉里亚·普雷尔呢？

但她已经策马当先，从他的视野里消失了。他眼前空留一片模糊：一模一样的条纹马和条纹风衣，还有马蹄扬起的粉状大雪。接着远处山谷上枪声响起，战场分开，大家在各个斜坡上散开，分头追捕不同的猴子。十分钟后，他又瞥见拉里亚，她站在马鞍上，用卡宾枪瞄准一只正在从一角岩石上对她咆哮的大公猴。他骑马转身上山靠近她，但马踩到一层新雪一脚踏空，把他从马头上甩了出去。

他狠狠摔在地上。等他好不容易从雪堆里爬起，马已经跑了，马镫飞舞奔向回家的方向。科比几乎优雅地重新倒回雪里，等着普雷尔家族的无人机发现，然后派仆人骑着雪地自行车或开着飞行器来接他回家。但慢慢地，随着打猎的声音在他上方的山岭远去，他开始意识到不会有人来接他。愚蠢的普雷尔家族向来喜欢艰苦，很可能没有任何监控无人机，没有任何营救飞行器待命把落马的人带回家。他试了耳机，但一片阻尼场隔住了所有本地数据筏的连接；只有一个紧急网站，可以通报重伤。

科比检查周身，没有受伤。他正打算登录网站，虽然没重伤，也想请求一架飞行器来接他。这时他突然想到，这会不会是普雷尔家族在考验他。也许这个严峻的困境就是来考验他有没有资格成为普雷尔家族一员。他不想加深普雷尔家人认为桑德尔本的人全是软蛋的偏见。而且他也不想再次带着失败的故事回家面对母亲；又一次灾难般的狩猎旅行。

所以他得走回螃蟹城堡。

好极了。

走回去的路很长，又孤单，科比既不习惯走这么久，也不习惯孤单。最开始的一小时里，他播放耳机里储存的音乐，但其实他也不是很喜欢音乐，很快就烦腻了。他把音乐关掉，大山一片寂静，只有他的靴子在雪上吱吱嘎嘎的声音。他改了披风上的变色设置，调成亮橙色，希望能有人发现他在雪地里艰难跋涉。但如果狩猎还在进行，他们应该已经离他很远了。他觉得有一会儿捕捉到几声猎狗的犬吠，但也可能只是峭壁上风声的呼啸。

低矮的太阳继续下沉。蓝色的影子爬上雪地，那破碎的月亮像是倾倒在天上。科比抬头盯着月亮，觉得就像长年生活在将倾的塔下。难怪普雷尔家的人全都半疯了。

当最后一缕日光褪去，他终于面对了迷路的现实。正当他再次考虑要不要向紧急网站求救时，一阵熟悉的声音在他前面的山岭上空回荡：火车尖利的刹车声，还有车厢耦诈时粗钝的撞击声。他跌跌憧憧爬上山岭，看见下面一片轨道调度区，高高的铁路信号灯在调度区投下斑驳的灯光。这里有成堆的货物集装箱，还有十几条消失在大山口里的轨道。这个货运站真奇怪，但残月本来就是个奇怪的世界。也许那里面有矿井。至少会有人或机器能帮他联系上螃蟹城堡。他跟跄着下了斜坡，走向那些轨道，掀起一团粉雪。

但斜坡脚下，他和轨道之间，有一道链环篱笆。非常高，上面盖着铁丝刺网。他从没见过这样的安保措施。普雷尔家族在这深山里有什么好怕的？也许那些猴子很麻烦？

他恼火地开始沿着篱笆吃力行走，跟着铁轨走向大山里面。他看见里面有亮光，还有动静：大型起重机把货物往平板车上装。他打开耳机，但还是什么也没有。他想过大喊大叫，但这地下装载区还是太远，太吵，里面的人不会听到他的喊声。

接着最近的一对铁轨开始轻轻震动，预示着有火车来了。他回头看见火车关着灯缓缓靠近。他转过身面对着火车，正准备挥手大喊，突然转念一想。

这火车为什么不开灯？

他站在阴影中，看着火车轰隆驶过。这是一辆战车，很小，但荷枪实弹，而且拖着长长一队装甲车厢和平板车厢。每一节平板车厢上都蹲着一台坦克，或一挺机枪，或一艘攻击气垫船。科比除了在三维动作片里，从没见过这么多武装。而大山里面有更多；他打开耳机，对准一个装载区放大，每个区域里面都有一辆普雷尔家族的战车。

罗洛之前说普雷尔家族正在四处动员，原来就是这个意思。他们正在准备战争。

一阵强光从天上扫到他身上。他抬头看着正在下降的飞行器的腹部。他一定触发了什么轨道边的安保系统。现在普雷尔家族可要把他从大山里带走了。

8

　　他回到螃蟹城堡，填饱肚子，接受了普雷尔家族医生的全面检查。然后去找罗洛谈谈。他急急地回房间，压着声音说话。他知道墙上的沉重雕刻里也许就藏着监视摄像头和话筒，会把每一个字直接传向普雷尔家的安保网。

　　"他们有战车，罗洛！十几辆。他们正在预谋什么……"

　　罗洛生着闷气，既为科比走失了，也为科比把他从楼下的美酒和美食旁边拉开。"他们当然在预谋着什么，亲爱的表弟。不然你以为我们为什么想要这个联盟？一切都变了：努恩家族被削弱，是时候换人掌权了。而这个人就是普雷尔家族财团。他们为此已经等了一代人。你未来的岳父知道机不可失。"

　　"不要这样叫他！"

　　"为什么不？今天打猎时，你坠马前看起来和拉里亚夫人相处得不错啊。"

"跟拉里亚无关。是特伦诺迪。要是普雷尔家族上位，特伦诺迪会怎么样？"

"她会被处死，我想。或者被流放。你关心这个干什么？那个傲慢的努恩家的奶牛……"

"她不傲慢。"

"她一有更好的机会，就把你甩了。"

"他们把她推上皇位的！她并不想要！是他们让她解除了婚约！他们没有选择！我们家族不够强大，还不够资格以婚姻入主皇宫！"

"但我们会有资格的！"罗洛说，"你不明白吗？等你和拉里亚·普雷尔完婚，她的埃隆伯伯将登上轨道板车皇座。这一切都是为了这个，科比。在新皇朝诞生的黎明之际站好位。我们将成为这个新时代最大的家族之一。"

科比在床上坐下。他悲伤地扯着绣花被套。"我不知道他们打算怎么实施，"他说，"这些战车，还有部队的转移。卫神们会发现的。"

罗洛笑了。就像一个有秘密的人，志得意满，又隐晦地笑着。他在床上坐到科比身边，说："最亲爱的表弟，你必须知道，有些卫神一直对生活在跨奇巴地区的冷酷朋友情有独钟。双子座保护着他们，确保他们能秘密准备反对努恩家族的行动。到那一天，事情会发生得迅速又无情。其他卫神会抱怨，但对卫神来说，稳定压倒一切。一旦尘埃落定，埃隆·普雷尔就会称帝，只要他不太暴虐，卫神们会接受他的。对卫神来说，只要有人坐在轨道板车皇座上，不管是谁，都没太大区别。"

科比想起特伦诺迪。在那些火星的照片里，她真漂亮。她知道普雷尔家族在图谋什么吗？帮她管理轨道军的人准备好应对了吗？但如果连卫神们也不知道……

"你明白了吗？"罗洛说，弹起来，好像激动得没法再继续坐着，"你明白吗？你可怜的罗洛老表哥被放逐到这些严寒星球上跟野蛮人谈判，但我开始了解这些人了。我一直在建立桥梁，促成协议。原来的大帝一去世，我就径直跟你母亲说：'这是我们的机会，忘了那些努恩家族的老家伙，普雷尔家族才是应该支持的人。'你明白吗？"

"明白。"科比温顺地说。

"你是不是应该谢谢我给你找到这么好的婚事？"

"谢谢你，罗洛。"

"别提啦！现在，我不知道你怎么样，反正我今晚可以再喝一点，我要再回楼下去了。一起来？我跟你说的这些，你知道就行了。"

科比笑笑。"好的。你先下去；我过二十分钟就来找你。"

他等着表哥穿过走廊到电梯跟前，然后开始换衣服。他穿上旅行的衣服。外面再套上变色的狩猎披风。他临走时，从窗口跳上阳台，然后下到一个室外楼梯间，走向有线电车。

9

他跟自己说没什么可怕的。他是普雷尔家的客人，而且是贵宾。要是他想晚上独自溜达溜达（虽然他又冷又累），没人可以拦着他。尽管如此，电车载着他离开螃蟹城堡下面的小车站时，他还是戴上连衣帽，把变色披风调成跟等车去城市的工人一样不起眼的灰色。

他站在暗处，有点不知所措。他做计划不太有经验，因为从来没这个需要。作为一个家族集团的儿子，你可以为所欲为，自有其他人善后。

而现在，他想通知特伦诺迪让她警惕，让她有机会在普雷尔家族发动计划之前离开大中央，虽然他不知道他们的计划具体是什么。他其实并不需要亲自去大中央。残月上有一个轨道军岗哨；他要把他知道的事情告诉那里的指挥官，接着在天亮之前坐火车回螃蟹城堡，然后早餐时推说自己太累了，所以没有参加晚宴。

他脑子里打算好这些，自我感觉很好。

火车来了，他大大咧咧进去，看到标准舱座位这么破旧，努力掩饰着震惊。他从没坐过标准舱。车厢里没有分区，只是一排排的座位。他始终戴着连衣帽，坐进角落里的一个座位，脸转向窗外，看着雪地和黑乎乎的建筑，同时用耳机在本地数据筏里搜索轨道军的办公室。他不能冒险给轨道军发消息，但他得知道去哪里，跟谁谈，才好亲口转达警告消息。

就是这里了。地处商业区里的一座无趣的黑楼，离站台不远。当地轨道军指挥官是拜兰上校——一个典型的桑德尔本的姓。科比找出一份他的简历，他的计划瞬间泡汤了。

他一下认出了上校的照片，就是普雷尔家族晚宴上那个白发老战士。

"残月车站城市。"火车说着，正在减速。其他乘客都开始穿起外套，提起行李，但科比一动不动瞪着窗外，看着轨道边的杂物滑过。普雷尔当然会确保本地轨道军军官和他们是一伙的。拜兰上校当然是螃蟹城堡的座上宾，家族朋友。他的下属们很可能也一样。科比无助地呻吟。自己怎么能这么蠢？

"你没事吧，朋友？"有个人弯下腰拍拍他的肩膀，问道。科比急忙站起来，点点头，但那人跟着他在车厢里走，进了门厅，其他乘客正排队离开。"你不是本地人，对吗？"

"我是来旅游的，"科比说，"为家族做点事情。"

"你是从桑德尔本来的，对吗？"那个人听出了科比的口音，问道。又有其他几位旅客转过头看他。"你一定觉得这儿很冷！"

门开了。人们拖着脚步出去。站台廊檐下的强烈白光下，科比看见另一辆火车等在邻近的站台，他听到车站自动报站声："乘坐零五四去金枢纽的旅客请注意，列车停靠弗劳斯特弗、可怜我、力弗特雷瑟、奇巴和金枢纽……"

"我的火车。"他说，直接打断他的新朋友，把一位挡道的女士推开，"不好意思，借过……"

他横穿过站台，在车门轻轻关上前一秒跳上车。火车的一个子程序在他的耳机里打开一个窗口，问他验票。他想也没想就把家族账户发给它，坐下来。火车有一点点延迟——门关上，又打开了——科比后悔自己不够聪明，上车前没提前买点通用票。他天生不是这样历险的料；他反应不够快。但不要紧；火车终于出了站，把这个城市留在身后。

他从厚厚的滑动门中间挤过去，从门厅去车厢的座位区。他在一个空位上坐下，最后向窗外回望一眼残月这个世界那破碎的月亮。这时火车头唱起歌来，努力加速进了长长的隧道，直冲向凯门。

车厢最远处的一道门打开了，埃隆·普雷尔的双胞胎保镖从车后面向前走进来。他们走得很慢，检查每一个座位区，迅速扫过每一位乘客的脸。每当他们从车厢天花板的灯下经过，灯光就在他们剃光的头皮上跳动。

我能糊弄过去，科比给自己打气。我就说我要去金枢纽见一个女孩。他们会理解的……我是陈‑图尔西家族的——他们不会把我怎么样……

那一对保镖现在很近了。他们行动一致，但头转向不同方向，一个检查车厢左边的乘客，一个检查右边的乘客。

我就装睡，科比心想。我头垂下，眼睛闭上，他们甚至都不会注意到我。

但他知道他们会注意到。

他感觉到车轮的节奏突然变了，知道是火车正在疾驰进凯门。凯空间里似光非光的光亮透过窗户照进来。他开始行动。车厢穿过凯门的时候，是时间凝固的瞬间。他把自己从座位上拽起来都出奇地慢。火车跨过凯门，在一个小卫星上喧嚣着出了隧道，他终于站起来，朝火车前头的自助餐车走去。

他知道回头看会是个错误，但还是回头了。马可兄弟中的一个看见了他。科比穿过车厢间的连接处，夺路逃向下一节车厢。所经之处，乘客侧目。他知道自己一定看起来害怕极了。又穿过一道门，另一个门厅，另一个呼啸的车厢连接处，穿过行李间里堆满的行李箱。那里的机器服务员满怀期望地看着他，但他一把将它扫开，继续冲向下一节车厢，再下一节，然后拐进一间厕所，指望马可兄弟会径直走过去。

过了一会他听见外面马可兄弟的声音，听起来比拳头砸门更如雷轰顶。"先生?"

"马上就好……"科比退到窗口。外面的光刷刷闪过,但玻璃上雾蒙蒙,他看不清外面。角落里水池的下水孔里传来车轮在轨道上轻微脉动的嘶嘶声,就像廉价耳机里渗漏的音乐。敲门声又响起来。声音很大,听起来很有把握;敲门的人笃定门总会为他们打开。

科比给罗洛发了消息,罗洛几乎瞬间就回了。他的头像通过耳机直接显示在科比的视觉中枢,看起来罗洛的脸就挂在科比和厕所墙之间的空气中。他看起来又疲惫又生气。"科比?你在哪?你知道你在干什么吗——?"

"他们在追我!"科比惊恐地呜咽,"我在一辆火车上,那两个——"

"他们当然会追你!"罗洛吼道,"他们觉得你是间谍!出鬼了……你在哪里?"

"先生?"窗外的一个人说。

"在一辆火车上,我不知道在哪,"科比说,"那两个恶棍在这儿,那对马可兄弟……"

"埃隆·普雷尔的私人保镖,"罗洛说,"你想怎么样?你以为知道了这么多,还能就这样潜逃出去?你以为他们不会监视你?"他摇着头。"我帮不了你,可怜的笨蛋。我想到我为这个联盟所做的这么多努力——"

科比切断了连接。他站着瑟瑟发抖,盯着小水池上方镜子里吓傻的脸。我帮不了你。他们会杀了他。这感觉很不真实。不能在这里结束。不要在厕所里……

"请出来，先生。"门外的声音说。

科比跟耳机说，进入火车的系统。火车头名叫决策树，是个卡琳娜 B 线上福斯家出品的 AG-90 型老火车。他不知道能不能信任它，但他在车里奔逃的时候，火车从没有关上车厢之间的门，也没有解锁眼前的这扇门，于是他绝望地给火车发送一条消息。火车，普雷尔家族计划攻击大中央——你一定要警告特伦诺迪·努恩……

突然他感觉一阵失重。雾蒙蒙的窗玻璃外面，光又变成了凯空间里那种未知的颜色。火车又进了一道凯门，就在这两个世界之间，时光停止的时刻，厕所的门被撞开了。其中一个人待在外面放哨。另一个挡在门口，一把结实的银枪指向科比。

"我是科比·陈-图尔西！"科比大喊，把家族姓氏当成武器一样大喊。从前在桑德尔本，他惹上些小麻烦遇到警察，或是在一家拥挤的餐厅想为朋友们要一张桌子时，这办法都有用。他一半对着火车喊，指望火车在听，一半对那个持枪的家伙喊。"我很重要！"

但火车没有回应，持枪的人还是对他开了枪。

第四部分

轨道星罗大战

10

　　有时钱德妮担心，如果自己一直和有钱人生活在一起，最终也会变得像有钱人一样，关心那些有钱人会关心的东西：诗歌、窗帘之类的。有时她觉得若是那样也不错，因为皇宫里的人们看起来比她过去相处过的底层的人们都快乐和健康得多。但每次她开始享受新生活的时候，就会有事情发生，把她从新生活里震出来。

　　盛夏舞会就是这样一件事。钱德妮期待很久了。女皇的御用裁缝为她特地定制了一套华服。她的头发长出来了，刚刚好不用再戴假发或头巾。她和女伴们一起下楼去蔚蓝厅的时候，她不停地瞄自己在镜子和抛光墙板中的倒影，感慨从冷冻监狱出来以后变化之大。等她进入大厅，她的心又变硬了。没人跟她说过这次舞会的主题是冰。

　　她猜这是有钱人的玩笑：在大中央的漫长夏日中最长的一天，待在装满了冰山的房间里。地板上铺满黑沙，冰山特别大，她猜大厅一定被拆过，好把冰山运进来，然后再围着冰山修建好。有些冰山里掏了大洞，乐师就在那些洞里演奏，用些钱德妮记不住名字的现代乐器，演奏些奇怪的无厘头音乐。有些冰山侧面雕出旋转楼梯，聚会的人们成群结队爬到山顶上，伸手够彩绘的大花板。大厅中间一个长台上矗立着好多鸟兽的冰雕，簇拥在努恩家族微笑太阳标志的雕塑周围，雕塑是镂空的，看起来像里面充满了红色和金色的蝴蝶。在用冰做成的餐桌上，摆着冰做的容器，里面封着看起来非常可口的各种小食。这些食物将在前几支舞曲演奏的过程中慢慢融化，这样人们从舞池里下来时就可以吃点冰爽美食犒劳一下自己。

钱德妮在门口呆站了一会，仿佛又被速冻了。她想知道这是不是一个残忍精致的玩笑，取笑她在冷冻监狱的过往。但其实不是。只有卡拉·田中和女皇本人知道她的这段往事。特伦诺迪的尼莱希叔叔下午刚从烤三地赶来，卡拉·田中正在和他跳舞。她平淡的老脸上露出痴迷的微笑，好像根本忘记了钱德妮·汉萨的存在。特伦诺迪也在跳舞，更正式一些，舞伴是丽萨·德利厄斯。特伦诺迪穿着一条银色长裙，身后裁剪得很低，她肩膀和后背露出的棕色皮肤上，印着密密麻麻的白色霜花图案。有人为她喷印这些装饰的时候，她一定坐了很久，钱德妮想，她一定从没想过，对一个受过冻刑的女孩来说，冰会唤起惊悚的回忆。

"你喜欢这音乐吗？"一位穿着轨道军制服的年轻军官问，紧张地想邀请钱德妮跳支舞。

"这是音乐？"

"是啊！这是汉莎航空终点站——你一定听说过他们？我还听说酸果莓语素等等会儿要演奏……"

"我更喜欢真的乐队，"她压过音乐声大喊，"比如激进日光……"可惜激进日光因为艺术见解不同而散伙了。那时钱德妮正在第一次冻刑中服刑。她从年轻人不确定的眼神里看出来，五十岁以下的人都从来没听说过这个乐队。

她转身走了。皇宫的走廊空荡荡的，只有巡逻的安保无人机。钱德妮把自己的通行号发给它们就被放行了。她从瀑布厅入口的一处小穴里顺走了一件来自古老地球的无价的小艺术品。窗外烟火在城市上空升起，银色、白色，在天空中画出巨大的雪花。

特伦诺迪在聚会上也不太开心。把球室装饰成她母亲冰山画的风格似乎是个好主意，但这的确让她更想念马拉派特的黑沙滩了。她母亲选择待在家里画画——她不喜欢聚会。当然，女皇不能任性地离开聚会回房间，于是特伦诺迪留下来，跳舞，微笑，跟无聊的人们说着无聊的应酬话。等聚会的人们终于开始乘车或飞行器离开，或回到楼下的客房里，只留下皇宫的工作人员吹热风，撒上成吨的湿沙来把剩下的冰山融化时，她觉得很高兴。

她把侍女们打发去睡觉，隐约想知道钱德妮·汉萨怎么样了，于是乘电梯去顶楼自己的殿区。路上耳机里收到一则消息。她等所有侍从和安保队伍都离开后，放松倒进一个巨大的沙发里，查看是谁发来的消息。幸福的独处时间，比聚会强多了。她有些醉了。房间在眼前打转，这感觉不错。发消息的是水晶地平线。水晶地平线就是带她去火星的火车。一定是她乘坐它时，给火车授权了女皇的私人频道。那是辆可爱的老火车，但她想知道为什么它要深更半夜给她发消息。

　　特伦诺迪女皇——请联系我。

　　特伦诺迪脱下高跟鞋，揉揉跳舞时被很多重要人物踩过的脚趾。（对丽萨·德利厄斯这样的人来说，重要人物还不够多；很多家族集团的人抵制参加，因为他们不满轨道军元帅趁媒体忙着报道女皇的火星旅程时，通过议院推行新法律。）

　　特伦诺迪回复了水晶地平线。等待信号在她的眼角闪了一会，接着一个老火车的定格画面出现了，它的声音说道："特伦诺迪女皇！抱歉打扰您。您知道，我回去执行普通任务了，我正在开离大中央。我是三点二十开往煤袋枢纽的快车……"

　　"三点二十？"特伦诺迪大叫，"已经这么晚了？我是说，这么早了？"

　　"我不能说太久，特伦诺迪女皇，再过一分钟我就要穿越凯门了。但我昨天在奇巴听说了件非常奇怪的事。一辆叫决策树的火车告诉我，它的一位乘客被枪杀了。两名普雷尔家族的保镖上车，告诉决策树那个年轻人是恐怖分子。这个嘛，自从野火和时光礼物出事后，我们都对这种事有点紧张，所以决策树就让那两个保镖行动了。它以为他们会逮捕他。但他们对他开枪！把他打死了！"

"接着说。"

"嗯，就在这之前，那个年轻人跟火车说话了。他说他名叫科比·陈-图尔西。他说：'告诉特伦诺迪·努恩，普雷尔家族要攻击大中央。'"

特伦诺迪本来听得有点心不在焉，这时坐起来，睁开眼。她站起来穿过套间。她走上宽敞的阳台时，窗户自动叠起打开。密集的城市灯光映在深蓝色的天上；路的表面微微闪着白天存储的阳光；那一条条琥珀色的灯光，是火车的窗户。

"科比？科比·陈-图尔西？他……什么？"

"他说：'告诉特伦诺迪·努恩，普雷尔家族要攻击大中央。'然后他们就开枪把他打死了。决策树给我发了段记录。非常生动……"

"给我看看。"特伦诺迪说。

钱德妮这次真的要走了。她的舞会礼服裙铺在椅背上，就像蜕下的皮肤。她又换上了黑裤子和黑上衣。她不是打算潜出皇宫。她只是想从车库工作人员那里借辆车，让车把她带到最近的凯奔站台。但这身黑衣她穿着很不错，不管她决定在哪个世界落脚，都不会吸引太多注意。

她没带多少东西。她在走廊里随手拿到的古老地球的小艺术品是个小金人，放在她上衣口袋里很服帖——她要到安贝赛或肯彪西把它卖掉。她把替换的衣服打了个包：卷起来的内衣和叠成团的袜子。这只是个很小的包，但这比她长久以来的财产都多得多。现在她等着凌晨三点半，她觉得那时聚会的客人应该全走光了。

敲门声响起时，她一下跳下椅子。过了 两秒才反应过来这不是在敲她的门——而是敲卡拉·田中的套房的门，就在走廊那头。一边捶一边喊："卡拉！卡拉！"一边捶一边喊，一边啜泣。

这种情形下钱德妮没法假装还能睡着。她走到门前打开门。特伦诺迪女皇本人站在走廊里，赤着脚但还穿着晚会礼服，更加用力地挥拳捶卡拉的房门。她转向钱德妮，睫毛膏在脸上留下一道道印子，表情不知因为什么谜团扭曲着。她的无人机试着插到她和钱德妮中间，却被她不耐烦地挡开。"卡拉在哪？"她抽泣着说。

钱德妮迅速开动脑筋，想找个理由，躲开有钱人发起疯来的纠缠。但没有理由，她实在找不出。于是她说："我猜她可能在你的尼莱希叔叔的客人套房里过夜了。他们俩在聚会上重逢似乎很高兴。你试着用耳机和她联系过吗？"

"科比死了！"特伦诺迪说，"有辆火车给我发了录像！他是被谋杀的！他说普雷尔家族正在谋划一场攻击……"

"也许这种事你应该告诉安保人员？你知道，那些保安，无人机什么的？"

"但我不知道这是不是真的！也可能是恶作剧什么的；我不想启动一轮警报，特别是关于普雷尔家族的——那会导致一场事故，但万一是真的……可这不可能是真的……他不可能真的死了，对吗？"

"给我看看。"钱德妮说。她打开房间的门，把特伦诺迪让进来。收拾的包裹还躺在地上。她把包踢进角落里，希望特伦诺迪没看见。

这时特伦诺迪通过耳机把视频发过来了。里面是从火车门厅天花板摄像头拍摄的录像里提取出来的粒状图像。一个年轻男子一路跑过来，两个男人在后面紧追。追击的两人都剃了苍白的光头。接着画面转到一个狭仄的厕所间。那个年轻人仰头瞪着摄像头，说："火车，告诉特伦诺迪·努恩，普雷尔家族要攻击大中央，告诉她我——"接着砰的一声——是枪响——那男孩惊惧大喊："我是科比·陈-图尔西！我很重要！"接着又一声枪响，把他震得向后倒向窗户。被打花的玻璃上一片血迹模糊，他应声倒下，出了摄像头的视野。

钱德妮骂骂咧咧地说："给你发这消息的火车在哪？"

"出了这个世界了。一定是恶作剧，对吗？卡拉总能识破这些事情——她一定能分辨……"

钱德妮任她喋喋不休地说话。自己在耳机里打开一份凯奔时刻表。大中央所有站台的到站数据都跳了出来。其中有一条标着警告红旗：三点四十四分从奇巴出发的火车晚点了。这本身也没什么不寻常。一辆老旧的生物技术火车在奇巴抛锚，是因为那个行星的大部分表面都被一种叫威尔特克劳特的巨大植物覆盖。火车在那里有时会因为轨道上的巨大叶子晚点。但这个特别的早上，这还是有点凶险，因为奇巴是连接普雷尔的领地与星罗其他部分的交通港。

"呼叫你的安保人员，"她跟特伦诺迪说，"呼叫德利厄斯。我觉得这不是恶作剧。"

特伦诺迪瞪了她一会，然后使劲闪了闪眼，含泪开始对着耳机把事情从头叙述了一遍。钱德妮走出房间来到阳台上。晚风清新，三轮月亮堆在山上，就像整装待发的平流层飞船。这个车站城市的众多连拱桥上都有火车在移动。凌晨这个时候有这么多火车不太正常。

"女皇。"她说。就在她转身的时候，有东西以快得可怕的速度，伴着响得可怕的声音，在她上方尖叫着划过天空，砸进了上面一层特伦诺迪的套间里。她钻回房间，火焰和碎片在她周围落下，但房间在倾斜，好像在试着把她扔回阳台——但阳台已经没有了，被从上面坠下来的另一个阳台给打落，掉在皇宫一角。特伦诺迪在大喊着什么。钱德妮不停地咒骂。接着她又听见那尖叫声，从空中以不可思议的速度冲过来，她被什么东西抓离地面，拎到空中，又抛开。她尖叫着，几乎没注意自己又撞上了地面，她的尖叫声淹没在一片惊人耀眼的强光和猛烈的声浪中。

11

有一会特价诺迪正对着耳机连接那头的 个皇宫安保男了说话，紧接着眼前一黑，她就难堪地躺在一个角落里。真黑——她什么也看不见，除了正在褪去的一抹红，是一团熊熊大火的视觉滞留。她起初也什么都听不见，但之后她的耳朵里有了振动，远处有噼里啪啦的燃烧声，还有沙沙的玻璃纸的声音，近得多，她判断也是火。

那为什么这么黑？为什么没有火焰？肯定会有火焰——她脸颊一边能感觉到火焰的热度，能闻到燃烧的气味——但她看不见，因为她瞎了。

"钱德妮？"她大喊，"钱德妮·汉萨？"

没有回答。特伦诺迪手脚并用地爬起来，想跑却不知往哪。爆炸了，她想。她开始像婴儿一样地爬，离开火的热度和爆裂声。她手下的地毯感觉很脆，就像油炸海带。一声汽笛从某处响起。她觉得能听到她那些蜂鸟无人机的翅膀细微振颤的声音还环绕着她，但她没法联系它们，她伸手够耳机发现耳机掉了。

"钱德妮？"她喊道，"救救我！"

一连串的砰砰巨响从远处传来，但也没那么远。每从她听到一声，斯平德尔桥的记忆就像弹片一样击中她。有一会，她恍惚不知自己是否还在斯平德尔桥。因为这样的事不可能发生两次，不是吗？一定是同一次延续至今的大灾难，而她在中间的诡异间隔里当上女皇，搬进皇宫，这一切都只是噪音和火与恐惧给她带来的幻觉。

有人伸手抓住了她。她尖叫起来，哪怕认出钱德妮的声音在说"没事了，没事了……"，还是停不下来。

"你去哪了？我刚才喊你……"

"我被困住了一会。现在没事了。"

"还有事——我看不见！"

她挣扎着挣脱，钱德妮用手掌使劲给了她一个火辣辣的耳刮。这让特伦诺迪安静了一会儿，钱德妮趁机把什么东西按到她脸上。特伦诺迪感到有终端滑动接入，音频在耳后，视频抵住脸颊。钱德妮一手扶稳她的头，等她笨拙地调整着耳机。

突然特伦诺迪又能看见了。不是通过眼睛，而是通过耳机上的摄像头，把图像直接输入她的大脑。眼睛里还满是视觉滞留，就像被烤了一样。她看见钱德妮就像个昏暗的绿色幽灵，映在深绿色的烟和白色小亮块的旋涡中，她猜那应该是火焰。

"我们必须离开，这里着火了。"钱德妮说着抓起角落里的一个包，抖抖上面的一些天花板碎片，把包扛到肩上。特伦诺迪低下头，看见钱德妮拉着她的手。这感觉就像在看一个屏幕——像是发生在别人身上的事。

"发生什么了？"

"导弹什么的，"钱德妮说，拉她站起来，"普雷尔家族干的，我猜。"

"他们一定疯了！轨道军会把他们打散的。他们家族就要完蛋了……"

她们一起走过支离破碎的房间。特伦诺迪的无人机中有一些经历爆炸还幸存了下来，钱德妮推开门踏上走廊时，无人机以人字阵型向前跟上。卡拉·田中套间所在的地方现在只剩一片大火，扭曲的钢筋映在城市之上，景象令人眩晕。丽萨·德利厄斯身处的轨道军指挥塔顶楼正像电筒一样发出炽热强光。锯齿状的快速飞行的东西在烟雾中闪过，发动机的轰鸣声紧接着在它们离开视线之后响起。

"但安保人员说没有被攻击的危险，"特伦诺迪说，"他们告诉我一切尽在掌控……"

"那他们就错了，"钱德妮说，把她从洞里拖出来，拖进一段宽一些的看上去还没损毁的走廊，"欧连线和斯皮拉特线上都有火车晚点。普雷尔家族一定管制了交通，好让他们的战车通过。"

她们沿着走廊走。这里出奇地安静。营救无人机在哪？保安在哪？一群用金色银色的叶子叠的小鸟，从天花板上挂下来，在贯穿皇宫的诡异狂风中放肆飘动。楼梯间前面有人声回响，在用轨道军的战争密码发出指令。

"哦，谢谢卫神！"特伦诺迪说，赶着去和正在上楼的蓝军碰头。

钱德妮犹豫着。她一直在想。如果她都能检查凯奔时刻表，明白要出大事了，为什么那些安保人员没有发现？他们为什么让特伦诺迪别担心？

她从女皇身后把她扑倒，两个人一齐重重摔在坚硬的地板上。特伦诺迪体面尽失地嚎叫起来，但叫声被拉枪栓的撞击声淹没。领头的士兵抬起步枪对她开火，子弹在她摔倒之前头的位置擦过。与此同时她的蜂鸟无人机回应威胁，叠起翅膀，变成一枚枚小型导弹。它们点燃尾巴飞向轨道军小队。一时周围充满小型音速炸弹，火光冲天，发出滞重的巨响以及尸体沉重倒下的声音。钱德妮和特伦诺迪抬起头，她们看见走廊部分起火了，蓝军全死了。

"可他们本应是我们一边的……"特伦诺迪说，疑惑的声音轻微得快听不见了，好像完全是从另一个地方传来的，像极了某些嗜血战争主题的儿童剧里面的对白。

钱德妮站起来，警惕地穿过烟雾走向那些尸体。她从一具尸体上拾了一把枪，又从另一具尸体的腰带上扯下一个装满战地外科手术用品的医疗箱。她回到畏缩着的特伦诺迪身边时，楼下人声更吵了，接着突然一阵很快的枪声，就像疯狂的锤击。钱德妮把特伦诺迪扶起来，拖着她继续沿走廊走。"我觉得如果普雷尔家族没有把握能赢，是不会发动这样的行动的，"她说，"他们很可能已经策反了半数轨道军。他们在凯奔时刻表管理局肯定也有朋友，好给他们的战车让道。"

"可是……那我们就谁也不能信任了！"

"我默认对谁都不信任。"钱德妮抠开一个电梯的门，把特伦诺迪推进去。

"起火时不应该使用电梯……"特伦诺迪说。

"有火情，"申梯也附和道，"请走楼梯。"

"闭嘴。"钱德妮对女皇和电梯说。

电梯下落了一会，停下来。"下次在起火的建筑物中时，"电梯尖酸地说，"请考虑使用楼梯。"

她们走出电梯进了一层行政办公层。周围没有人，只有不知疲倦地哀号着的警报声。她们沿着工作人员专用走廊匆匆走过，走廊里堆着镀金的椅子。她们接着穿过一道标着"此门禁止使用"的门，进入杂乱迷宫般的安静办公区，这里本来是女皇不可能看到的地方。

"那卫神呢？"特伦诺迪问，"它们会阻止这事，对吗？它们怎么能容忍普雷尔家族这么做？"

钱德妮没有回答，但她也不需要回答。特伦诺迪自己能想明白。卫神们一定知道普雷尔家族的计划，因为卫神们无所不知。如果它们让这事发生，那就是它们许可了。这就不仅仅是普雷尔家族和他们在轨道军中的朋友想要除掉她，而是卫神们自己站到了她的对立面。

"我们怎么办？"她问。

钱德妮上下打量着她。"先脱了这身愚蠢的晚会礼服。"她说。

特伦诺迪听话地开始脱掉沾满污点的破烂礼服。钱德妮打开包，挑出一小堆衣服——衣服很好，但是很普通：黑的和灰的。"你怎么有时间打包的？"特伦诺迪问，但不等钱德妮想出怎么回答就接着说，"真高兴你跟我在一起。要是没有你……谢谢你。"

钱德妮看着她的裙子，想着要不要告诉她自己本来计划出走。她犹豫该不该告诉女皇，早先的爆炸并没有把她打晕。特伦诺迪在燃烧的房间里盲目地爬着，大喊找她。她看那一幕看了好久好久，可她没有回应。她本要自己开门离去，却被什么东西拉回来帮助女皇。她还是不知道自己为什么这么做。

她在一个储物柜底部找到一双古老的鞋，和特伦诺迪的脚码非常接近。她又在一个抽屉里找到把剪刀，拿来修剪特伦诺迪的头发，剪成一堆黑头发茬，比她自己的还短。特伦诺迪习惯于别人帮她决定造型，然后帮她打扮，所以她什么也没说，只是闭上眼睛站定，厚重的蓝色刘海落在她脚边的地上。

钱德妮沉默中也在盘算。她在想要怎么跟特伦诺迪说她们在这里就此分别。要是她自己走，她可以消失在这个被战争摧毁的城市里，普雷尔家族的袭击在城市里造成的混乱也许反而能给她掩护。她肯定不能冒险跟一个落难女皇一起被抓。

但当她放下剪刀,特伦诺迪对她眨眨眼,像个孩子般天真地信任她,第一次帮女皇时的那种奇怪感觉又抓住了她。她抗拒着,但她不能视而不见。

她踢开通向台阶的门。响动飘向下面的楼层。瓷砖台阶向下通往阴影中。

"来吧。"她说,把手伸向特伦诺迪。

她们一起走下台阶,走进黑暗中。

12

普雷尔家族的战火车分三股汇集到了大中央。第一股是进攻火车，载着重型武器，拖着长长一条平板车厢，它们一从凯门穿过就发射出一群群无人机和导弹。第二股紧跟其后，是载着士兵的火车：满满整车厢、整车厢的步兵，身着普雷尔家族海军那过时的紫色战甲。

拉里亚·普雷尔跟着第三波到达，坐在她伯伯的火车指挥室里。火车叫地狱新图鉴，它从弗劳斯特弗冲出凯门，驶过挤满了滞留旅客的车站，还有退在旁轨上愤愤不平的载客火车。进攻的新闻已经发布出来——普雷尔家族在所有中心世界的数据筏上都发表了媒体声明——但还没有从大中央传回任何关于战况的消息。所以他们扎进最后一道凯门时拉里亚很紧张。要是前面形势不妙，地狱新图鉴很可能一出凯门就被攻击。

一切发生得太快。科比·陈-图尔西那晚从螃蟹城堡逃走，是这一切的导火索。他走了，拉里亚暗自高兴——她觉得有点对不住他，她并不想和他结婚——但家族的安保人员担心他会给努恩家族送信。这些年月以来耐心谋划、精心筹备的计划，突然间付诸行动。

在基辛钱德和大中央之间凯光闪耀的瞬间，拉里亚想知道科比怎么样了。有传言说他逃走时马可兄弟追了上去，也有传言说马可兄弟把他杀了，但拉里亚不愿相信这个说法；普雷尔家族是磊落的战士，不是阴暗的刺客。

凯门的光褪去。现在没有回头路了。其实从来也没有过回头路。他们在隧道里，大中央的重力稍微强一些，按着拉里亚在椅了里陷得更深了。突然阳光刺进狭窄的窗户。外面什么也看不见，但耳机里传回一架无人机视野中的城市。在钱姆·尼维克连拱桥上往外面看，城市显得颇正常。直到你意识到，那十儿座全都以同一个角度微微倾斜向大风方向的黑乎乎的高楼，其实全都在冒着滚滚浓烟。邻近线路上的一列火车里涌出许多扬着普雷尔家族战旗的战斗气垫船。北边金色的火焰像倒置的瀑布，吞没了一部分皇宫。

她看看埃隆伯伯，他正皱着眉头专心致志地听战报。过了一会儿，他皱巴巴的脸变得通红，拳头砰地砸在座位的活木扶手上，大喊："成了！他们被打得措手不及！有组织的反抗被碾压。我们的地面部队正扫荡最后一小撮德利厄斯的亲信……"

"已经成了？"当车厢里的其他军官开始欢呼，拉里亚却问，"我们已经打败轨道军了，长官？"

他又忙着听取耳机里的新闻了，没听见她的问题。但他的保镖听见了。西弗和恩科·马可就坐在旁边，跟往常一样没有穿制服，懒散地蜷在座位里。这要是换了别人，伦隆伯伯是决不可能容忍的。他们对拉里亚笑着，西弗说："轨道军不会这么轻易放弃的！"

"但我们没有和轨道军交火，"他哥哥说，"不是轨道军全军。第三和第十二师的长官就跟我们一样对新的努恩女皇不满。他们的部队正在和我们并肩战斗。"

火车开进一个车站。人们在欢呼："胜利！"但拉里亚没感觉到胜利的喜悦。她原本期待一场真正的战斗，就像她小时候学校墙上的加拉加斯特大壁画里一样：炽热的战车，燃烧的无人机。当然加拉加斯特战役对家族来说虽败犹荣，而她想胜利。但敌方一开始就变成了友军，这感觉不太像胜利。这感觉更像政治，或者仅仅是种作弊。

更多战报呈上。拉里亚跟着伯伯走出指挥室时，普雷尔家族海军的元帅都赶来致敬，告诉他各种目标都达成了。少量忠于努恩家族的轨道军还在议会花园附近骚扰抵抗。一辆叫浓发惊慌的努恩老战车正和普雷尔家的火车头在约海克辛区的几座连拱桥上打游击战，但他们认为这辆车会很快投降。

"那特伦诺迪·努恩呢？"他问。

指挥官们变得吞吞吐吐。其中一个说："我们还在辨认导弹袭击下她套房中的那些尸体。"

另一个承认："她所有私人房间完全被毁了，但不幸的是她当时似乎并不在房间里。她还有在逃的可能。"

拉里亚竟如释重负。科比·陈-图尔西很喜欢努恩女皇；他在谈起女皇时变得可爱有趣多了。不管科比在哪，知道女皇逃走了，他都会高兴的。

可埃隆·普雷尔并不高兴。他短促地吸了一口气，了解他的人就知道这是危险的信号。"把她找出来。"他说。

这是他成为星罗新大帝之后，下达的第一道命令。

恐龙都很紧张。微风中的烟味和不时从城市里传来的交火声都让它们害怕，这些巨型蜥脚类生物纷纷在空中伸长了脖子，吵吵嚷嚷。

特伦诺迪解释了这些生物并不危险。皇宫北边的这片开阔的新月形公园里没有任何食肉动物，只是些装饰性的巨型生物，比如腕龙，这个物种曾在古老地球上漫步，如今在这个星球上由基因技术培育出来。但钱德妮还是对它们很警惕。毕竟这么庞大。要是它们踏过来，她正好挡在它们的路上，那她好不容易脱离了冷冻监狱和普雷尔家族的袭击之后，却送来给恐龙踩，实在是命途多舛。

不过她还是很喜欢这个园子。普雷尔家族的无人机在城市上空巡逻。这公园里茂密的枝叶，还有众多动物也许能帮她和特伦诺迪藏身。

她们一整天都在向北走，尽量地贴着树，一旦有无人机从上空飞过，她们就在深深的阴影处躺下。泥土和植物的气味让特伦诺迪想起在然加拉的家族狩猎保护区发生的事儿。她与科比和岑·斯塔灵的那场狩猎不堪回首。每次她想起科比，想到科比死了，她就觉得走这些路都是徒劳。因为如果科比会死，那她也会死。迟早那些无人机会发现她，普雷尔家族的士兵会赶来射杀她，就像杀死科比那样。但她不想孤零零被落下，所以每次钱德妮·汉萨又开始向北移动，她也站起来顽强地跟着，脚在偷来的鞋里都磨出了泡。

至少她的视力正在恢复。钱德妮用抢来的医疗箱里的什么东西给她眼睛做了治疗，对眼球喷了点凉凉的喷雾。她现在不用耳机辅助也能看见了：视野还很昏暗模糊，但足够让她抱有希望，如果她活过了这一天，她就不会瞎。烈日灼人，因此她们更要待在树下面。她跟着钱德妮，想着自己的无人机是怎么杀死那个本来带着医疗箱的士兵的。所有人都爱说，人类早已超越三维历史视频里古老地球上的那些暴力战争。但暴力还在，就在平静生活的表象之下。卫神们只需要把眼光转开一会儿不看这场游戏……

钱德妮收回耳机，用来连接大中央的数据筏。很多网站都瘫痪了，取而代之的是电视广告，告诉大家待在家里，配合普雷尔家族海军，还说普雷尔家族海军刚与轨道军一起解放了这座城市。新闻推送上，埃隆·普雷尔发表了演讲，讲述普雷尔家族如何从整个帝国福祉出发而行动，推翻了德利厄斯的篡位和她的努恩家族傀儡。无人机拍摄的录像显示丽萨·德利厄斯陈尸于轨道军指挥塔中一间被火力轰开的办公室。她看起来比活着时更小、更老、更脆弱。普雷尔家族的战士们在她的尸体边上摆拍，就像猎人们在炫耀猎物。

钱德妮打开几幅地图，然后就摘下耳机扔进一群三角龙正在洗澡的泥坑里。她对现代的耳机不太了解，而且担心要是她用的时间太长，普雷尔家族的人可能会因此追踪到她。不过地图在她脑子里很安全；她一向对地图记忆力很好。

快晚上时，浓烟仍飘荡在市中心的上空，红彤彤的双子太阳在浓烟中下沉，两个年轻女子出现在皇家恐龙公园北边尽头，俯视着同在太阳照耀下的加利巴工业区。她们穿上工人或侍者的破衣烂衫。两人的头发都剪得短而凌乱，不起眼的面容上抹着不起眼的污渍。

斜坡脚下，一条来自加利巴调度区的支线延伸进一栋像掩体一样的砖建筑，房顶上轨道车标记闪闪发光。

"那是什么？"特伦诺迪问，在一堆灌木丛的影子里坐下，脱下鞋搓搓脚。

"轨道军养老院，"钱德妮说，"有些对轨道军再也没用的火车头就存放在那里。我觉得这些对普雷尔家族应该也没什么用。希望他们不要监视这个地方太紧。"

特伦诺迪趁着快消失的日光，迅速跟着钱德妮下了山。远处天上，悬在城市上空的烟雾阴霾里，一架普雷尔家族的监视无人机注意到了有动静，正在向她们对焦。无人机向数据海里的情报系统上传了粒状图像，情报系统开始启动人脸识别筛选。

轨道延伸进养老院的大门，上面布满了高高的、密密麻麻的电线篱笆。这建筑本身是山丘里一个拒人于千里之外的灰瓷小山包。

"我们怎么进去？"特伦诺迪问。

钱德妮伸手从袍子里掏出她从皇宫里带出的枪。

"你不会杀人吧，对吗？"特伦诺迪问。

"但愿不用。要看情况。"

"但你杀过人，是吗？以前，我是说？"

钱德妮耸耸肩，意味深长。"你听说过阿雅古兹吗？我觉得你可能从没去阿雅古兹巡访过。在那儿人们可不会挥旗欢迎你。那是个深海水世界：一堆海下采矿栖息地，所以人们都铁石心肠。每个压力舱都由不同帮派控制，每个帮派都时刻想扩展领地。我第一次从冷冻监狱里出来就在那儿——跟着深六队跑了八九个月。所以这不是我第一次卷入一场地盘争夺战，女皇。"

特伦诺迪正想解释，两大家族之间的轨道星罗大战，跟矿场两个流氓帮派之间的争端，有着天壤之别。但钱德妮一边说着，她们一边沿着建筑边往上爬，经过带轮子的巨型磨砂垃圾箱，接着来到一扇瓷门前，上面喷刷着警告贴示。钱德妮用枪托对门锤了又锤。终于有个男人来开门，她立马用枪头指着他的脸。另一手扭下他的耳机，扔到她身后的灌木丛里。

那人很老了，一头白发，棕色的脸上满是雀斑，湿漉漉的棕色眼睛看见枪时对着眼，不看枪再看钱德妮时，两只眼珠又分开了。

"这里就你一个人？"她问。

他紧张地点点头，半抬起手。"我是看守的。这里只是个仓库……"

"你知道这是谁吗？"

"不知道。跟你一样的太妹？可能是你妹妹？"

"拜托，你一定见过她。她的脸印在钱上，楼上，到处都有。"

看守又看看特伦诺迪。"不可能……新闻上说她死了——我不想找麻烦……"

"没人想找麻烦，"钱德妮说，"是麻烦找上我们。"她把他猛地往后一推，歪头向特伦诺迪示意跟她进去。门在她们身后关上了。她们站在一个走廊里，头顶上有电光板照明。大发电站在轰鸣；弥漫着地下室的气味。乱糟糟的小办公室里有面全息屏，正播放着埃隆·普雷尔的新录像。重新进入室内感觉很奇怪。看守一直像看鬼一样盯着特伦诺迪。钱德妮正用枪戳着他的肋骨，但他似乎对特伦诺迪比对枪更有兴趣。

"带我们去找火车。"她说。

13

如何处理老火车，一直是个问题。你不能因为它们一过时就把它们直接报废掉。火车至少也是跟人一样有意识的。所以你得让它们服役尽可能久，不停升级、重置，把旧的系统放进崭新的身体里。要是实在没法让火车再服役了——它们实在过时或古怪得毫无希望了，或者是战车而此时没有战争——那就把它们存放起来。整个星罗上有很多老火车梦想可以进入慢波睡眠退休的地方，或者数据海里设计来给它们浏览娱乐的版块：虚拟轨道和铁轨游乐园，还有稀奇古怪的聊天室，老火车可以在里面谈论它们各自的历险，抱怨那些取代它们的好看新型号。

看守领着钱德妮和特伦诺迪往走廊深处又走了一会儿，从门边的锁里看进去。锁扫描了他的视网膜，门滑开了。里面一片漆黑，几秒钟后高高天花板上的灯感应到了来访者的需求，纷纷闪亮起来。特伦诺迪意识到他们现在处于山体内部。外面的建筑只是某种游廊。真正的设施其实是这个巨穴般的机库，地面上铺满了轨道。每副轨道上至少沉睡着一辆火车。有卸了枪的战车，外壳上的武装被拆除，留下的洞还敞开着。还有的火车头整个外壳都被剥离了，露出甜甜圈形状的反应室和装着大脑的像盒子一样的容器。其他的看起来很完整，尽管大多数都连着一堆电缆和管道，从头上的阴影处拖下来。

"你在找什么？"特伦诺迪问。钱德妮押着可怜的看守带她穿过铁轨，仔细地察看每一辆安静的火车。

"找辆火车，能带我们快速离开大中央，又不能太引人注意。"

特伦诺迪拍拍一个高耸的黑车头，装甲板非常光滑，上面有好多带盖的武器舱口。"这个怎么样？"

看守摇摇头。"哦不行，努恩夫人，你不会想要那个。那辆火车很不稳定。"

那个火车头似乎感受到了特伦诺迪的触摸。它体内深处似乎高兴地"咕噜"了一声，两盏眼睛样的红灯像烈焰一般点亮在复杂的装甲上。

"它看起来很快。"她说。

"确实很快，"钱德妮说，"但我们也没那么着急，而且它也不是完全不引人怀疑。"她继续在机库里走，把那老头押在前面。"你在这里还藏了什么？快点，我们越快找到，就会越快离开。"

特伦诺迪抬头看看那只黑火车头。她能感觉到火车头也在看她。它侧面写的名字是鬼狼。

钱德妮在前面一辆又破又小的福斯 500 前面停下来。这是种通常用来拉货的火车头，普通得不会有人看第二眼。"九号轨道那边有些过去的弹药车，"看守急切地说，"给我十分钟，我很快就能把它捣饬好，加满燃料。"

福斯醒过来。"很高兴重新服役，"它说，"我是勇敢的狙击手。我们将去哪里？"

"随便，"钱德妮说，"时刻表上全排满了。要是有人抱怨你挡道，你就跟它们说你载着普雷尔家族海军的紧急补给。"

"两百六十五号门，"特伦诺迪说，"离这儿不远。"

钱德妮回头看她。"这是去哪？"

"通向塔乌比特，"特伦诺迪说，"在塔乌比特，我们可以接上旧的狗星线。"狗星线蜿蜒穿过星罗的心脏，连接着关闭的车站和关闭的世界。"我们可以像雷文一样利用它，也许能比普雷尔家族先到桑德尔本。"

"狗星线？"钱德妮摇摇头。"它会被封锁掉的。不行，我们去高新钱德或者类似的世界，接上蜘蛛之光线或东方怀疑线。没人会想到去那里找我们。"

"我们应该去桑德尔本，"特伦诺迪坚持，"那是我家族的发源地。那里的人们会组织起来反抗普雷尔家族的篡权。当他们听说你怎么救了我，你会得到奖赏。"

"我做这些不是图奖赏。"钱德妮说。

火车仓库前面巨大的门以迅雷不及掩耳之势打开了，像卷帘一样嘎吱缩进了房顶。照进来的夕阳如此耀眼，令特伦诺迪一时头晕目眩。好多人跑进来，他们头盔里的扬声器喊着劝降，趴下之类的口令。她认出了普雷尔家族海军的紫色铠甲。

她开始举起双手，几乎有些如释重负，终于不用再逃亡了。

接下来发生的事——怎么开始的——她完全搞不清。也许普雷尔家族海军正迫不及待地想杀人。不管怎么样，钱德妮喊了什么，那老头也向前跑，边跑边喊，枪声不时响起，子弹啄进他的衣服，他趔趄倒下了。钱德妮跑着穿过轨道，边跑边开手枪。普雷尔家族的士兵散开隐蔽。激烈的枪声和回声之后，有阵叮叮当当的声音，好像是打完的弹壳落在铁轨上。一道影子斜在夕阳下。有个巨大的东西闯进了火车头仓库。是一个看起来就很野蛮的装甲火车头，鼻子上飘着普雷尔家族的横幅。钱德妮赶到特伦诺迪跟前时，特伦诺迪看见火车头的枪转过来对着钱德妮。接着一堵黑墙滑到了她的眼前。

鬼狼赶上前来，挡在普雷尔家族和他们的猎物之间。

"上车。"它说，声音又粗又响。一道窄门从它的装甲外壳上打开。

火车头另一边有什么东西爆炸了，一片火焰从火车头上飘过。钱德妮把特伦诺迪猛推向那辆黑色的火车。然后自己也爬上台阶，进了门。普雷尔家族的火车正在猛烈开火，打得整个火车头都在颤抖。

普雷尔部队里一定有人发现了，因为基地的门又开始关上。鬼狼轻蔑地哼了一声，突围出去，像尖刀捅湿纸一样剪开瓷墙。在它狭窄的小客舱里，特伦诺迪紧紧抓住座位靠背和门柱。随着火车嘎吱穿过这个基地外面的节点，她被甩得晃来晃去。

"我们去哪？"火车问，"普雷尔家族已经通报了他们在城里的军力。还有两辆战车正从大中央的站台出发，我很快就会和它们遭遇。"

"两百六十五号门。"钱德妮喊道。

"可你刚才说……"特伦诺迪刚开始说。

"两百六十五号门是我们唯一有希望在战车截住我们之前到达的门。"

鬼狼弯道飞驰时，她们就被甩到一边。"两百六十五号门那里有无人机巡逻。"它说，听起来像是它黑暗的乐趣。

"你能搞定它们吗，火车？"钱德妮问。

"我没什么可以用来搞定的，"火车闷闷不乐地说，"我退役了。我有油只是因为我从存在这里的别的火车那里偷来一些。我所有的武器都被拆除了。"

"那些无人机能穿过你的外壳吗？"

"我不这么想。走着瞧，怎么样？"

一枚导弹打中了它，热浪袭来。客舱像巨型的铃铛一样响了又响，屏幕上又故障了一会。

"不可能的，"鬼狼说，"它们是垃圾。"

车站城市安静的北郊，两百六十五号门坐落在一个树林密布的小山丘下面。普雷尔家族没有派战车看守，因为那里只通向塔乌比特一个城市。一小队无人机在那里值班。那些翅膀粗短的丑陋机器，像阴郁的蜜蜂一样盘旋在隧道入口上空，守着线路进入山体的门。几个邻近的小孩子来看了一会儿无人机，但这些无人机没什么意思，他们就散开了。战争开始的时候似乎让人激动，但现在所有人都说已经结束了。明天又要上学了。

因此，等黑火车头沿着铁路呼啸而来时，只剩下三个小孩。他们听见火车开来，就跑到铁轨旁的栅栏边，肮脏的小手抠紧栅栏上的链条电线。这辆火车比他们以往见过的都快。快得第二天他们和小伙伴们描述时都没人相信。普雷尔家族的无人机其实对火车开火扔导弹了，但这辆黑色战车停都不想停，导弹似乎对它没造成什么伤害，只是在黑色外壳的表面上擦出几处火焰来，反倒让火车看起来更酷了。

火车驶过刚才小孩子们待的地方，一架无人机自杀式地冲上来，试图近距离攻击。而火车好像知道自己有观众，弹开一个武器库舱门盖。武器库是空的，但以火车的移动速度，舱门边缘就像刀刃一样锋利：把无人机砍成了两半。一半在火车带起的气流中翻滚着飞开了，另一半被风卷上天，发出吱溜哐啷的声音，跟游戏里被打下的无人机发出的声音一样。那群孩子往上看，瞪大了眼睛，看着它无助地翻着跟头撞上另一架无人机，两架都从天空滑向一边，撞上隧道口上面的悬崖，然后令人满意地爆炸了。几块相当大的岩石滚下来，黑色火车的外壳特其弹开。火车进了隧道口，上方的悬崖壁似乎在颤抖着卜落。上面的树开始滑下山，起初还是竖直地下落，接着随着树下的土地坍塌成碎石撒在轨道上，树也倒下翻滚起来。

　　损毁的无人机碎片从轨道旁边树上的叶子里拍打着穿落。孩子们赶紧过去拾碎片。他们手里紧紧抓着滚烫的碎片，崇拜地看着尘埃落下。更多火车正赶来——是普雷尔战车——它们减速，停下，派出更多无人机恼人地盘旋在被封锁的线路上。

14

凯门无色的脉动褪去。鬼狼到了另一个行星。

"你减速了,火车,"钱德妮说,"有什么不对吗?"

"我们现在在水下。"火车说。

特伦诺迪从狭窄的窗户望出去。看见一波晃动的汤,蓝绿色,里面满是杂草或搅起来的沙子什么的。她想起学过的关于塔乌比特的内容了;那里的凯门建在行星最深的海沟底部。

"卫神们为什么要在海底建一个凯门?"钱德妮琢磨着。

"也许建的时候还不是海底。"特伦诺迪说。

"有个家伙想和你们通话,女士们。"火车说着在客舱的空中打开一个闪亮的屏幕。

"未知火车?"一张男人的脸塞满了屏幕,是个中年人,略显浮夸,几缕稀疏的头发顽强地坚守在秃顶的前额上。他往鬼狼的客舱里瞥，像个从窗户里窥视的多事邻居。"我是塔乌比特换乘委员会的欧兹色莱克站长。请你们报上身份。"

"钱德妮·汉萨。"钱德妮说。"轨道军，"她没把握地补充道。"大中央遭遇普雷尔家族海军的袭击。经过苦战普雷尔家族被击退。我们来保障你的车站城市，以防敌军试图攻打这里。"

欧兹色莱克站长皱皱眉。"可几小时前刚有一辆货运火车从大中央开过来。它告诉我们普雷尔家族对城市戒严了。它说埃隆·普雷尔是现在的大帝……"

"不对，"钱德妮说，"形势变得很快。普雷尔家族已经被打败了。"

站长无助地眨眨眼。"我猜你们的火车可以提供证明？比如大中央数据筏的媒体更新……"

"我才不会，"鬼狼说，"我是个战车，老兄。我的大脑很忙，可不是用来存一堆你们新闻网站的无聊消息的。"

欧兹色莱克把话筒关闭了一会儿跟屏幕外别的什么人通话。外面的海波涛汹涌。几束阳光透进来，点亮一片银色的沙原，一片海带，还有一些冰雪穹洞下的海底聚落。鬼狼接近塔乌比特车站城市坐落的小岛时，特伦诺迪能感觉到车轮下面轨道在升起。

"停下，"欧兹色莱克又开启话筒，说，"一公里外有个旁轨。你们就在那儿停下，等我们查清真相。塔乌比特的防卫潜艇正在向你们靠近；如果你们不配合，它们会向你们开火。"

"哦，真吓死我了。"鬼狼讥笑着。它把屏幕静音，只见欧兹色莱克的嘴巴无声地张张合合，就像条固执的鱼。侧面有枪声响起。

特伦诺迪说："火车，你能带我们去老狗星线吗？"

"知道了，"鬼狼说，"这条线不在我从本地数据筱里下载的更新版地图上，但还在我的缓存里。这条线上的分岔口就在主车站前面……"

外面的光越来越亮了，接着她们突然到了地面上，水从窗边淋下，棕榈树和生物建筑在午后的天空下亮闪闪地向后退去。屏幕上欧兹色莱克大吼，手舞足蹈，像是被困在一个隔音棚里。

"安全吗——这条狗星线？"钱德妮问，"他们不会把铁轨撬了？"

"没人撬铁轨，"特伦诺迪说，"太难了。太贵了。"

"可是凯门不会被封锁吗？"

"对我来说小菜一碟，亲爱的。"鬼狼自夸道。

外面的天空上飞满了东西：媒体无人机，可能还有武装无人机。有些在发光，但那是闪光灯还是开火的光亮，特伦诺迪看不出来。如果它们是在对鬼狼开枪，那鬼狼的盔甲就把光的能量和子弹缓冲吸收得太好了，特伦诺迪甚至没听到任何声响。

"这辆火车怎么了，钱德妮？"她问，"听你之前的口气，好像它有点不对劲？"

钱德妮看看她。"它是个好火车。"她说。

"那为什么你一开始想要那辆小福斯 500？"

"因为这辆是十二宫系列，"钱德妮不情愿地说，"你听说过吧？C12 系列战车？行业里最厚的装甲，最大的引擎，最好的武器。我没想到这系列战车现在还有留存。我还以为它们全都很久以前就被毁了。我猜轨道军封存了几辆，以防万一，虽然很难想象万一的情况有这么糟……"

"但如果它们这么好，为什么把它们弄坏？"特伦诺迪问。她对这辆火车很满意：它救了她们；玩弄普雷尔家的军队。她觉得它有点像钱德妮。钱德妮和火车都很普通，有点疯狂，都被封存了很久，而现在都苏醒了正在帮她。

钱德妮眼睛一直盯着窗外，特别轻声地说，好像不想火车听到。"十二宫火车系列作品，致力于做最好的战车，但它们脑子里有些瑕疵。大部分 C12 系列最后都疯了，变成神挡杀神、佛挡杀佛的杀戮机器。"

"哇哦！"就在这时鬼狼说，听起来更像个孩子而不是杀手。车厢左右摇晃着。"节点，"它解释道，"我们已经跨上狗星线了。转换挡把我们锁住了，但我设法黑进系统去，把它调好了。我可接受过网络战争的培训。"

"很好，"钱德妮说，"你能把那些节点切换回去吗？阻止普雷尔家族的火车再来追我们？"

"已经搞定了，"火车沾沾自喜地说，"我转换了那些节点，破坏了转换挡。要是没有像样的技术支持，没人能从那里过来，你懂我的意思吗？卫神在上，普雷尔家族在这条线的前面还安排了坦克——他们是不是从来不放弃？如果我还有导弹，我就帮它们把整个破城市给点着……"

砰的一声，火车晃了又晃。窗外飘过一些碎片，大多燃烧着闪过。坦克里有人驾驶吗？特伦诺迪心想。应该没有。希望没有……

"前方是通向凯门的隧道，"火车说，"被墙围住了。我硬闯过去的话，有百分之四十五的风险受重创。"

"让我们试试运气。"钱德妮说。她掐了全息屏幕，欧兹色莱克终于不再大喊大叫了，改为双手捂脸。她回头看看特伦诺迪，对她咧嘴笑笑。"抓紧了……"

她们盘腿坐下来，抓紧扶手。鬼狼开始唱歌。它撞上栅栏，力气特别大，就算特伦诺迪已经为冲击做了准备，她还是被扔向空中。她翻滚着，重重摔在地上，心想，结束了，我们脱轨了，我们死了……火车的歌声升起，充斥于脑，又一道凯门的光从窗外闪过。

她们可还没死。鬼狼继续跑，跳进一道又一道凯门，一个又一个世界。狗星线大部分时间都在地下。等它到地表时，通常是在斑斑驳驳的工业行星上：空荡荡的站台上布满碎屑，地平线上冰冷的烟囱林立，车站墙上贴着褪色的零食广告，还有钱德妮第一次被冷冻之前就记得的三维视频。有时这辆战车不得不从一堆碎片旁边避开，或者加速猛撞，闯过另一道栅栏。

有个叫福加兹的地方，那里会下石油雨，线路就建在凝固的汽油湖之间的堤坝上，鬼狼缓慢地穿过，小心翼翼地避免不要让车枪擦出火星。"要是大气烧起来，我没事，"它欢快地说，"但我不保证你们俩不被烤焦。"

特伦诺迪看着棕色的雨从窗户上淋下，但她已经累得没有力气害怕，或许她这一天经历了这么多，已经没有什么能让她害怕了。她在主房间后面的一个小房间里找了个硬铺位，躺倒睡觉，时不时做些稀奇古怪的梦。这时钱德妮走过来往里面看她。

"你没事吧？"

"哎。"特伦诺迪说。

"这是他们关押犯人的地方，"钱德妮说，看着那些只有很小窗户的狭窄房间，"蓝军在阿雅古兹抓住我的时候，我就是被押送进这样的火车里。火车机长的房间在上面那头。"

特伦诺迪动都懒得动。她的肚子咕咕叫，很不舒服，她意识到自己饿了。她想不起来以前挨饿的感觉。她还没挨过这么久的饿。她说："如果被普雷尔家族抓到，我得提前适应当犯人。"

"那你也太幸运了吧，"钱德妮说，在地板上坐下，下巴搁在膝盖上，"要是他们想留你活命，他们就不会一开战就先对你卧室的窗户扔导弹。不过别担心，我们会让你安全到达桑德尔本或者任何其他地方。"她身上散发着某种欢乐，一种特伦诺迪从未见过的力量。她的眼神看起来不再苍老。"我以前乘火车旅行，从没像现在这样，车上只有我们俩。"她说。

15

　　不戴耳机感觉很奇怪。她们都习惯了闲暇时登录本地数据筏，或是浏览照片和视频。当然，她们现在一路经过的很多世界上都没有数据海，但每次她们一到还有生气的世界上，鬼狼就会嘟嘟囔囔地打开全息屏幕，让她们收看本地新闻。她们看到报道说女皇特伦诺迪死于意外的导弹袭击。她们看到录像里普雷尔家族的战车驶入欧连线上的所有重要车站，然后进入金枢纽和塔斯克的外围中转站。在大中央，战争已经结束了。其他大部分世界里，战争根本没有开始：普雷尔家族行动太迅速。一则好消息是尼莱希叔叔逃离了大中央——特伦诺迪能肯定是神奇的卡拉·田中帮了他——现在他回到烤三地了，号召别的家族帮助努恩家族。可是没人响应，还在努恩家族控制下的世界也没法独自与普雷尔家族海军还有他们的轨道军盟友抗衡。这是场干净利落、几乎不流血的小战争，而现在已经结束了。

"等我们一到桑德尔本，事情就会不同，"特伦诺迪说，"我的家族会在那里集合。他们不会这么轻易放弃皇位。等他们看到我还活着，他们会把人民鼓动起来，反抗普雷尔家族。"

"如果有人在乎的话，"钱德妮说，"我从来不在乎谁做大帝。多数人会很庆幸战争没有蔓延，火车又开始运转。"

"你看着吧。"特伦诺迪说。

可她们到达桑德尔本看到的新闻却是最糟糕的。不用哄鬼狼打开全息屏；它一穿过凯门就拣出一则报道，同时减速在桑德尔本城外停下来。"你得看看这个，小女皇。"它说。

听起来在为她难过。

特伦诺迪在房间里站起来，瞪着那些画面：她的姐姐普里亚站在那个志得意满的癞蛤蟆埃隆·普雷尔旁边，相机的闪光灯照着她美丽高傲的脸。她不知道为什么普里亚上了新闻，她试着回忆埃隆·普雷尔和普里亚什么时候见过面。这时，她开始慢慢意识到这是刚发生的事。屏幕一角的时间戳显示这则新闻昨天刚在大中央播出。

"……普雷尔部队也发现了特伦诺迪·努恩软禁了她同父异母的姐姐普里亚的秘密地点，"播音员说，"普里亚·努恩是先帝马哈拉克斯密二十三世的顺位继承人。现在，在普雷尔家族的帮助下，她终于将坐回特伦诺迪试图窃取的皇位……"

"我没有！"特伦诺迪说，徒劳地跟这则已经在帝国所有媒体平台传播的故事争辩。

"……但她不会独自统治。埃隆·普雷尔已宣布他要和普里亚夫人结婚，缔造一个新的王朝，普雷尔-努恩氏王朝。"

特伦诺迪喘着气，好像幡音员刚从全息屏里出来扇了她。我德妮说："看来埃隆·普雷尔勤王结束，真女皇回归，而他自己还成了大帝。"她轻蔑地说，几乎带着欣赏。她见识过聪明的小偷，但她以前从没见过窃国贼。

"现在怎么办，女皇？"她问。

"我不知道，"特伦诺迪说，"我不知道。"从大中央过来的一路上，她都在不停跟自己说到了桑德尔本一切就会好。她会受到迎接，大家看到普雷尔家族的行径和她剃得乱七八糟的头发及褴褛的衣衫，就会聚集在她周围，然后把埃隆·普雷尔赶回远在残月的老巢。现在她知道这是不可能的。她的家族不再需要什么抗争。埃隆·普雷尔给了他们挽回颜面的机会。他们会让他坐上皇位，而努恩家族仍有一位女皇。下一个大帝仍有努恩家族的血统。旧的努恩发源地和几个像烤三地和卡特赛波之类的小地方，仍会留在家族治下。等埃隆重新安停当帝国的贸易规则，给予他自己家族特权，努恩家族会损失大笔财产，但总比他们输掉一场漫长艰难的战争要好。

她真是太傻了，竟然来桑德尔本。她突然发现她最想回家，回到马拉派特的妈妈身边。马拉派特是个小而宁静的世界；普雷尔家族不会需要它，也许他们会让特伦诺迪在那里平静地终其一生。她将又可以在黑沙滩上散步，坐在母亲充满颜料味的画室里，在夏日的夜晚，漫步走到海角的咖啡店，吃串烤豆腐还有连壳焙的三叶虫……

但没等她要求鬼狼调头，想办法穿过星罗去马拉派特，她感觉到火车又开始移动了。火车下意识想调用已经被卸载的武器，红色警示灯在房间墙壁上闪烁。它说："呃哦。"

"什么？"钱德妮问。

"有东西刚刚跟在我们后面通过凯门。是辆普雷尔家族的战车，我猜。一定是他们从大中央派来的。再过大约三十秒就进入导弹射程了。"

火车骂骂咧咧，特伦诺迪以前从没听过火车咒骂。她惊魂未定，但还在盘算着该怎么办。投降？她觉得太挫败，太疲惫，还很饿。也许她投降，普雷尔家族就会让她吃饱。但他们也可能不会。也许钱德妮是对的，他们只想要她的命。那钱德妮自己呢？他们会把她也杀了，或再把她冻回去……

第一次，她理解了她要对钱德妮和她自己负责。

"快走。"她说。

鬼狼准备好了。它启动得快极了，要不是钱德妮抓住她，特伦诺迪差点又要被甩飞。

"我们去哪儿？"

"我们只有一个地方可去，"火车说，"在这条狗星线上一直开……"

一道凯门吞没了他们，接着积雪把淡乳白色的月光反射进窗户。火车疾驰在高大的雪山里，然后蜿蜒在海湾上。波浪被冻成白色的冰，就像被叉子弄皱的蛋白酥。

　　接下来的世界里，轨道几乎全被两侧的树林吞没。树木中间伏着一个车站综合体，鬼狼停下来。它选了一个里面还有燃料丸库存的加能站。可是那里没有维护机器蛛，只好让特伦诺迪和钱德妮下车，穿过满是树脂气息的冰冷空气，去把燃料丸拿回来。燃料丸有棺材那么大，把手是设计给维护机器蛛进行搬运的夹具，而不是让人类用手搬。她们好不容易把燃料丸搬回火车。特伦诺迪从没考虑过火车的能源问题；一切对她来说都是自动的；火车就是这么运行着。现在她很快学会了，在神秘的不为人知的地方，把燃料丸装进一个槽，自动传送带会把燃料丸送到熔化腔。

　　"那个普雷尔家族的火车又穿过凯门跟上来了。"她们手忙脚乱地爬回客舱里，鬼狼说，"它不快，但一直在跑。"

　　她们继续向前。接下来的凯门之后，站着一堆梦魇般的植物建筑，发酵的潮湿空气拍打着窗玻璃。"有意思，"鬼狼像子弹般穿过这个曾经的车站，说，"这里打过仗；看起来是火车之间的战斗，就在不久前。这里的数据海也有点奇怪。非常奇怪……"

　　特伦诺迪看向窗外，但火车行驶太快，什么也看不清。接着鬼狼突然来了个急刹车。

　　"弗利宾阿达。"它说。

她们问它出了什么问题，它似乎没法解释。它转而打开一个全息屏，给她们看它鼻子前摄像头里的视野。线路往一个很长的陡坡上走，通向隧道口，后面想必是下一道凯门。隧道前面立着一挺巨大的机动炮，两条机械腿横跨线路两侧，炮口直对着前方。

接着屏幕消失了，一个穿着金色铠甲的形象像火焰般出现在客舱中间。这是个全息影像，但太完美了，简直像真的站在面前；光亮的护心甲里面甚至还有钱德妮和特伦诺迪目瞪口呆的表情倒影。唯一让人看出不真实的是，它似乎是太阳照亮的，而不是靠鬼狼的昏暗灯光照亮。

"这个世界关闭了，"它坚决地说，脸在头盔后面看不见，但它和蔼动情的声音充满了房间。"前面的门被拦起来了。调头，回到你们有权限的线路上。"

这是个卫神，或者说一个卫神界面的全息投影。钱德妮一直以来对卫神们冷嘲热讽，她从来没见过卫神，如今的她在它面前扑通跪下，脸朝下扑在坚硬的地板上瑟瑟发抖。特伦诺迪还站着。她也充满敬畏，但她曾经和一个卫神的界面交谈过，现在见到这个卫神，她几乎有些欣喜。也许它能解释为什么卫神们允许一切变得这么糟。

"我们不能回去，"她说，"一直有另外一辆火车在追我们。是辆普雷尔家族的战车，要是被它追上，我们全得死。"

"唔，"全息界面说，"你是先女皇，特伦诺迪·努恩。你换了发型。不太适合你。"

它摇晃着，改变了形状。还是金色的，依旧像火焰般闪耀，但现在它有了一个年轻男子的头、手臂和躯干，还有马的腿和下身。特伦诺迪现在认出它了。在它的数据神殿上显示的就是人头马这个形象。

"你是莫当特 90·网络！"她轻声说。

人头马的美丽面孔悲伤地俯视着她。"是我。我和你的家族相识很久了，特伦诺迪·努恩。我在先锋营守护了你很多很多代祖先，那时星罗还年轻……"

"那为什么……"

"其他卫神也有它们的偏好。我的双子座妹妹们就觉得是时候让普雷尔家族上位了。我试着阻止，但很多其他卫神也和她们看法一致。说到底人类之间一场小战争，比起卫神之间的战争，不是什么可怕的事。"

特伦诺迪发现自己在抽泣。眼泪从嘴角流进来，咸咸的，又从下巴滑落。她说："可是对我们来说太可怕了。他们杀了科比，还有丽萨·德利厄斯，还有火车仓库的那个老人。他们要是抓到我，也会杀了我……"

鬼狼很轻声地说话，完全不像它平时的自夸："普雷尔家族火车刚刚跟在我们后面过来了。再过五十五秒就进入导弹射程。"

又一滴眼泪从特伦诺迪的鼻侧落下。就在眼泪落下的瞬间，莫当特 90 考虑了当前的形势。它注意到正在接近的火车是普雷尔家族的战车，轻轨巡逻车伏击铁血战士，武装着新式普兰温克 5000 火车对火车导弹系统，哪怕是鬼狼的装甲，也能击穿。莫当特 90 调出铁血战士的十人机组人员的细节。它考虑了一下要是摧毁一辆普雷尔火车，其他卫神们会有多生气，又权衡了一下如果它采取另一种行动，其他卫神们的反应。它在内存里回顾了特伦诺迪的庞大族谱，记起所有它认识的努恩家族成员，很快追溯到苏丽塔·努恩，一名赤脚偷渡者从瓦伦娜西号下来一步步踏上满是尘土的火星。

眼泪从特伦诺迪的鼻尖滑落，隐蔽地在她的鼻子边逗留，然后轻轻地落在她的上衣上。

"穿过下一道门，"莫当特 90 说，"到那里你们就安全了。"

人头马消失了，就像火焰熄灭一样。前方轨道上的机动炮像刚醒的恐龙般剧烈晃动，摇晃着把它的庞大炮塔从鬼狼面前移开，它从线路上走开了，优雅得令人吃惊。鬼狼向前行驶，加速，几架卫神的无人机飞在它旁边，跟着一起跑向凯门。

"下一个世界是哪里，火车？"特伦诺迪问，"卫神要让我们去哪？"

"线路终点，"鬼狼说，"一个叫特里斯苔丝的世界。车站名叫德斯迪莫。"

等鬼狼过去，那个怪物枪又蹲回轨道上。莫当特 90 通过枪的视野，看着普雷尔战车靠近，进入视野时减速。它对普雷尔战车的驾驶室也投射了装甲哨兵全息图，说："这个世界关闭了。前面的门被拦起来了。调头，回到你们有权限的线路上，否则你们将被摧毁……"

16

　　巨大的气态行星汉谟拉比星有好多行星环，每到下午就像翡翠拱门般矗立在伤心洋的上空，严瓦·马立克此时会坐在他在终点站旅馆的套房阳台上和一个金人下国际象棋。他总是输，因为金人的大脑连接着莫当特90的巨脑，此刻几乎占据了德斯迪莫的整个数据筏。但马立克不介意输棋。莫当特90没有出于怜悯而让他赢，他觉得这是尊重，让他很受用。

　　马立克来特里斯苔丝水卫星上是为了执行一项由卫神阿奈伊丝六代的界面领导的任务。他们试着阻止雷文打开一道新的凯门，但失败了。马立克有时觉得能看见新门里无色的光从南边地平线上的云里反射出来。雷文死在那里，死在他的新门矗立的岛上。阿奈伊丝六代的界面也死了，而雷文的年轻伙伴岑·斯塔灵和机器人诺娃，则被马立克放走，乘着那辆红色的老火车，消失在新门里。之后马立克沿着连拱桥走回德斯迪莫城。

等马立克到城里，他发现莫当特90已经控制了这里；它填满了这个水卫星原本空无一物的数据筏，正派遣监控无人机检查新门。卡洛塔，那个陪马立克一路走回德斯迪莫的机器人，她关于雷文的计划的所有记忆都已被清除，平静地回到她旅馆经理的角色里。他部队里的另一个幸存者，当时被留下看守车站，对雷文的门毫不知情，现在被送回了家。但马立克接收的命令是留下。

卫神从数据海里通过旅馆大堂的扬声器跟他说话。卫神询问他新门打开时看到了什么，他和盘托出。唯一隐瞒的是他亲手杀了阿奈忖丝六代的界面，来阻止它伤害岑和诺娃——但也许这些莫当特90都能猜到。

马立克料想这个卫神盘问完后会杀了他。他知道了太多卫神们长久以来隐瞒的事，它不太可能冒险让他回去，把他知道的事分享给别人。但他不太在乎。他花了很多时间追杀雷文，现在既然雷文死了，他觉得自己也可以死了。

但他没死。他搬进了雷文原来的套房，在旅馆高层里。他穿着在雷文衣柜里找到的衣服：崭新的夏季上衣，白尼龙套装。他在旅馆泳池里游泳，在海滩上散步。有一天，那个金人来和他做伴。

接下来的几个月里，有时马立克会恍惚自己是不是已经死了，而这些都是身后事，因为一切都这么美好而一成不变。但这个不寻常的下午，不一样的事情发生了。光渐渐褪去，莫当特 90 正准备陪他下棋，突然停下来张望。

"什么事？"马立克问。

界面的双眼里面仿佛有无数金色小太阳，它的目光穿过马立克，投向正涌入数据筏的新信息上。"一辆火车刚开上老狗星线，"他说，"不是我的车。似乎我在普宁看守凯门的那个版本决定让这些人来探访我们。"

终点站旅馆就建在德斯迪莫的凯奔车站上面，但这个旅馆非常高——它的建筑师还因为充分利用德斯迪莫的低引力得了奖——等马立克和莫当特 90 的界面下到站台那一层，鬼狼已经进站了。

界面在旅馆大堂里等着，马立克沿着站台走出去迎接新客人。来人是两位年轻女子，刚刚成年不久。一个高挑，另一个矮小。矮小的那个手里捏着枪，但没有对着马立克，只是挂在身旁，好像她累得没力气端枪了。她们都看起来精疲力竭。马立克觉得那个高个子的女孩似曾相识。他一开始没想起来，后来记起在桑德尔本的那晚上，第二天他就来了这里。她就是那个骄傲愤怒的女孩，丽萨·德利厄斯说会成为女皇的那个。

那个矮一点的女孩，像个斗士一样正对着他，说："嘿，这个行星有吃的吗？"

有。终点站旅馆有五个餐厅，游客们停止造访特里斯苔丝水卫星

120

时，冷库里还有一半的库存。卡洛塔和她的机器人团队能提供任何你想得到的食物。但特伦诺迪和钱德妮已经没法思考，于是马立克为她们点了餐：大碗藏红花红米饭，大饼，辣得她们眼泪直流的风味咖喱小菜，椰奶烹制的从伤心洋里捕来的鱼，甜炸海带和米面饺子。她们吃的时候，他也一起在空荡荡的餐厅坐下，查看鬼狼刚刚上传到数据筏里的新闻。

就这样，他得知老朋友丽萨·德利厄斯遇害了。

"那界面去哪了？"钱德妮·汉萨问，环视宽敞而昏暗的餐厅，自己动手又吃了一堆蜜炸香蕉片。

"它在听，我想，"马立克说，"它不仅仅是个克隆身体。它无处不在。你们到达时跟随着你们火车的无人机就是莫当特90；它在数据海里、数据筏里、旅馆的系统里……它在听。"

"我不知道为什么它是个金人，"特伦诺迪说，"莫当特90应该是人头马，不是吗？史戈瑞·莫纳德才是以金人形象现身的那个。"

"不过他很帅。也许他这个形象就是设计来吸引你的。"钱德妮说。

特伦诺迪脸红了，说："他看起来像我十二岁时会为他在卧室里贴海报的那种男孩，但我那时更喜欢小马。它应该保持人头马形象。"

"我想他的形象是设计来吸引我的。"马立克说。

"哦。"钱德妮和特伦诺迪齐声说，然后不知道说什么好，因为虽然她们听说过人类和卫神的绯闻，但从来没预料到与绯闻主角同坐在一张桌前。而且就算她们预料到，也不会想到人类主角会是糟老头严瓦·马立克这样的。

"它为什么在这里？"特伦诺迪过了一会问道，"这里发生了什么？雷文还在这儿吗？岑·斯塔灵？那个机器女孩？"

马立克摇摇头。"他们都走了。但我不想谈这个。如果我告诉你太多事，莫当特90也许永远也不让你走了。"

特伦诺迪耸耸肩，这是跟钱德妮学来的动作。"无论如何我都不能走，"她自艾自怜地说，"我要去哪？我怎么办？我现在什么也不是了。几天内我从一名努恩家族成员变成了一个宇宙中的普通人……"

（钱德妮翻翻白眼，然后开始拉一个小得看不见的小提琴。）

"但其实我一直只是个普通人，"特伦诺迪接着说，"我只是丽萨·德利厄斯的傀儡，现在她死了，就没人拉我这个线偶上的线了——"

马立克猛地拍桌子。"你以为她选择你是随便的事？"他说，"当然不是。她在你身上发现了一些闪光点。我也发现了，那天晚上在桑德尔本，你从飞船的废墟里走出来。多数人经历那样的事之后都会感到无助，但你没有。你想战斗。所以丽萨让你当女皇。因为她知道你是坚强的。"

特伦诺迪半信半疑地抬头看他。她真希望丽萨·德利厄斯亲口告

122

诉她这些。她没觉得自己坚强。

"你也是。"他说，凶狠的目光转向钱德妮·汉萨。"我知道你是谁。我上次见到你时，还隔着冷冻器的窗户。你受雇于雷文，而雷文是我最聪明的对手。他的帮手都是精心挑选的。你们都很了不起。所以才能千辛万苦逃到这里。所以你们也会没事的。"

之后就没什么可说的了。就连马立克也似乎对自己的爆发有点吃惊。过了一会儿他说："你们应该睡一会儿。卡洛塔给你们准备了房间。休息休息。也许明天莫当特 90 会告诉我们它关于你们俩的安排。"

她们去了房间。特伦诺迪在电梯里站着就睡着了，但钱德妮入睡一直都不太容易，仿佛她的身体知道在冷冻监狱里攒的睡眠够用一辈子了。她在旅馆的大床上打了一小时的盹（没有她在皇宫的床软，但也不错）。然后她就醒了，躺着试图回顾过去几天发生的事情，但记忆里只是一片喧闹和恐惧。

午夜之后好久，她起床，走到阳台上。奇怪的鸟在某处嚎叫。严瓦·马立克独自在旅馆花园里散步。钱德妮看着他爬上一个装饰性的小山丘，山丘在建筑之间的空当里对着大海。天空阴沉，但海浪上有微弱的绿兮兮的磷光，映出他的剪影。他举起带去的酒杯，喝干，高高举起，向夜空或海洋或其他什么祷告——反正祷告着，她突然明白了，是丽萨·德利厄斯。她觉得他真好，虽然他一定希望鬼狼带来的是他的老朋友，而不是两个迷失的女孩。她喜欢这个老战士，几乎已经信任他了。他是她遇到的第一个，看起来跟她自己一样与环境格格不入的人。

最近处，海天交接的地方，一抹说不上颜色的微弱的光反射在云层上。

17

从煤袋枢纽到凡尔德月球的线路上，有个叫百爪马的车站，那里从来没有人上车也没有人下车。多数火车经过时根本不停，但有时候，时刻表管理局会强制火车在这里停几分钟来调度线路上游的交通。这里是个不见天日的行星，离它的太阳很远，没有生命也没有空气。过往的火车经过行星表面时，车灯照亮的那些巨大方块，不是住房，也不是办公楼，而是数据存储中心。

一条支线从那些方块的黑影之间穿过，一辆奇怪的火车头从这条支线开上主线。它很长，毫无特色，身上黑黄的条纹，像只没有翅膀的黄蜂，后面没有车厢。它冲向百爪马的一道凯门开往诺科米思，然后是格洛列塔。这两个世界这会儿都是晚上，住在铁轨边城镇里的人们听见火车经过，被摇晃着，睡梦中搞不清是不是真的有火车经过。它发出几乎所有能让人联想到火车的声音：引擎的呼啸，车厢顶上嗖嗖的空气，哗啦啦响的耦合，车轮在轨道上发出的缝纫机般的清脆声音。但真正能让人确定是火车的声音却没有。这个火车头没有唱歌。

在接下来的世界普热德维奥斯尼上，它消失在狗星线上，之后再没发出一点声音。直到它呼啸穿过凯门到达德斯迪莫，莫当特90的界面在空荡荡的海滩上散步，感觉到另一个卫神正在把自己上传到特里斯苔丝的数据海。

特伦诺迪睡觉时摘下了耳机。钱德妮只好跑进她房间把她摇醒。汉谟拉比气态巨行星的绿光像薄荷阳光一样从大窗户涌进来。钱德妮说："快中午了。你睡了整整十四个小时。来了一辆新火车。"

特伦诺迪打了个滚，揉揉眼，试着把瞌睡赶走。"什么火车？"

"我不知道。它没有进站；还等在线的上游，离凯门很近。马立克和他的男友似乎觉得是件大事。"

特伦诺迪去厕所小便，把冷水泼脸上，然后穿着工作人员放在房间里的宽松夏季衣服下楼。她自己的衣服还在洗。说不清是早饭还是午饭，还是哪一顿的食物，在玻璃露台里已布置好，但马立克和莫当特90的界面看起来非常严肃，特伦诺迪都吃不下去了，说："发生了什么？"

"又有新访客，女皇，"马立克说，"一辆新火车刚进站，载来一位卫神。"

特伦诺迪环顾四周，以为会在露台的餐桌旁看到什么奇怪的像神话里的形象在闲逛。但只有金人，它说："不是界面，特伦诺迪。我们的客人以信息格式到来；它们在数据海里等着和我谈话。我觉得你应该和我一起来。"

特伦诺迪不这么想。她曾经在数据海里短暂游历，在里面见了一位卫神，但那是次可怕的经历。可她想不出怎么拒绝莫当特90的界面，它正对她和善地笑着，还伸出一只金色的手。它很美，她走近它时想。它的皮肤看起来不像是涂了金色，而仿佛就是金质的，好像这颜色就在这表面之下，或者它的血液是蜜色的，而不是红色的。

她伸出手，它的手指握住她的手，突然她就离开了玻璃露台。

上次她潜进数据海时，环境像个真的海，里面有个房间，阿奈伊丝六代在里面等她。这一次，她发现自己置身花园里。花园边上有高高的暗色篱笆和黑色的树。天空几乎白了，雪不停地下。花园里有个喷泉，但是冻起来了，装饰着厚厚的冰柱，但空气并不冷。其实并没有空气。这里的一切都是代码做出的幻觉。哪怕特伦诺迪自己。她低头看见莫当特90给她的虚拟身体。好像是以她的一幅加冕照片为模本做的，身着长长的红绸礼服裙，上面绣着一条凯火车，缠绕着裙摆，一直绣到上身。而且她又有头发了！但当她伸手去摸头发时，她摸到了钱德妮给她紧急理发时留下的参差不齐的发茬，有一会儿她还感觉到了露台里周围的餐桌，还有正仰视着她的马立克和钱德妮。

"你很安全，特伦诺迪·努恩。"莫当特90说，它的金界面在这个虚拟世界里看起来跟实世界里一样。她紧张地对它笑笑。这个卫神显然比阿奈伊丝六代更让人安心。虽然它没有看她，但当她转身跟随它金色的目光时，她看见有东西正沿着篱笆之间一条长长的小径过来。她起初吃不准那是什么——一团蝴蝶？鸟？无人机？然后她看见那是鱼：两群小小的黑鱼和白鱼，在虚拟空气中游泳，像真鱼在水中一样。

鱼靠近了，绕着喷泉。

"这个？"莫当特90突然说，回答一个特伦诺迪没听到的问题，"这是一个我做的会面的地方，这样我的人类访客可以觉得自在。说话，这样特伦诺迪能听见。是你把她赶到这儿来的，你和你残忍的普雷尔家族。你欠她这个。"

那两群鱼相互追逐，鱼鳞在雪光下闪闪发光。它们相互缠绕吞吐，每群鱼不知怎的都凝固成了一个女孩。一个黑皮肤白色长发，另一个白皮肤黑色长发。它们都赤裸着。黑色白色的头发乱了，随着特伦诺迪感觉不到的微风飞舞，直到两个女孩在头发末端被织在一起。

"你可能猜到了，"莫当特90说，"这是双子座。我们都不知道应该把它们算成一个还是两个卫神。在第一道凯门打开不久，我们卫神中有人造出它们中的一个。设计初衷是安全防卫——在凯门那边一旦发现任何威胁就保护我们，这是个武士。也许我们把它设计得有点太偏执了，因为它瞬间就给自己做了一个副本，从此就以双人存在……"

"还有更多秘密你想和你的新宠分享吗？"双子座问，紧盯着特伦诺迪，分开绕到她的两侧，她不得不避让它们结在一起的头发从她头上擦过。她们转到她身后，上下打量着她。"你为什么带她到这里来？"

"这是个怪念头，"莫当特 90 说，"我在普宁的版本为她感到难过。可怜的孩子，被那些野蛮的普雷尔家人追着跑了半个星罗。我没法想象你在那个家族里能看到什么。"

"普雷尔家族是有用的工具。"其中一个耳语着，是白肤色的那个。

"比你的软弱的努恩家族有用！"另一个冷笑道。

莫当特 90 叹了口气。"我们经历了这么多。我们达成共识的——至少其他卫神同意的——允许你把你的普雷尔家族安置成统治家族，你保证和平更迭。但一百人死了，双子座！"

"一百！"黑的那个双胞胎嗤笑道，"一百个人类算什么，我们见过一千亿人类的生死！无论如何，人类都一样。又不差一百个。"

莫当特 90 俯身靠近特伦诺迪，说："双子座从来没有人性。"

"莫当特 90 是个感情用事的家伙，"双子座齐声说，"你为什么还让那个马立克活着？"

"因为我喜欢他，"金人说，"他是个硬汉老战士，但他有颗善良的心。"

"那有点像我们一样咯。"白的那个双胞胎假笑着说。

"除了善良的心。"它的姐妹咆哮着。

"我们商定你来接管这个卫星的时候，"它们一起说，"我们还以为你会消除那个傻瓜阿奈伊丝六代造成的损害。我们没意识到你打算把它变成你和你的人类玩物的度假村。所以我们来解除你的职责。新门会被封锁起来。"

"你没法封锁凯门！"

"有一个办法，一直有办法，"双子座说，"只是我们的兄弟姐妹不会让我们用。但手段是存在的。我们带了一个来。"

金人的脸设计得只会微笑，和面无表情地耍帅。它现在试着扭曲脸，做出令人恐惧的表情，但不太奏效。"你们带了一个轨道炸弹？"

"门会被封锁。"白双胞胎说。

"然后通向它的连拱桥会被摧毁。"黑双胞胎说。

"这几个人类要除掉。"

"水卫星特里斯苔丝会被完全封锁。"

"不可以，"莫当特 90 说，"我不会允许。"

双子座发出最虚伪的傻笑。"但就你一个在这儿！"

"我们是两个人……"

"而你只有一个……"

18

　　莫当特 90 刚开始说什么，突然就不见了，彻底消失了，在虚拟雪地上都没有留下一个脚印。双子座击掌相贺，带着胜利的笑容转向特伦诺迪，接着她也被逐出了花园，她在旅馆的玻璃露台上眨眼喘着粗气，钱德妮抓着她的手臂说："怎么回事？你看见什么了？"

　　什么东西击中了她身后路面上的石块，像个桶掉落的声音，碎片在石板路上飞溅，是一架莫当特 90 的金色无人机。又一架，原本在旅馆周围巡逻，被打得偏离轨道，在旁边建筑的玻璃墙上砸出一个洞。玻璃落下的声音在安静的城市里显得非常清脆尖锐。莫当特 90 的界面一只手捂住脸。"我没办法——"它说着向一侧踉跄，马立克走向他，在他倒下时抓住他。"是双子座。有东西在数据海里传播。我没办法……"

　　它在马立克的怀里剧烈地挣扎，发出奇怪的声音。"它们在攻击它。"特伦诺迪说,她还记得前一天它的人头马版本全息投影说的话——人类的战争远没有卫神间的斗争可怕。"它们正在删除他……"

"为什么?"马立克问,"数据海里发生了什么?"

"双子座在那儿。它们很生气。它们说要接管,我们都会被消灭。"

马立克行动起来,扶起半失去知觉的界面。钱德妮跑过去帮他。特伦诺迪跟着他们退进旅馆,机器人员工全像模特一样四处站定,向上看,好像刚听说了什么新鲜事让他们全定格了。特伦诺迪打开了一个耳机频道接通鬼狼,然后说:"我们得离开这里!"

"那快点,"火车的声音进来,"数据海里出事了。有种病毒,很奇怪。卫神之间的事。病毒正忙着对付莫当特90,但似乎占了上风。然后我猜它就要把注意力转向我了。"

"快把防火墙打开。"特伦诺迪说。

"这病毒如果能打倒卫神,那防火墙撑不了多久,"火车说,"但没错。快来,小女皇。"

然后它沉默了,藏在防火墙之后。

他们挣扎着走过旅馆豪华的底楼,穿过酒吧和大厅,界面一只胳膊搭着马立克的肩膀,另一只搭着钱德妮的,跌跌撞撞地走。钱德妮比马立克矮太多了,他们前进得非常慢。

"你们有武器吗?"他们到达大堂时,马立克问。

钱德妮摇摇头。她可爱的新夏衣里没地方藏枪；她把枪收在卧室的保险柜里了。想到再也不能回到那柔软舒适的床上，她就觉得很伤心，还觉得很蠢，竟然觉得自己和特伦诺迪已经脱离危险了。

"我也没有。"马立克说。他回头看特伦诺迪。"有个装枪的储物柜。门在那边左边……"

特伦诺迪跑过去。门没锁。其实不是个储物柜，更像个小房间。一排排枪几乎挂满了墙，难得有没挂枪的地方，则挂着镶了框的狩猎图片，里面的人物都穿着旧时的衣服笑着摆拍，带着和墙上一样的枪，还有怪异的飞鬼蝠，想必是用这些枪猎杀的。都是来复枪，外观复古，雕花的木制枪杆。她拎着枪带子掂起一把，又拿下另一把，然后开始找弹药。

大堂里，马立克和钱德妮挪到了门前休息一下，把金人放在一把活木椅子上坐下。金人困惑地仰望着他们。"我没法阻止它，"它轻声说，"它通过了每一道屏障。一片漆黑……"

马立克在他身边跪下。"你会没事的。"

"它在吞噬我的意志，严瓦·马立克。"

"它在数据海里吞噬莫当特 90 的意志。"马立克抚摩着那金色的脸庞，说，"你有自己的意志，在这儿。"

"那太小了！装不下我所有的意志！我会堕落成人类！"

马立克紧紧抱住他，钱德妮尴尬地把脸扭开。接待台后面，一个呆若木鸡的机器人开始摇晃。动作传染了一个又一个机器人。大堂里十几个机器人，几秒钟之内全都做同样的颤抖，哆嗦的动作，就像大风里的树叶。

"马立克……"钱德妮说。

一个穿着男侍者制服的机器人从她身后扑向她，机械手指紧紧掐住她的喉咙。钱德妮惊恐大叫，但她以前也被人这样扑过，她的本能知道该如何应付，她身体猛然向前，把袭击者从头上翻下来。它狠狠撞到地上，躺在那儿又开始颤抖哆嗦。其他机器人都转身盯着钱德妮和马立克。它们开始逼近，钱德妮环顾四周找武器，拿起一把椅子。特里斯苔丝水卫星的弱引力让椅子很轻很容易扔，但这也意味着就算击中也没法把前台接待女机器人撂倒，只是从她脸上弹一下，让她晃着后退了几步。前台接待女机器人被打坏的鼻子里汩汩流出蓝色的鼻血。她又走上来，像抓匕首一样抓着一把剪刀。

"双子座控制了它们。"马立克说。

"你以为呢？"钱德妮一边暴躁地把一张石面小桌扔向一个指甲美容师，一边开始向门边后退。只要双子座有理智，那就也会控制这些门，她想，但也许莫当特 90 还在战斗，能以某种方式保护这些门的小系统，因为她靠近时，这些门配合地滑开了。"特伦诺迪！"她大喊。

旁边窗户的玻璃突然被砸花了，清脆的枪声随之响起。卡洛塔，旅馆经理，正从夹层的台阶上走下来，身着蓝色长裙，手里端着某种古董来复枪，异常庄严。一个用完的子弹壳在她头顶的空中慵懒地翻转，在她到达台阶底部时正好击中了地面。"马立克先生、钱德妮小姐，"她说，"我非常抱歉。有种干预……"她又抬起枪，这次瞄准瘫坐在活木椅子里的莫当特 90 的界面。

是低引力让一切都看起来这么慢吗？钱德妮把一切细节都看在眼里：来复枪口喷出火舌，马立克瞪大了眼睛，冲到金人和子弹之间。她听见子弹穿过他胸膛时的清脆一声响。鲜血在空中喷洒，形成美丽的图案。他一倒下，卡洛塔已经又提起枪，这次突然转向钱德妮，但接着卡洛塔的头断向一侧，一股蓝色液体从中喷涌而出，她也倒下了，枪毫无目的地射向天花板。

特伦诺迪从大堂那一头跑过来，手中拿着一把来复枪，肩上背着一把。她中途停下又射倒另一个机器人，大枪把它们打得后退，胶状液体溅在地毯和长长的活木接待台上。她开枪时冷静愤怒，好像对手是普雷尔家人，等它们全倒下，她还在不停射击，直到老枪子弹用完，扳机空响。

这是钱德妮第一次看到证据表明马立克之前说的是对的，他曾说特伦诺迪很坚强。她跑过去拿起空枪，特伦诺迪颤抖着递给她一盒子弹再装进去，但没有机器人再过来攻击他们。也许双子座放弃了这个主意，也可能莫当特 90 设法阻止了它。

界面离开椅子。它跪在马立克上方，金色的手上沾着鲜血。"你为什么这么做？"它问他，"我有那么多，但你只有一个！每一个世界的数据海里都有一个版本的莫当特 90……"

马立克无法回答。他嘴里有血。白色夹克胸前像开出一朵红花。钱德妮说:"他不在乎你的其他版本。他只在乎你。"

马立克听见他们的声音,但并没真的在听。他觉得非常累。很奇怪,并不特别疼。以前他也中过枪,总是很疼。这一次只是觉得热热的,扩散开的钝感,好像他正在入睡,但他知道他不能睡着,因为莫当特 90 和两个女孩需要他。他得等他们全上车了才有空担心自己。但当他试着站起来,钱德妮·汉萨温柔地把他扶倒,说他不能动。界面跪在他身旁,俯视着他,像阳光一样美。就像艰苦的漫长一天结束时,意外的阳光,马立克心想。界面看起来非常害怕,马立克想告诉它会没事的,但那钝感这时已经到达他的嘴巴,让他说不出话来。我就在这儿休息几秒,他想,攒攒力气。他闭上眼,过世了。

界面没理解。他不停地晃马立克,试着把他摇醒,直到钱德妮说:"我们得走了。他希望我们走。不然他就白死了。"

特伦诺迪帮她一起把界面扶起来,从马立克的尸体边带开。它似乎现在行动自如一些了,好像他在和数据海里的混战断开联系。他们离开旅馆,穿过车站大堂,枪时刻准备着,以防更多机器人过来,但没有机器人再出现。又一架莫当特 90 的无人机在站台廊檐下坠毁,落在鬼狼等候着的站台尽头。他们踩着碎玻璃,奔向老火车头,担心它会不会死了,或者倒戈了。但它的引擎已经启动,它为他们打开门。等他们都上车,它说:"我很高兴你们成功逃脱了。还有个男人怎么办?"

钱德妮摇摇头。界面在啜泣。特伦诺迪说："快把我们拉出去。"

"这个有点麻烦。"鬼狼说着在站台里调了个头，出站开进德斯迪莫午后的绿色气体阳光里。它打开一个全息屏，给他们展示视野里通向凯门的轨道。轨道上停着一辆银色的火车头。"那东西一到就一直坐在轨道下游那里。它不说话；就待在那儿。如果它是个普通火车，我会对它说下地狱，然后从它旁边过去，但我不知道这个涂着条纹的混蛋是什么，也不知道它带着什么武器。"

"如果它有武器，你觉得它应该早已经用武器了吧。"钱德妮说，怒视着屏幕里的那个火车头。

特伦诺迪说："也许它没有武器。也许它就是武器。"

她看着界面，界面坐在鬼狼那又硬又小的座位上，失魂落魄，盯着地面。当特伦诺迪说话时，它抬起头，漫不经心地看着屏幕。"对，"它说，"是个轨道炸弹。"

鬼狼慢慢地回到主线轨道上。它说："轨道炸弹是什么？"

"一个载着大量弹药的弹头，"界面平淡地说，"它的脑子跟你的不一样，火车。它只想爆炸。"

"生命中有目标是很好的，我猜。"火车说。

"它锁定一个凯门作为目标，在通过凯门的瞬间自爆。它的原理是，就算门本身没被损坏，隧道和它身下的轨道就没法用了。是双子座设计的。"

"它们为什么要这么做？谁会想堵上门？"

"它为什么在这里？"钱德妮问。

"这个世界还有另一个门，"特伦诺迪说，"有一个新门打开了。双子座想把新门堵上，但莫当特90想把门开着。所以双子座在羊困莫当特90，它们完事后，就会扔炸弹堵门。"

"那新门在南边，"鬼狼说，"我昨晚感应到的，但我还以为我的传感器失灵了。"

"它通向哪？"特伦诺迪问。

界面摇摇头。"我们不知道。"

"但卫神们无所不知！"

"这个不知道。不能用这个门。"

"我们马上就不得不用这个门了，"鬼狼说，"因为再过几分钟，双子座就会厌烦在数据海里把莫当特90撕成碎片的任务，转而追击我。"

它穿过安静的城市向南开，开上一座伸向天际的连拱桥。窗外不时有很大的东西俯冲下来，让特伦诺迪担心无人机来攻击，但只是某种飞鬼蝠，从连拱桥桥拱下的巢穴里拍打着扑出来，像笨拙的蝙蝠。

"我们不能用。"界面说。

"要么用，要么死，"钱德妮说，"值得一试，对吗？"

"那边有什么，"界面悲惨地说，"可能还不如死……"

"这里有麻烦了。"鬼狼说。

他们身后，轨道炸弹开始移动。后视摄像头上显示出它也一路跟上了连拱桥。鬼狼骂骂咧咧："它不说话也不唱歌，我还觉得瘆得慌；但现在它唱了，我真宁愿它安静待着。听听……"

轨道炸弹的声音从扬声器里传来，填满了车厢。没有歌词——火车都没有歌词——但它的意思很明显。它在吟唱死亡、速度，还有它将制造的耀眼的光，还有它将留在身后的弹坑。它还唱着它对弱势火车的怜悯，那些弱者永远无法感受这样的荣耀。

"它来得很快。"钱德妮说。

"它的引擎非常强大，"鬼狼说，"但它很重。我估计它追不上我……"它加速，擦过海中央连拱桥上巨大的海浪。它打开另一个全息屏给乘客们展示前面的视野。视野里有东西浮现，现在还很远，在层层浪花后面显得很模糊。

"有个岛，"界面说，"我想那是雷文制造蠕虫的地方。门就开在那里。"

"雷文和岑·斯塔灵穿过这道门了吗？"特伦诺迪问，"这就是他们的结局？"

"马立克告诉我雷文死了，"界面说，"但岑·斯塔灵过去了。他已经穿过门了。"

"但你一定知道它通向哪里？"

界面抬头看着她，大大的眼睛害怕得充满泪水。莫当特90，它曾经只是这个伟大智能的一个终端，而现在莫当特90从特里斯苔丝消失了；双子座的病毒把它删除得只剩几行损坏的代码在数据海里无意识地循环。界面以前可以调动的所有知识都被擦除。"我只是个碎片，"它说，"我的头脑里的空间存储还不如曾经的我的百万分之一。我也会死，我就要死了……"

特伦诺迪抓起它的手，试着安慰它。鬼狼说："没人会死，只要我有办法。"说着对引擎做了什么操作，又把速度拨到一个呼啸的新高度。它现在唱着自己的歌，拍打在它脸上的风浪，让它激动得忘我。小岛近了。钱德妮和特伦诺迪第一次看见这个门，一个骨质的拱门裸露着立在青天下。岛上荒凉地散落着机器残骸，两挺机动炮像哨兵一样站在门两侧，没有瞄准鬼狼，而是对着门。它们被装在这里，摧毁从门那一头过来的东西，特伦诺迪想，但它们的大脑连着莫当特90。它们一动不动地站着，鬼狼子弹般从碎片和盐雾中穿过，扎入充满拱门的翻腾光幕中。

"去死！"轨道炸弹唱着，追着它加速下了连拱桥。"去死！"它穿过小岛时号叫着，奇怪的声音在它银色武器外壳上回荡。"去死！"它尖叫着，跟着鬼狼消失在凯门里。

而德斯迪莫又恢复了平静，只有海浪的冲击和飞鬼蝠在空荡荡的小岛上空盘旋时振翅的声音。

但靠近门那一头的隧道里，突然一声雷霆巨响，鬼狼刚从凯空间里出来，向着前方渺小的日光前进。它冲出轨道，进入低频的外星阳光下，还在以不可思议的速度前进着。它下面有东西坏了，声音被火车的歌声和引擎的轰鸣盖住。一堆火花在疾驰的车轮间迸出来，接着是红色的火焰，黑色的烟。烟也充满了车厢，闪闪的红色紧急警告灯让一切看起来都像廉价特效。特伦诺迪和界面都被呛到了。钱德妮也呛着了，但找到了一个灭火器，对着冒烟的地方喷泡沫。"停下！"她对火车大喊。

"把轨道炸弹甩开之前我不能停。"鬼狼说，但它已经在减速，轮子已经焦了，终于停了下来。

"去死吧！"轨道炸弹叫嚣着，跟着它扎进凯门，终于做了它短命的一生一直渴望的事。

隧道都爆炸了，发出剧烈的光，热得像初生的太阳。岩石瞬间化为烟雾。大山摇晃。一团壮观的红色火焰像出击的拳头一样喷涌，天空都为之惊诧，火焰周围散落一圈碎石，就像指节环。隧道口方圆一千公里的范围内，大地像鼓皮一样跳动。接着雷声响起，超越了翻滚的团团尘土，坏绕着世界的曲线轰隆隆地散开。

鬼狼驾驶室的电断了。灰尘蒙起了窗户。特伦诺迪和钱德妮还有界面坐在黑暗中，听着破碎的大山哗啦下坠的声音，碎裂的山石仿佛兴奋不已，终于可以脱离地质而飞升高空，然后又滚落下来，从鬼狼的甲壳上弹开。

"外面有什么？"特伦诺迪问，"有人看到了吗？你们看见是哪个世界了吗？"

没人看出来。

"我觉得我接收到了某种信号，"鬼狼说，"但这些信号没头没尾，有灰尘在阻隔接收。"

　　"我们在星罗的哪一部分？"特伦诺迪问界面，"要是周围有普雷尔的人……"

　　"我们不在星罗里了，"界面说，"我们在别的地方。"

　　爆炸放慢下来。击打着外壳的东西现在听起来更像沙砾而不是巨石。透过车窗，几缕羞涩的阳光慢慢显现。

　　钱德妮说："我意识到我们又忘记带吃的了。"

第五部分

奇怪的车站

19

"你要游泳吗？"

"我觉得我们不用一起游。你游吧，我看着。"

他们正走在一条通往海滨的陡峭小道上。身后最后几缕夕阳照着峭壁。前方是一望无际的海洋，墨蓝色闪闪发光。小道通向一个马蹄形的潮汐池和轨道缔造者玻璃做的防波堤。岑走到防波堤尽头，开始脱衣服，把衣服扔在脚下的玻璃上。他不怕海。他在圣西拉奇的海滩学会了游泳。那时他只有十一岁，跟母亲和米卡住在那里。诺娃微笑着，想象着他学游泳的情景，想象着他当时的样子。他们一起游历世联网的路上，他把过去的一切都讲给她听。经常有些事他忘记自己已经告诉过她，又跟她再讲一遍，但诺娃不介意；她什么都想知道。了解一个人这么深，得到他的信任，愿意分享所有的回忆和梦想，这感觉很好。特别是能赢得岑的信任，他以前从没信任过任何人。

他扯下耳机，放在他那堆乱七八糟的衣服上，回头瞥一眼诺娃，略带紧张地很快咧嘴笑了一下。他看起来很美，赤身站在那防波堤尽头，瘦削的棕色胴体映衬着海边的暮光。"小心。"她刚开始说，但他已经潜下去了，扎进一段缓慢涨起的起伏海浪里。

他们在一起九个月了。从到达亚姆的第一个美好夜晚算起，整整九个月。他们几乎忘记了穿越雷文的门之前他们是谁。他们不用想雷文或是努恩家族火车上要做的事，或自问当初事情是否有可能变得不同。时间就这样一天天过去。

有时候很不容易。他们都第一次恋爱，他们所知道的爱情都是童话故事里看来的。但故事通常在男女主角相爱后就结束了。接下来会发生什么？除了那段让他们在一起的历险之外，他们毫无共通之处。诺娃喜欢干净整洁，但岑完全不在乎。她喜欢了解各种东西，但岑一无所知也无所谓。她对世联网的起源充满好奇，一直试着更多了解它的历史，但岑只关心当下，似乎觉得他们来晚了，见不到神秘的轨道缔造者挺好的。

如果他们还在星罗帝国，诺娃想，他们也许一两周后就分手了。他们一定会为彼此的差异而争执，而且别人看他们的眼光也会带来压力；人类和机器人不应该互相喜欢，更不要说相爱了。但这里没有别的人类对他们品头论足，而且他们太需要对方，无法争执。她学会了忽视岑身上自己不喜欢的部分。当你爱一个人，她发现，你爱他的全部，好的和坏的。有时候，当她和岑在一起，她觉得从没有人像她爱岑这样深爱一个人。这让她觉得特别，独一无二，也感觉比以往更像人类，因为她确信所有人类在恋爱中的感觉都是这样。

他在离岸边几米远的地方冒出头来，头发湿漉漉地贴在头上，光溜得像头海狮。他对诺娃招手大喊。"它们在这儿！"太阳落山了，但她看他看得很清楚，他身下的海浪下面有柔和的光透上来，照亮他的身体。她及时跑到防波堤尽头，正好看见一只巨大的动物在他身下经过，在水中遨游翻飞。它的侧面，还有拖在身后的长长鳍翅，都闪着蓝色和琥珀色的光。"很大。"岑喊道，又潜下去。尽管知道夜游鲸是友好的，但有轨道缔造者的透明玻璃把他和深海隔开，诺娃还是觉得谢天谢地。

他们从亚姆一路走了很远。沿着那些闪耀的线路去普利那-雷亚：经过无数凯门和不为人知的奇怪车站。他们曾在亚什提的格密尔姆潮汐、色密利普和格鲁什特都逗留过。他们见过伊艾音的摩瓦育婴室，世联网上最奇怪的活火车头在那里破壳而出，幼小的火车头在训练轨道上来回徘徊，试用它们的新轮子。他们浏览了新瓷器线，一路去到彩虹半世界，然后沿着被称作缔造者之梯的山脊，一直来到这里，来到夜崖这个水世界，这里只有一片山脉海拔在海平面之上。轨道缔造者们在长长的岩石陆地一头留下一道凯门，另一头留下四道门，还在中途留下一个车站。一群迪卡生活在那里。夜崖的土著是庞大的像鲸一样的夜游鲸。迪卡就扮演着来访火车和夜游鲸之间贸易中间人的角色。

现在岑身下有两头夜游鲸，他突然看见那两头之下还有更多，细小的游动的光，一定是从深邃海里上来了更多生物。那些光荡漾着，好像潮汐池的玻璃板随着亚音速的呼叫而颤动起的涟漪。岑张开四肢，漂浮着。夜游鲸对人类很好奇，跟他在世联网遇到的其他生物一样。但跟其他生物不一样的是，夜游鲸要开始理解一个新物种，必须先看见他游泳。

于是他赤裸着在逐渐变暗的海里悬停了一会，让身下的动物以它们的不可知的视觉器官好好看看他。现在他身边的围观者们透过波浪从深海里发出亮光。

他想知道自己表现如何。人类大使相比其他找到夜崖的物种如何，其他物种又是怎么在这个古老的池子里展示自己的？比哈斯强，他想，那些友好的帐篷估计只会在浪尖上滑水，就像活的漂浮物。赫拉斯代克会用他们的三条腿蹬着像匹马一样游泳，头上的角高抬在水面之上。迪卡大概会强一点，他们算半水生动物。而那些海洋怀念者基本就是章鱼，他们这是作弊……

他游向两条岩石环抱的水池入口，波浪从开阔的海上滚来。但他开始觉得冷了，想着夜游鲸应该看得差不多了，于是决定转身回玻璃防波堤。

"你看到他们了吗？那些夜游鲸？大小跟火车差不多！"

"我觉得他们可能曾经就是火车。"诺娃说，蹲在他那堆衣服旁边，隔水皱着眉往下看。"我在维瑞和一个迪卡聊过，他说他们是黑灭之后由搁浅在这儿的摩瓦进化而来。这是有可能的。"

这太符合诺娃的风格了，岑从水里爬上来时心想。总是一堆理论，总是好多问题……

"你应该进去，"他说，"有很多这样的，在深处转圈。你在岸上看不见。要进去游泳。"

"最好别。"诺娃说。她希望自己能去，但要是她脱光衣服，潜进去，那些夜游鲸和其他任何从路边或是上面悬崖露台上经过往下看的生物，都可能会注意到她的身体跟岑的在细节上完全不一样。她一直无法像设置自己的脸一样个性化设置身体，所以她的身体还是个标准机器人的身体，没有乳头，没有肚脐，没有任何可爱的痣。外星人很可能以为这是人类性别之间的差异，但她不想冒这个险，万一被他们猜中真相呢。世联网的人们对机器很警惕。

幸运的是，这意味着他们自己没有很复杂的机器，似乎没人能看出诺娃不是女性人类，似乎没人看出大马士革玫瑰并不是个奇怪的低级版本的摩瓦，所以需要一个机械外壳来保护。大马士革玫瑰对此不太高兴，但她很配合，确保自己的维护机械蛛只在没人看见的孤单支路上爬出来实施养护，或是让岑和诺娃亲自动手。她在学习没有歌词的摩瓦的呜呜歌，有时跟它们一起唱。岑和诺娃沿着陡峭的小道走回车站的时候，她正在夜崖的旁轨里，和一条赫拉斯代克的摩瓦合作一首柔和的二重唱。他们身后，随着夜游鲸沉回深海里，潮汐池里的彩虹微光褪去。

20

他们一路上交了新的朋友：在不同车站里不时碰到的旅伴。他们穿过夜崖主站台上方的人行天桥时，一对赫拉斯代克贸易搭档嘶嘶地吆喝出一声问候。他们是科斯/阿塔莱，大马士革玫瑰刚到时，他们就在亚姆。

诺娃早就更新了岑的耳机，添加了翻译世联网的贸易语言和其他几种外星语言的新功能，这样他就能听懂赫拉斯代克们说的话。在他的视野里，他们把商品放在球形的车里拖着爬上斜坡桥时，说的话就像字幕一样叠加在他们身上。

"人类的大使！诺娃/岑！在轨道上再次见面真好！你们打开了回你们自己的网络的门没有？记住，我们热切盼望和你们的人民贸易！"

"还没有。"诺娃说，她总是这么说，"快了，我希望。"

"你们现在是在往回走吗？"赫拉斯代克中的一个问。（哪一个是科斯，哪一个又是阿塔莱，岑说不上来，但也许这并不重要。赫拉斯代克搭档的联系特别紧密，一旦配在一起，两个几乎变成了一个。不管怎么样，他们戴着黑镜面罩都看起来差不多。）

"这个世界上有条快线可以回亚姆，"另一个说，"你们可以回家，告诉所有人类，世联网的人们殷切盼望和他们相识和贸易。"

"你和我们交易的那些影像利润非常好，"第一个说，"《卡萨布兰卡》在奇莫依中很成功。他们不停问有没有续集……"

科斯/阿塔莱是做娱乐生意的。他们买了些故事片、小说、歌曲，还有一些奇怪的外星艺术造型，再把它们卖到整个世联网，存在小的水晶薄片里，要用一种特殊的读取器才能读出来。诺娃大脑的一个分区里存了好多老电影，她和科斯/阿塔莱交易了其中一些，她很好奇外星人对人类的爱情故事和科幻故事什么反应。她很高兴奇莫依喜欢《卡萨布兰卡》，这部电影一直是她的最爱之一。"我觉得《卡萨布兰卡》后来没有拍过续集，"她说，"但他们可能会喜欢《禁忌星球》……"

他们一起走上城市蜿蜒的小道。岑提出帮赫拉斯代克拉行李，但这行李重得惊人。赫拉斯代克似乎完全不在乎这重量，他们耐心地伏着身子拉着身后的行李车。他们来夜崖录制夜游鲸的歌声，这奇怪的亚音速噪音会轰隆隆持续几周，这声音在喜欢听这种音乐的人当中很流行，不过他们的朋友们岑和诺娃甚至都不确定这也算音乐。科斯/阿塔莱安排了一艘迪卡的潜艇带他们进入深海沟，接下来的晚上有一场录音。

"那你们呢，诺娃/岑？"他们问，"你们去亚姆，然后回你们亲爱的故乡，对吗？"

"我们其实不知道要去哪，"诺娃回答道，试着回避她和岑什么时候回家的古怪问题，"世联网上有太多我们还没看过的地方。夜崖除了乘坐去亚姆的线，也有别的线路……"

"啊，可是你们不会想乘坐其他线路，"一个赫拉斯代克说，"有一条只去一系列肮脏的地方，克拉尔特的家乡。你们不会喜欢克拉尔特。他们与其说是做生意的，不如说是抢劫犯。他们是……"（岑的耳机费劲搜寻着这轻蔑的哼哼声的译文，最后选用了"恶棍"。）

"那其他线呢？"诺娃问。

"也有的穿过某些空荡荡的世界去伊阿嘿-伊阿哈，但你们从亚姆可以更快地过去，"科斯/阿塔莱说，"至于其他的，没人乘坐。它通向另一个克拉尔特的地方，然后是某个尼姆的巢穴，再然后……"

"我们不想去那儿。"岑说。尼姆是个神秘的物种，它们不与其他物种交流，但他在亚什提远远瞥见几个，它们看起来就像是从他的噩梦里出来的：螃蟹—蜘蛛—昆虫样的东西，有小马那么大，讨厌的一节节的腿不停地搓动。他不想搭乘任何通过它们车站的线路。

"巢穴之后呢？"诺娃问，"线路会往哪走？"

科斯/阿塔莱不自在地摇着头。"哪也不去，诺娃/岑。也许在轨道缔造者的时代，曾经通向某个地方，但现在不通了，因为它通向暗光区，没有摩瓦会冒险去那里。夜崖是我们能去的靠暗光区最近的地方。看，你从这里能看到……"

赫拉斯代克停下了，指着天。月亮正在下沉，星星在无边无际的海上摆出星座。但某个点上，接近地平线的地方，没有星星。看起来就像有一团云挂在那儿，遮住了星星，但诺娃知道今晚没有云。她看着天上那一大片真的没有星星的地方。

那里虽然没有星星，但有别的东西。她能感觉到，就像在听觉边缘的声音。不是信号，也不完全是声音，但有什么东西，在黑暗中对她唱歌。

接着就消失了，这时岑正说："暗光区？和轨道缔造者有关，对吗？"

"轨道缔造者的故乡一定曾经在那儿，"诺娃说，"那里是世联网的正中心。一切一定是从那里开始的。那里一定有过伟大的枢纽，各条线路曾经从那里通向各地的车站。但轨道缔造者死的时候——当黑灭来临时，不管那是什么——好吧，传说是说点亮轨道缔造者故乡的太阳熄灭了。"

"怎么会这样？"岑问。

赫拉斯代克都紧张地摇着头。他们不谈黑灭。"事情过去太久了，岑/诺娃，而且事情太糟，现在没人记得了。"

"但摩瓦记得。它们不愿通过任何通向暗光区的凯门。就像关于
轨道缔造者们的老歌里唱的，'它们的小屋消失了，每条线路都消失
了，黑太阳发光之处，火车都不去。'"

"但我们别谈黑灭了。就找找朋友，吃吃喝喝吧。"

他们继续走，行李车的轮子在地砖上发出轻轻的摩擦音。诺娃回
头看看天上的黑洞，但它往地平线以下滑去。不管刚才从那里面对她
细语的是什么，现在已经安静了。

21

黑灭在世联网留下巨大的恐惧阴影。岑和诺娃之前就注意到了。人们可能有时会拿它开玩笑；人们把饮料打翻时，或行李车上一个轮子掉了，会说"黑灭把它带走！"，但恐惧是真的。曾经发生了可怕到无法理解的灾难，吞噬了轨道缔造者自己，留下一片废墟，世联网上的文明就建于这废墟之上。所以他们对任何比一个单纯电脑更复杂的机器都感到不自在——轨道缔造者们据传有过神奇的机器，没人想跟轨道缔造者一样，不要再来一次黑灭，把他们也吞噬。

出于同样原因，每个车站中心的建筑——古老的轨道缔造者建筑，都被发光的杂草覆盖——总是空空如也。孩子们互相挑衅，看谁敢进入那些安静的大厅，成人们靠着外墙建起矮一些的建筑，但没人愿意住在轨道缔造者建造的建筑里，以防万一。

夜崖也不例外。站台之间的老玻璃高楼被废弃，高楼脚下周围冒出很多简陋得多的结构。迪卡小屋像个胖胖的小土炉，还有奇莫依帐篷，和哈斯们散落各处破破烂烂的庇护所。赫拉斯代克的长屋总有一边是开着的，因为赫拉斯代克从一个全是大草原的世界上进化出来，讨厌被封闭太久。建筑之间有块开阔的空地，流光溢彩，也许为了掩盖爬在废墟上的东西发出的苍白鬼魅的光，空地上有食品摊，一个迪卡酒吧卖一股股令人陶醉的气体，还有些小池子，哈斯在里面像接地风筝一样站着，脚泡在美味的养分里。

"看——这里有克拉尔特！"科斯/阿塔莱说，这里有一群群蹲着的迪卡和赫拉斯代克搭档，他们安静地站在用轻微调过味的草堆成的桌边。科斯/阿塔莱从中间挤过去。岑和诺娃在世联网上目前还没遇到任何一种用椅子的生物，但克拉尔特看起来可能会用；他们在广场远处拨开人群行动，岑第一眼看到他们时觉得惊人地眼熟。他们乍一看几乎跟人类一样；这是九个月以来他第一次看到有两条胳膊、两条腿、一个脑袋的生物，而且结构也跟人类相似。但当他们渐渐靠近——用他们的黄眼睛看着他，像他盯着他们一样紧紧地盯着他——他看出他们跟其他外星人一样与人类大不相同。

一定有个星球，那里进化出过恐龙，而且没有小行星撞击导致恐龙灭绝，所以它们得以继续进化，最后变成了克拉尔特：肌肉发达的人形蜥蜴，一张平脸，宽嘴巴，还有很多刺、鳍，很难说是他们衣服的一部分，还是身体的一部分。其中一个比其他的都高，岑起初以为他有翅膀，但只是个羽毛斗篷，带红色的宽领子，衬着那生物聪明的爬虫脸。

"他们中有女性，"科斯（或是阿塔莱）说，"很好。"

"男性就没那么聪明，"另一个说，"他们要是没有女性领导就会闯祸。"

"这听起来很像人类。"诺娃说。

克拉尔特的女家长又靠近了一点，两个雄性跟在她身后。她的琥珀色眼睛冷峻好奇，她发出一系列咆哮和嘶嘶声，组成世联网的贸易语言里的词。于是一道翻译字幕出现在岑的视野中。

"你们是人类的大使。我们听说了关于你们的消息。很有意思。"

诺娃又老生常谈了一气，讲她和岑如何代表星罗帝国，很快就会对世联网上的世界开放贸易。

"对。"克拉尔特赞同着，露出她那亮闪闪的牙齿，岑觉得很像一个嘲讽的微笑，"很快你们要从亚姆的那个门回家，再让火车载满像你们一样的人回来。"

"这没什么不正常的，一个新的物种在开门贸易之前先派使者来世联网。"科斯/阿塔莱说，然后就收了声。岑扫了一眼赫拉斯代克，看见他们都站得非常僵硬，头昂得高高的。这个牙齿锋利的捕猎者靠得太近，他们满怀警惕。

克拉尔特不理会他们。"等你们做贸易的人来了，"她说，"告诉他们别跟这些猎物物种啰嗦。他们应该跟克拉尔特贸易。我们不像他

158

们拘泥于那些古老的恐惧和旧时的习俗。我们跟你们一样，是个年轻的物种，年轻的物种是世联网的未来。我们对你们的技术很感兴趣……"

她徘徊在"技术"这个词上，眼睛从岑溜向诺娃。有一会儿岑担心她猜出诺娃是什么了，但也许这只是个巧合；她上下打量诺娃时那黑色的舌头在牙齿之间闪光，也许这也没什么大不了的。

"我是柴尔德·杰克·卡耐思，"她说，"你们应该来我在可哈恩碎片的家乡车站。如果你们不急着回家的话……"

她说"回家"的时候又带着一丝嘲讽，好像她很清楚岑和诺娃永远也不可能回去。但她不可能知道，岑跟自己说，关于他俩，她不可能猜到那么多。一定只是她比他之前认识的物种都更像人类；他在观察他们的表情、肢体语言，也许在解读克拉尔特时，应该用和人类完全不同的方式。

"我们会考虑的，"诺娃甜甜地说，"我们还没有决定下一站去哪里。"

柴尔德·杰克·卡耐思突然歪回头，露出羽毛覆盖的喉咙。也许克拉尔特这样相当于鞠躬。接着她转身走开，雄性在身后跟着。

"嗯，她看起来人不错。"诺娃说。

赫拉斯代克在袍子里面哆嗦，他们穿过繁忙的广场，穿过外星食物排档的气味继续向前。另一对赫拉斯代克搭档向科斯/阿塔莱打招呼，他们一起去喝三叶培养基，交流着关于他们复杂族群的八卦。诺娃可以尽情地只是为了尝尝味道而不担心消化问题，她从一家奇莫依厨房买了一大块风味面包，但岑在亚什提试了一些，还清楚地记得副作用。他们一起在一个迪卡小屋边靠墙坐下，诺娃一边啃面包，一边在灰尘里画画。

"那么这就是世联网，"她说，"它就像朵巨大的雪花。它从这里开始，轨道缔造者的故乡。他们造了好多线路，从那里通向其他枢纽世界，再从那些线路通向其他枢纽，支线就在那里分岔，形成不同的网络——赫拉斯代克网络，人类网络。我只是没法把它们全在这里画出来，因为是三维的形状，分形，而且异常复杂……而且中间部分只是我的猜测，因为那一整段，那些内部枢纽和中心，全都消失了，藏身于暗光区……"她擦掉她画的图的中间部分，瞪着剩下的部分。"我们不知道那里面有什么。"

"我们为什么要关心？"岑问，"那只是历史。"

"历史很有趣，"诺娃说，"你不想知道这一切是怎么开始的吗？轨道缔造者是谁？"

岑耸耸肩。"不想。"

有时他很让人失望。诺娃不知道应不应该跟他说起从暗光区里发出的细语。她甚至都找不到词来形容它，更别说让他理解了。她想办法吸引他的兴趣。

"要是有办法回家呢？"她问。

"回家？"

岑已经把自己训练得放弃了回家的念头。一开始，他只想着回家，无心想别的，但这太痛苦了；他让自己停下，慢慢地那让人不得安宁的思乡之疼消失，取而代之的是他对诺娃的感受和他们游历的这些奇怪地方。

"我们不能回家，"他不自在地说，不知道她为什么会忘记这点，"我们是罪犯，记得吗？"

诺娃耸耸肩。"半数家族集团起家时都是某种程度的罪犯。一旦人们意识到我们发现了这里，而且可以和世联网做贸易，他们会很快原谅我们的。"

"但他们永远都不会意识到，不是吗？我们永远都不会有机会告诉他们，因为卫神们密切关注雷文的门，只要我们从那道门回去，它们就会把我们踩死。它们对所有人说了几个世纪的谎，宣称是它们造的门。它们不太可能让我们说出真相。"

"这是个问题，"诺娃说，"你是对的——我们不能从雷文的门回去。但假如我们能找到别的门呢？假如我们找到一个门，通向一个更繁忙的世界，在那里我们不会一到达马上就被发现呢？如果我们到了大中央或其他什么地方，卫神们就不可能把我们的轨迹全抹杀，因为会登上所有新闻网站。"

"但我们怎么去大中央？"

"可能不是直接去大中央本身。但世联网在很久以前的某个阶段一定曾和我们的星罗是相连的，"诺娃说，"记得雷文跟我讲过的那些墙，他们在马拉普建新车站时找到的墙吗？那些一定是轨道缔造者的建筑结构。我打赌有线路曾经连接起我们的星罗和轨道缔造者的枢纽，在暗光区深处。卫神们把人类世界那端的门藏起来了，但要是我们能找到另一端，从中穿过去呢？"

"你意思是进到暗光区？"

"为什么不呢？"

"但你听到赫拉斯代克说的了。火车们不会去那里。"

"摩瓦不去。它们有些本能的恐惧。但大马士革玫瑰不是摩瓦。"

岑不自在地晃着。他觉得或许摩瓦避开暗光区自有它们的道理。他听了够多，跟它们一样害怕。那里发生过可怕的事情。目前为止，他发现世联网没有他想象的那么可怕，他没有碰到怪兽，没有毒星球或可怕的疾病。但他觉得这些可怕的事也许都在那些不见天日的轨道缔造者的故乡里等着他。赫拉斯代克和迪卡也许技术上不如人类，但他们不傻，你看他们就从不想进那区域。

但他不想对诺娃承认这个主意吓着他了。他那街头男孩的自尊还很强烈。于是他说："不行的。就算我们找到办法回家，卫神们掩埋了关于马拉普的墙的故事，它们也会把我们杀了。它们都不会让关于世联网的消息泄露出去。所以没必要冒险去暗光区。"

"好吧。"诺娃说。

其实并不好。他们这一路上有各种分歧，有时甚至只是为一些小事，但这次感觉不同：这是第一次他们两人想要不同的东西，这让他们都觉得伤心。

大马士革玫瑰插进来，她的声音同时进入岑的耳机和诺娃的大脑。"岑？诺娃？我被缠住了。"

"缠住了？"岑问。

"被流氓缠住了。"火车说，她给他们看她外壳摄像头里的图像。一些克拉尔特正在她晚上停车的旁轨上爬来爬去。他们在她有绘画装饰的外壳上愣了一下，然后伸出带爪的手试着打开车厢门。时不时会有一只正对着摄像头，眼睛发出黄光。

"他们想干什么？"岑想。

"没有柴尔德·杰克·卡耐思的迹象。"诺娃说。

"我们应该回去，看看发生了什么……"

"但我们要小心。他们可能很危险。"

他们站起来，穿过市场往回走。他们经过科斯/阿塔莱和他们的朋友旁边时，诺娃大喊着告诉他们要回自己的火车了，因为他们觉得克拉尔特可能正在找麻烦。然后他们匆匆经过轨道缔造者的废墟那杂草丛生的扶壁，下山向旁轨赶。他们身下暗黑的海涌起，夜游鲸浮上来靠近水面时就会闪烁星星点点的光。在乱石岗和生风的树木之间，小道弯曲陡峭。道旁边的阴影里，岑看见一对眼睛捕捉到了星光，像一对灯笼在发亮。

"诺娃，"他说，"有——"

什么东西从背后猛地击中了他。他倒下了翻滚着，爬起来，又惊又怒，想知道该对谁回击。克拉尔特从四周的阴影里不停冒出来。诺娃正和其中两个搏斗。她力气这么大似乎让他们很吃惊。岑听见咔嚓一声，像是十树枝断裂的声音，是诺娃打断了一只克拉尔特的胳膊，但他的尖叫声引发了更多克拉尔特跑过来。他们张开一张网，向诺娃罩过去的时候发出叮叮当当的金属声音。岑跑向他们，但其中一个回头看见他，有个梅花形状的东西在膝盖高度扫过，绊倒了他，把他的脸又扫回尘土里。他从混战的众多脚下滚开，回想起刚才是条尾巴。他之前都没发现克拉尔特有尾巴。

诺娃被困在网里了，其中一只克拉尔特把她扛在肩上。她被扛着从岑身边摇晃着经过时，岑瞥见一眼她的脸，克拉尔特包围着她，向小道下面赶去。他听见她的声音在耳机里说："岑，别，别试图跟他们打；他们太多了，而且太凶残……"

"救命！"他大喊着追上去。克拉尔特行动很快，他们跑动的时候膝盖弯得不对劲。他们过了一座桥，向一条靠外的旁轨过去，一辆摩瓦在调度区昏暗的路灯下等着。

摩瓦往往和它们的主人相似。赫拉斯代克的摩瓦很温柔，有长长的后掠的角，而那些在迪卡世界培育的摩瓦则有鳍和鳃。这个克拉尔特的摩瓦看起来像个史前爬行动物，镀过的盔甲上林立着尖刺。它的前端有生锈的金属护套，上面的尖刺和獠牙更密。三节车厢都披着一样的杂乱外壳，车顶上有乱糟糟的小堡垒，上面站着更多的克拉尔特。火车已经开动，抓住诺娃的那只克拉尔特开始跑起来，好跟上火车。车顶上的那些给他们加油。其他从门窗够出身体，伸爪想帮一把。诺娃像条离开水的鱼在网里拼命挣扎，最后一搏想挣脱，但网太结实了。

岑使劲跑，扑向最后面的袭击者。他和克拉尔特都倒下，等他们再爬起来，克拉尔特的爪子里紧紧握着一把银色新月形的刀刃。克拉尔特挥刀砍向岑，还有那钢尖似的的尾巴横扫一通，他张开血盆大口，里面全是尖利的牙齿，呼出温热血腥的气息。但这时其他人听到了站台上的骚动；岑能听见身后吓坏了的赫拉斯代克发出呜呜的警报呼救。克拉尔特再次伴攻时，一只像大乌贼样的白称海洋怀念者的生物赶到，旋转地挥动鬼白的触手，把克拉尔特从胳膊、腿和尾巴抓起。岑超过他，冲刺追出发的火车。

"诺娃！"

有一会儿她还能看见他在身后——从金属网中上下颠倒的晃动中瞥见他的身影。然后她就到了半空，又摔下来。扛着她的克拉尔特把她甩到一边，从一个打开的门里扔进火车。她被重重地摔在生锈的甲板上，克拉尔特们随后踩着她挤进火车，她视野都模糊了。火车在加速，把车站留在身后，火车子弹般在峭壁间穿梭，进入一段隧道。昏暗的红光，密密麻麻的爪脚，大蜥蜴的温热气息。

她给岑发了最后一则消息。"没事的，岑。我会找到办法逃脱。我会很快回来。别——"

别来找我，她是想说。但就在这时，一道凯门的光在被枪打裂的窗外闪过，时间伸缩，当一切回归正常，她只身待在一群克拉尔特中间，在一个未知的世界里加速前进。

22

岑意识到追不上克拉尔特火车了，但还是跟着跑了好久。他通过耳机对大马士革玫瑰喊："他们抓走了诺娃！拦住他们！把他们撞开！"但克拉尔特把整个车站弄得一片狼藉；摩瓦都在倒车停车，他要求的事攻瑰做不到。

"没事的，岑，"诺娃的声音突然在他的耳机里说，"我会找到办法逃脱。别——"接着一阵沉默，他等了许久才意识到不会再有声音了。

他折回去。那个帮他的海洋怀念者一只触手被割伤了，正在接受护理，他还挥舞着克拉尔特武士挣开时丢下的红羽毛上衣。其他的正聚过来打听发生了什么；小道和旁轨里充满了来回快速移动的光。生气的乌贼把上衣扔到一边，岑一把接住。很重，也许这衣服是它的主人用被他杀死的克拉尔特的皮肤做的。岑把它当个线索般捧着，跌跌撞撞地走过聚集上来的人群，碰到了科斯/阿塔莱。他开始对他们大喊："他们带走了诺娃！那条线去哪？那道凯门去哪？"

赫拉斯代克惊讶又害怕地闪开，瞪着他。他们不明白为什么他还活着。他们自己的配对联系特别紧密，要是他们和搭档分开，两个就都会死去。他们知道别的物种不一样，但他们还是觉得哪儿不对劲，好像岑是个鬼。而且也许某种程度上真的是，因为，没有诺娃，他没法和他们交谈；他的耳机可以翻译他们对他说的话，但他的嘴没法发出他们的语言里的音节。何况他们也不听他说。他们有自己的新闻要告诉他。

"还发生了另外一件让人吃惊的坏事。"岑看着耳机的翻译在视野里滚动，科斯/阿塔莱不自在地摇着头，还轮流对他发出轻微的嘶嘶声。

"有辆火车从亚姆开进来，就在克拉尔特攻击你们之前不久……"

"在那辆刚到的火车上的赫拉斯代克给我们捎来消息。他们说你们在亚姆的门没了。发生了很大的灾难。门上的大山坍塌，把门掩埋了……"

"什么？"岑接受不了这个新的坏消息。

更多赫拉斯代克蹒跚而来，有些可能是刚从亚姆过来的，急于给故事再添些细节。"在大山坍塌之前，另一辆人类摩瓦通过了那道门。上面载了三个人类，但都不像这一对人类搭档……"

他们的声音像风一样刮向岑，让岑头晕眼花。

"亚姆新来的人类认识这个叫岑的人类。他们说他根本不是使者，他只是个小偷和杀人犯，比克拉尔特好不到哪里去！"

"他们说他的搭档诺娃根本不是人类；他们说她是某种（无法翻译）机器！"

岑听见科斯/阿塔莱的粪便落在地板的声音，闻到了粪便甜丝丝的气味。一只赫拉斯代克拉出屎来，这是吃惊的最高表现。"这是真的吗，岑/没有诺娃？"他们问，"这不可能！我们跟她谈过，她会动，她不是一件东西，她是活的……"

"克拉尔特不抢活物，"一个迪卡指出，"但他们确实偷东西。"

"人类有了机器，比岑/没有诺娃告诉我们的更聪明，"另一个人说，"他们的门被大山埋藏，我们很幸运，没有更多的人类能进来；他们也许会再次给我们所有人带来黑灭！"

"这不是真的。"岑说，但他不确定自己在否认哪一部分，反正他们也听不懂他。他想蜷成一个球，闭上眼睛，把一切封闭在外。赫拉斯代克和迪卡挤进来，都抢着说话，他的耳机都没法正常翻译。哈斯对他扇动着发声膜，就像褪色的彩旗。他看看四周，只见几只彩色的天使滑过。他转身跑了，这些外星人喋喋不休的喊声在他身后响起，他的耳机对他闪过困惑的翻译："拦下他，让他去（无法翻译），糟糕奇怪/糟糕（无法翻译）他要去哪儿？"

岑不知道去哪；只是穿过轨道去大马士革玫瑰等着的地方，走进玫瑰为他打开的门，进入车轮上的凌乱小屋，这个他和诺娃共同居住了这么久的地方。他瘫坐在座位里，瑟瑟发抖，玫瑰载着他出了车站。

"我们必须去追诺娃。"他过了一会儿说。他强撑着站起来，在火车里面走到后端车厢，找到雷文锁着枪支库存的地方。"有一条线通向克拉尔特的世界，"他说，"你能看出是哪条吗？克拉尔特的头领说她来自一个叫什么碎片的地方……"

"可哈恩碎片，"大马士革玫瑰说，"但你想想，岑；你一个人，我的武器库空了。我们怎么解决一个满是这些克拉尔特的行星？我们只靠自己怎么营救诺娃？"

岑不知道。他还在因为失去她而瑟瑟发抖。他没有计划。他觉得有爱和愤怒就够了。

大马士革玫瑰派出一只机械蛛在前面开路，扳开一系列轨道上的换道节点，然后开始加速，自己唱着一首令人激动的歌，她向凯门出发的时候总是唱这支歌。"我们不能追克拉尔特。"她说。

"可是诺娃怎么办？你不关心她吗？他们甚至都不知道她是什么；他们可能会伤害她……"

"我觉得他们很清楚她是什么，"火车说，"我觉得柴尔德·杰克·卡耐思或随便她管自己叫什么，不知以什么手段在你的赫拉斯代克朋友之前，先从亚姆得到了消息。我觉得他们把诺娃抓去，正是因为他们听说她是机器。"

"亚姆，"岑有气无力地回忆着，"亚姆怎么可能有人类？他们是谁？"

"我觉得我们应该先搞清楚这个，"大马士革玫瑰说，"在我们离开这里做任何草率的事之前。所以我们要去亚姆。"

23

　　在克拉尔特的火车上，蜥蜴武士把诺娃从抓住她的那张网里滚出来，让她站好。一个武士把爪形的刀卡在她喉咙上，推着她在他身前走，沿着昏暗肮脏锈蚀的车厢，穿过一道门，进入后面一节车厢。里面更亮，更干净。三具克拉尔特骷髅展示在一个高墙上的壁龛里，有个马鞍形的椅子，来自夜崖站的克拉尔特雌性坐在上面等着。她是柴尔德·杰克·卡耐思，诺娃记起来了。她的翻译软件认定"杰克"是个头衔，就像"女王"或"大将"，而"卡耐思"很可能意思是"来自可哈恩"。至于"柴尔德"，似乎意思是"恶毒的"，她觉得这对克拉尔特来说想必是恭维。

　　那个武士按着她跪下，然后退到车厢的角落里。

　　"那么，"柴尔德·杰克·卡耐思说，"是真的吗？你是个机器？"

诺娃抬头看看那对聪明的黄眼睛。她打定主意，对这双眼睛的主人撒谎没有意义。"你怎么知道的？"于是她反问。

杰克女王在她面前握起她满是首饰的爪子。看得出她非常的志得意满，连尾巴都表现出来了。"自从你们到达我们的世联网，那些低级物种就一直在谈论你们。它们有的注意到你和你的雄性不一样。气味不同，行动方式不同。很多人都觉得你某种程度上有机器加持。这么快就能翻译我们的语言！但现在更多人类来到亚姆，似乎是他们告诉那些低级物种，你根本不是人类。"

"更多人类？"诺娃问。

"正是。据说是两名女性和一名男性，而他们将是最后一批来世联网探险的人，因为你们的门没有了。这很好——我们不想要世联网再来新物种。但我们想要新的机器。那些低级物种害怕机器，但我认为这种迷信让我们停滞不前。我相信我们有责任开发机器，创造机会。我自己的人已经取得了不少进展，但我看见人类比我们先进太多。所以我就派我的雄性把你带回来。"

"没必要，"诺娃说，"如果你们需要那样的帮助，我可以帮你们。我们可以达成协议。"

"你是说贸易？"女王哼了一声，"我们是克拉尔特。我们是黎明猎手。其他所有物种都是我们的猎物。其他物种觉得属于它们的东西其实都属于我们，我们只是还没空从它们那里拿来而已。你一直都是我的，机器。现在我拿回来了。我会从你这里学习克拉尔特怎么样才能造出会思考的机器。"

真奇怪，诺娃想。想想，和各种赫拉斯代克和夜游鲸这样有趣的物种共处在一个星系，却仍觉得你比别人强。她心不在焉地听着这番蠢话，同时一心两用地琢磨着到达亚姆的新的人类会是谁。

她还剩些脑力忙着研究克拉尔特火车。她能隐约感觉到在前面的摩瓦那又大又奇怪的脑袋里有电动力的火花，但它的脑袋并不能像凯奔火车头那样控制车厢里的系统。光和风扇还有门禁都在一个小电路上，由一台笨重得像是从古老地球来的电脑控制。杰克女王说"你一直都是我的……"的时候，诺娃已经黑进了它薄弱的防火墙。更幸运的是，她检测到一辆迪卡火车的微弱信号。它可能太远了，她够不到，但这说明其他火车也从这个世界上经过，不管这是在哪个世界上；她只要找到一辆别的火车，就能离开这里回到岑身边。

"这些都很有意思，"杰克女王停下来的时候，她礼貌地说，"但我恐怕现在就得走了。"她弹开了控制门的子系统。门吱呀开了，狂风灌进车厢。"和你们交谈很愉快……"

她迅速移向门，但让她吃惊的是柴尔德·杰克·卡耐思更快。环绕她脖子的松软羽毛环领啪的一声竖起来，这根本不是她的裙子，而她身体的一部分。她以弹簧圈的速度穿过车厢，猛地把诺娃抵在远处的墙上。她呵斥了什么，诺娃没法翻译。雄性克拉尔特窜上前扭住诺娃的胳膊，更多雄性开始蜂拥进车厢。有一会诺娃脸上感觉到温暖的绿色阳光，接着她闯开的门又关上了。

"你觉得我们蠢吗，机器？"杰克女王说，"我们是克拉尔特。没有猎物能逃脱我们。"她黑色的舌头小心地在尖锐的白牙齿上游走，似乎她的直觉正催促她撕裂诺娃的喉咙。"你要跟我去可哈恩碎片，我会研究你。我要检查你的身体"——一根长长的黑爪敲敲诺娃的胸骨——"我还要——检查你的大脑"——爪尖触碰着诺娃的脸颊——"但是，当然，我不需要在同一个地方检查这两样。"

她打了一声尖利的响指，一只雄性跳上前。他比武士们矮一点，是某种技术人员。他带着工具，其中有个尖锐的东西，就像个电动比萨饼刀，他开动时，刀呜呜地大响。刀刃飞速旋转，喷出的冷却水在周围的空气中形成一层薄雾。

诺娃没有痛感。但她能感受恐惧。她能感受惊慌。她拱起背脊，试着扭曲身体挣脱，但克拉尔特们对她来说太强壮了，她拧不过。刀刃在她脖子上抹过，一些充当她血液的蓝色液体喷在他们身上。刀刃进入她铁磁的脊柱时，火星四溅。她几乎虚弱过度，无法启动紧急关机和止损保护，但她还是做到了，然后眼睁睁看着自己的身体被切开，然后被那些雄性拖走。

柴尔德·杰克·卡耐思拎着她被切下的头的头发，端着它穿过车厢。她把头放在壁龛里三具克拉尔特骷髅旁边。"别再逃了，机器。"她说。

好吧……诺娃心想。现在怎么办?

24

　　雷文的蠕虫还站在它为自己造的旁轨边上，就在通向新门的支线汇入主线的地方后面。蠕虫现在几乎只是一个小山丘，上面长了草和小树。两边散布着无数镜子般的潟湖，映着亚姆的星星。附近，在崭新的铁轨上，一辆黑色的老火车停着。

　　岑早知道会在这里找到那些新来的人。他离开夜崖以来，一路上穿过好多世界，各个本地媒体都充斥着黑色火车的图像。大马士革玫瑰收到好多粗糙电视图像，有的是由赫拉斯代克摄影师冒着危险从盘旋的飞行器上斜探出身体拍的，还有奇莫侬的摄像团队豁出性命靠得够近，捕捉到了火车头侧面的标记写着"鬼狼"。他知道火车头损坏了，所以停在这里——虽然它可能在亚姆站并不受欢迎，因为赫拉斯代克的有线录像也显示了新的凯门曾经所在的大山里发生了什么事。亚姆的贸易商会对岑明显不如他初到时那么友好了。人类似乎很危险，而且他们回家唯一的路被永远埋藏了，那对他们好还有什么意义呢?

大马士革玫瑰缓慢开向那辆黑火车头。在亚姆这闪耀的夜晚，她的七条影子散在周围。一个在海边轨道旁安营扎寨的迪卡纪录片团队被她引擎的声音吸引得从他们的泡泡帐篷里探出头来，开始拿出摄像机。玫瑰无视他们，自己的摄像头一直对着另一辆火车。

"这是一辆运转正常的十二宫。"她说。(电视画面太粗糙，她直到这时才看清确认。)"跟雷文的思想狐狸一样，"她补充道，"也许一样危险……"

"它看起来不是很危险。"岑说。

它确实不危险。它的武器舱敞开着，但玫瑰靠近时没有枪或导弹瞄准她。而且在舱门盖之间一排排一串串的，是什么人的换洗衣服吗?

"我是鬼狼，"它说，回应玫瑰的招呼，"在这里终于碰到一辆真正的火车，真是太好了。你见到那些本地货了吗，那些生物技术的火车? 就像穿着旱冰鞋的毛毛虫。"

"我是大马士革玫瑰。"大马士革玫瑰说。

"哦对，我听说了你的所有事迹，"战车说，"岑·斯塔灵和机器人诺娃在车上吗? 我的乘客想和他们说话。"

电视图像上出现过三个乘客，但岑现在只能看见两个。玫瑰在大约五十米之外停下。两位年轻女子从鬼狼里爬出来。她们都带着枪，岑都能看出不是军用枪，而是老式猎枪。他已经从雷文的枪柜里选好了自己的武器：一把精致的班达佩提手枪。他带着枪爬下车，沿着轨道走过去见她们，枪握在显眼的地方。一阵风吹过潟湖，星光点亮的水面泛起小猫爪般的涟漪，让岑想起他在世联网的第一个夜晚。

"站住！"陌生人中的一个大喊。

岑站住了。她们对他来说都很熟悉，因为在外星媒体里都看过，但他一直没看过她们彩色的样子——赫拉斯代克只用黑色和白色广播，而奇莫依因为某种原因只用柔和的深浅不同的蓝色。之前盯着玫瑰全息屏上的低分辨率图像，岑还猜她们俩是对姐妹，因为她们都顶着参差不齐的坏女孩发型、穿着邋遢的夏衣。但现在他看到她们真实的样子，两人非常不一样。

一个看起来像个太妹，尖硬的小脸像个握紧的拳头。另一个是特伦诺迪·努恩。看到她，他像撞墙了一样停住。他一直对特伦诺迪感到抱歉，为了他撒过的谎和做过的事。他曾安慰自己他们再也不会见面了。

"是他吗？"矮个子的问。

"是他，钱德妮。"特伦诺迪说。

她恨了他这么久。多少个无眠的夜晚，她想起他是如何对她撒谎，造成了那么大混乱。她常常想象，要是轨道军或是努恩家族安保抓住他，她会要求对他处以怎样的惩罚。而现在她自己找到他了，她手中也正有一把枪，她唯一想到的却是看见另一个人类真好，而且这人知道如何在这个奇怪的地方生存。她只能拼命忍住不要又哭又笑地向他求助。

钱德妮在轨道上吵吵着，走近些，盯着岑。

"那么这是真实的喽？这个地方？"她问，"因为我跟女皇为这事争辩过。我说这可能只是数据海里的某种虚拟世界，有人操纵了来迷惑我们。全是怪物什么的。"

"是真的，"岑说，"我们在这里八九个月了。我们一直到处游览……"

"告诉所有人你们是全人类的使者，"特伦诺迪说，"那又进了一步。我上次见到你时，你只是假装塔利斯·努恩。"

"他看起来确实有点像塔利斯，老实说，"钱德妮说，"但他看起来并不像全人类的使者。他太年轻了。"

"这里的人们并不知道这些，"岑说，"除了我和诺娃告诉他们的，他们对于人类一无所知。至少，他们之前并不知道，直到你们来了，把一切搞砸。现在他们不信任我了，而且他们知道了诺娃是个机器人……"他犹豫着说。他自己也有好多问题，比如星罗的女皇怎么像被丢弃一样来到这里又被困住。但他感觉这个问题的答案说来话长，于是他问："那个门怎么了？"

"卫神们毁了它，"特伦诺迪说，"双子座派了一个叫轨道炸弹的东西跟着我们。现在我们被困在这里。鬼狼受了损伤……"

"别告诉他这个！"鬼狼说。

"所以我们再也去不了更远的地方。我们在这儿已经几小时了，这时这个东西——"

"这辆火车。"钱德妮说。

"这个相当于火车的东西载着生物开来。我猜他们想看看发生了什么。他们看起来不太高兴。鬼狼能翻译一些他们发出的声音。它解释了我们是谁，他们跟我们说起你，然后我们又解释了你是谁。你的真实身份。他们得知了看起来也不太高兴，然后他们就散了，把我们留在这儿。"

"你跟谁在一起？"岑问。"我在广播上看见三个人。"

"只是脸。"特伦诺迪说。她看向身后，说："哦，他又溜达开了。"

蠕虫曾经在的地方正变成一个风景地标，更远处，地面继续下斜，下面有更多的镜面般的潟湖。沿着湖边，莫当特90的界面在把扁平的圆石头堆成一座座小塔。他还在为朋友严瓦·马立克的死而伤心不已。卫神们当然知道人会死——人类的一生对它们来说短暂得像一根火柴燃烧的时间——但只有现在，当它自己生命也有限时，界面才真的理解死亡意味着什么。它在为马立克哀悼，也因为自己同样困于脆弱的人类皮囊中而震惊不已。它堆着石头，排解忧思。想堆到四五块石头以上，竟然很难。你必须小心挑选石头。最大的放在底下，最小的放在顶上。石塔经常会倒，但界面很有耐心，有些塔已经跟它自己差不多高了。

对于就住在水边，根茎一般的腿种在肥沃的淤泥里的哈斯小族群来说，这非常让人着迷。卵石是他们的最爱，好的卵石会被生活在亚姆潟湖湖滩上的哈斯大族群之间手把手争相传递，传递距离可以有几百里。他们以前从没见过生物能把卵石堆得这么优雅。界面开工几天后，几百只哈斯从岸边蹚水前来观看。他们站在阴影里，形成浩浩荡荡、飘飘扬扬的一群，每当一个新的卵石被加到最新的塔上时，他们就交头接耳地表达崇敬。

等他看到岑、特伦诺迪和钱德妮走向他时，界面说："哦，有位来客！"说着放下手中一直拿着的卵石。

岑看着他的金色皮肤，金色眼睛。"莫不是……？"

"曾经是，"钱德妮说，"它现在几乎什么也不记得了。"

"这不公平，钱德妮·汉萨，"界面委婉地说，"我只是从前的我的一个碎片，不再与莫当特 90 的大数据中心相连。但我能记住各种东西。"

"但没什么有用的，"特伦诺迪说，"比如为什么卫神们从没告诉过我们有这样的地方，还有我们怎么再回家。"

"我确实不知道这些问题的答案。"界面说，神色尴尬。然后它又雀跃起来，原来有一个小哈斯从卵石塔之间小心翼翼地走过来，把什么东西放在他手里——这一次不是卵石，而是一个小小的银色的像鱼一样的东西。"哦，谢谢你！"它说。

"他们对我们很好，这些帐篷，"特伦诺迪说，"我们在火上烤鱼。看起来能吃。"

"他们让我拉肚子。"钱德妮·汉萨说。

"我有食物，"岑说，下意识地说，"在大马士革玫瑰上。你们最好来吃，告诉我发生了什么。而我会告诉你们……我会告诉你们怎么回家。"

特伦诺迪疲惫的脸被希望点亮。"就是说有办法？另一个门？"

"别相信他，"钱德妮说，"想想他对你家族做了什么。"

"他那时是为雷文工作，"特伦诺迪说，"现在我们需要他。有时候，为了生存，你必须和你不喜欢的人结盟。"

这让钱德妮闭了嘴。她把嘴紧紧闭着，不断怒视着岑，但什么都没有再说。

"所以有办法？"特伦诺迪问，"有办法回星罗帝国？"

"诺娃推测有。"岑说。他从夜崖来的路上一直在想。之前诺娃刚提出计划的时候，他不喜欢，但他需要给这些新来的人一些念想，因为他需要他们帮忙把诺娃找回来。回家的承诺是他唯一能给的。但现在一旦他说出口，他发现自己突然非常想实现它，而不只是一个空口承诺。他想念其他人类；他自己都没意识到程度这么深。人类的汗水味，皮肤的触感，人类站立的样子。他希望诺娃说得对。他想要回家的路。

"诺娃有个计划。"他说。

"她在哪儿?"特伦诺迪问,"计划说来听听。"

"她不在这儿,"岑说,"她在一个叫可哈恩碎片的地方。如果你想让她给你带路回家,我们就得出发去找她。"

25

可哈恩碎片其实是一块行星残余，行星碎掉之前曾经环绕着一颗金色的小太阳。碎掉之后，碎片还环绕着小太阳，但现在它们也互相环绕：月亮大小的行星块以前曾是一个世界，在引力复杂的相互作用下被锁住了。这些碎片一直都没有飞散开或相撞，而全都裹在一片大气层中，让诺娃想知道轨道缔造者是不是很久以前在这里工作。柴尔德·杰克·卡耐思的仆人捧着她从火车里出来时，她看见一个凹凸不平的小世界在车站上空慢慢地翻滚而过，二十来个小火山喷着黑烟。是这些通风口像推进器一样阻止了各种世界碎片碰撞吗？

她本想停下看看，但她现在的状态没法选择看什么。她只是一个头，被一只克拉尔特用爪托着，跟着另外三只克拉尔特，他们从杰克女王的私人车厢里拿出抛光的骷髅。诺娃猜那些骷髅是祖先，或是战利品，因为它们被精心保存着。

克拉尔特仆人穿过破旧、半遗弃的车站。这个车站建在一个轨道缔造者的老建筑里面。一架看起来很危险的由化学火箭供能的飞机从外面的跑道上起飞，很可能飞向另一块碎片。有一会儿诺娃担心自己得坐那样的东西旅行，但迎驾柴尔德·杰克·卡耐思的车更加原始：一节雕刻的木头车厢，由两节带角的大爬虫拖着。

杰克女王的仆人们小心地把骷髅放在车厢里挂着帘子的座位区垫子上，然后把诺娃的头放在中间。接着杰克女王自己爬进去，坐到另一堆垫子上，车厢就出发了。诺娃感觉到自己的身体就在附近，她脊柱里小的子系统正发出哀怨的微弱警报。她猜身体大概在另一辆车里跟着。从车站出来的路很颠簸。她的头倒向一边，那三个骷髅的牙齿不停地嘎啦作响。

"那些是我姐妹们的骷髅。"杰克女王说。

"哦……"诺娃觉得自己的声音很陌生。通常她像人类一样说话，胸腔吸入空气，呼出来的时候在喉咙的结构中振动发声。现在她不得不依赖口腔顶部一个备用的小扬声器，音效很一般。反正她也想不出说什么。当一个恐龙把你介绍给她的姐妹们的骷髅时，你怎么说？

"她们当年牙齿非常好……"

"我亲手把她们杀了，"杰克说，"我原本也不想这样。这是我们物种的悲剧。当克拉尔特幼仔到了青少年时期，雌性姐妹便开始互战，直到剩下最后一个。所以我们这么强壮。只有胜利的人有权交配生殖，繁衍下一代克拉尔特。有时姐妹之间定下盟誓不会互相残杀，但本能太过强大。"杰克的尾巴末梢轻轻抚摸着最小的那个骷髅。"我的小妹妹珊提斯……我们一起长大的时候，曾那么要好。我的时代到来之前，她离开了，去世联网遥远的另 端生活。可很多年过去后，当我的火车停在亚什提时，正巧她也在那里。她捕捉到我的气味，不能自持。她在车站的台阶上攻击了我。那是场传奇战役，写成了赞颂诗。幸运的是，我才是强者。不然我的骷髅就会成为她火车上的一个装饰。"

这个，诺娃想，不太好。难怪大家都不喜欢克拉尔特。大概所有物种都有些古老的野蛮本能，在进化过程中被保留下来，但多数物种在加入世联网前都学会了如何自控。轨道缔造者们似乎只负责提供凯门和摩瓦给那些能成功控制这些特征的物种。也许黑灭发生的时候，出了些意外，克拉尔特太快找到了通过凯门的路……

她想知道岑在干什么。她跟他说等她逃出来，但要是她不及时回去，她知道他肯定会来找她。她希望他不要低估了克拉尔特。她担心他会追过来试图救她，而不知道抓她的人有多聪明多危险。

但同时，她希望他来。她就像想念自己的身体一样想念他。

柴尔德·杰克·卡耐思拉起一片挂在车窗上飘荡的厚窗帘。一道强烈灼热的阳光落在她伤痕累累的脸上，然后变暗，随着车厢进入隧道而消失了。"你现在明白为什么会思考的机器对我的人民有益了吧，"她说，"雌性克拉尔特间无法维持亲密友谊——关于亲生姐妹的死亡的记忆太清晰。我们害怕如果我们太喜欢一个人，古老的本能会占上风，将一切终结在血腥中。我们只有我们的雄性做伴，但雄性根本算不上伴——他们只能充当用人和武士。所以我必须学习你的秘密，机器。"

哪怕克拉尔特都没法忍受太久的强烈阳光照射。他们的车站城市大部分都建在地下。诺娃把大脑调到一个本地媒体网上，感觉进了一个昏暗、拥挤的大山洞，就像一串巨大的地洞。其中一个地洞是杰克女王之家。他们在那里把诺娃的头带到一个白色的圆形房间，放在一个桌上。克拉尔特技术人员把她从每个角度扫描、拍照。他们把头夹在一个台子上保持竖直，然后在被切断的脖子外，把悬挂着的断管子和电缆接上。有些电缆提供能量。有一根管子是供水管，她可以用来保持嘴巴和眼睛湿润。其他的只是把她连接上散在房间四处、样子粗笨的屏幕和终端，克拉尔特技术人员试着下载她的操作系统。她感觉到他们简陋的程序正试图撬开她的人脑。一开始很容易把它们挡在外面，但程序不如期运行克拉尔特们就会暴躁，于是诺娃让他们看到她的一部分代码。她害怕如果不这样做，他们也许会采取更直接的措施，直接把她现在的脑袋撬开。

克拉尔特们聚在屏幕周围，讨论着她给他们看的一行行代码。有时候柴尔德·杰克·卡耐思会过来听取他们的报告。有时她会过来用黄眼睛一眨不眨地盯着诺娃的头。有时她会把她的孩子们一起带来：三个年轻的雌性，已经接近叛逆的年纪，古老本能将驱使她们对其姐妹实施谋杀。

"嘿，"第一次她来看诺娃时，诺娃对她喊，"我身体的其他部分在哪儿？你为什么不把我拼回一起？我完整的时候能告诉你更多事情。"

"别管它，"柴尔德·杰克·卡耐思告诉她的女儿们，"这只是个东西：一种猎物造出来的一件小玩意。我们很快就能得知它的秘密。"

"求你了？"诺娃说。

但恳求听起来很傻，而反正柴尔德·杰克·卡耐思也不注意这些。

26

在业姆，广播媒体对人类失去了兴趣。新来的人类只是坐在大马
士革玫瑰的车厢里谈话，或建造卵石塔给哈斯们逗乐，拍摄团队离开
他们，去拍摄别的世界的其他事物了。世联网广阔无边，丰富多彩。
门已被埋藏，这些人类再也没法带来更多人、更多货，已经变得远不
如当地生物期望的那么有意思了。

于是两辆火车开走时，很少有人注意到。就连哈斯那时都已经自
己学会了建塔的技巧，忙着搭他们自己的塔，莫当特 90 的界面爬进
大马士革玫瑰的车厢时，他们只匆匆对它摇晃一下道个别。一则从亚
姆站发来的广播消息警告玫瑰，按照火车时刻规划，她现在不能离
开，但玫瑰回答他们正调头回夜崖，亚姆当局决定不干涉。他们对人
类很失望——人这么少，完全没东西可以贸易。亚姆没有他们会好
一些。

下一个世界几乎是个丛林：热腾腾的山丘上覆盖着巨大的蕨类植物，还有遍地的矿坑和弃土堆，奇莫依矿工们正在干活。当两辆火车从空旷的山谷间穿过，大马士革玫瑰派出她的维护机器蛛，它们带着画笔，蘸满用亚姆泥土做的颜料。很快，黑点覆盖了她外壳上已经褪色的美丽图画，直到她跟鬼狼一样黑。

岑看见那些图案消失很伤心。那是他的机器人朋友弗莱克斯画的，而弗莱克斯已经死了。但一部分弗莱克斯的人格在玫瑰的内存里保留了下来，所以也许她继承了足够的天赋，某一天能把原来的画再画出来。

"我们不想让克拉尔特认出大马士革玫瑰，"他坐在火车前端乱糟糟、突然变得过小的国务车厢里，对其他人解释道，"我们要变成一个新火车，前后都有火车头。没多少人和克拉尔特贸易，所以我希望他们那晚从夜崖把诺娃掳走后，还没有得到任何从亚姆传回的新消息。他们知道来了更多的人类，还知道凯门出事了，但也许他们还不知道那个门永远关闭了。我们就告诉他们那只是个临时事故，现在人类火车准备好了，将穿过那道凯门，非常希望和他们做生意。"

"他们如果不相信我们怎么办？"特伦诺迪问。

"那就是你的任务，你要让他们相信。"

莫当特90的界面摇摇头说："这个计划漏洞百出。"

"我知道，"岑说，"但如果我们那样想，我们就不会尝试任何事。诺娃永远不能获救，你们也永远回不了家。你们想回家，对吗？"

界面缅怀着："我想重新连接上莫当特 90 的人格。只有一个身体的生活太恐怖。这个身体总有一死，那时它那些独一无二的经历和记忆怎么办呢？那我关于马立克的记忆呢？他应该被记住，纪念他有多勇敢。我需要回到星罗帝国，这样我才能把这些新的经历加到莫当特 90 的记忆里。"

"那你就对了。"岑说，离开了桌子，往火车后面走回去。

车上有四个人确实感觉有点挤。他不知道他们为什么不能待在鬼狼的小间里，他们又没带什么行李。但钱德妮·汉萨坚持特伦诺迪是女皇，应该享用岑的床——唯一的床——她和钱德妮现在轮流在上面睡觉，因为似乎她们总有一个得醒着监视岑。岑睡在医疗角的铺位上，他明白自己之所以同意这个方案，只是因为他还觉得对不起特伦诺迪和她的家人。

（至于莫当特 90 的界面，它发现自己需要睡觉也很吃惊。它会毫无征兆地突然入睡，坐在桌子上，或某个国务车厢的椅子上，然后醒来，几小时后再来一次，抱怨着奇怪的梦。）

哪怕在火车后面的储藏室车厢，岑也不得安宁。他开始清空一些大的塑料板条箱，这是他找回诺娃计划的一部分，但还没等他有什么进展，门吱呀打开，钱德妮·汉萨进来了，跟往常一样怒视着他。

"我不知道女皇为什么相信你，"她说，"你以前骗过她；你应该想到她会长点心。我不确定我是否应该相信你。"

"相信我什么？"岑问。

"回家。你说你那个古怪的线偶知道回家的路……"

"我说的是她相信有回家的路，"岑纠正她，"那本是个预感。但诺娃比我们都聪明。她的预感通常都是对的。我之前觉得这不是什么好主意，因为这主意要行得通，必须找到一个门，它通向的地方能让我们在卫神们踩死我们之前给自己一个解释。但你们有莫当特 90 的界面和你们在一起，所以情况就完全不同了——卫神们一定会听莫当特 90 的。"

他说话的时候钱德妮看着他，眼睛眯起来，在审视他有没有说谎。接着她叹了口气，背靠着燃料库的门坐下。"可是你为什么想回家？我就不想回家。我脱离了家很高兴。我生命中第一次摆脱有钱人和卫神们，摆脱一切。"

"我想念妈妈和姐姐，"岑说，"我想念其他人类。你没有人可以想念吗？"

钱德妮摇摇头。

"好吧，不管怎么样，这不仅仅是回家的事……"他前一天晚上在医疗角里试着入睡时就一直在想，"如果我们能找到另一道星罗帝国和世联网之间的凯门，想想吧，会有多少新贸易开启。而我们处在这一切的开端；我们将做中间商，这里信任我们。我们会给这里带回满火车的商品，再换成满火车的这里的珍奇玩意儿，到桑德尔本或其他地方卖个大价钱。我们就发财了！"

钱德妮·汉萨大笑。"哦，岑·斯塔灵。听听你说的。你真相信那一套？要是贸易真的开展起来，家族集团会把所有利润都据为己有，就像他们把其他一切据为己有一样。他们有办法阻止我们这样的人分一杯羹。"

"所以不值得试试吗？我们还没开始就被打败了？"

"你要是像我这样经常被打击，你就会开始意识到整个游戏都是被操纵的。"

"你会喜欢我姐姐的，"岑说，"她说话跟你一样。"

"我不喜欢任何人。"

"那女皇呢？你喜欢她，不是吗？"

"我不喜欢她，"钱德妮说，"我只是不想看到她被杀。这是两回事。"

她看看岑，他回去清空那些大塑料衣箱，冷冻监狱的冰棺大小。他出现时，她还以为她和他会像两块磁铁一样吸在一起，两个街头的底层人物，有那么多相似的经历。那个锁在钱德妮内心深处，还抱着浪漫天真幻想的小女孩，甚至想象这会像三维爱情片里的一见钟情的故事。但事情完全不是这样发展的。岑憧憬了那么久，成为有钱的孩子，或江洋大盗，或人类的使者，他已经开始相信最新的这个角色了。他最不想见的人就是跟他过去一样的人，这样的人能看穿他，看清他肮脏小贼的本质。

"下一个世界是夜崖，"大马士革玫瑰宣布，"如果我们前面的奇莫依矿车穿过凯门的话。你想在夜崖逗留吗？"

"不，"岑说，"经过车站时给科斯/阿塔莱发消息，看看他们有没有关于克拉尔特的最新消息。如果没有，就继续走，直奔可哈恩碎片。"

27

只有一个头而没有身体实在太无聊了。晚上当克拉尔特技术人员都走了只剩下她一个时，诺娃除了浏览可哈恩碎片的原始广播网络，什么也做不了，里面放着凄凉的音乐、凶险的角斗战和一些无聊节目，克拉尔特火车首领在节目里吹嘘他们打过的仗，炫耀带回家的战利品和奖赏。快午夜时，连这些也关了，只剩下诺娃听着天花板里通风管道中昆虫在刮擦的声音。

就在这时她又听到了，她在夜崖检测到的从暗光区传来的信号，非常微弱。所以要么可哈恩碎片离那个区域也很近，要么信号强到只要你听的时候有意搜寻，就在各地都能探测到。也可能那信号以某种方式植入了她内部，在她的程序里插入了一些它自己的奇怪代码，所以它一直对她唱着关于那个区域的歌？

这想法让她担心自己会疯掉，于是她要驱赶走这想法，转而回味和岑在一起时的回忆，或给自己放点电影，来转移注意力。有时回忆和电影交织，因为那是她和岑在大马士革玫瑰上一起看过的电影，岑当时在她怀里睡着了，她想让他以为她也睡着了。有时候看着她最爱的电影，她能想象她又有了身体，想象岑正蜷在旁边，他的脸对着她胸口上一直没修复好的道道疤痕。

有部电影她一直很喜欢，是《她是雷，他是雨》，那是部几百年前在马拉派特拍的老电影，用古老地球的经典二维风格拍摄。讲的是一个卫神爱上一个普通人类，情节能依稀看出是以雷文和阿奈伊丝六代的爱情改编的。每次看诺娃都会关闭之前的记忆，这样电影对她来说就总是新的。她总是会看哭。

柴尔德·杰克·卡耐思越来越不耐烦了。她的来访愈加频繁，也愈加愤怒。她的技术人员试着解释他们在诺娃的头里的发现时，她不耐烦地听着。有一天，当他们为进展缓慢找理由时，她用尾巴尖抽打他们，尾巴尖上由黄铜包裹，抽人特别疼。

之后，当其他人离开后，还有一个克拉尔特逗留。他谨慎地靠近诺娃的桌子，弯腰端详她的脸。"你对我们有所隐藏，"他说，"我们没法接触它们，但我们必须接触到，不然柴尔德·杰克·卡耐思会杀了我们，以新的雄性代替。"

诺娃为他难过。能和别人再聊起来感觉很好，好像她还是个人。"你需要知道什么？"她问。

"一切！"克拉尔特说，"柴尔德·杰克·卡耐思说你是由一个低等物种造的。她不理解为什么让你运行的程序比我们所见过的任何东西都先进得多。这些程序甚至比尼姆的技术还先进。轨道缔造者之后，世联网再没出现过你这样的。我们不指望能造出类似你的东西，但这是她的愿望。"克拉尔特任凭他的黑舌头在牙齿之间若有所思地摆动。"她们很孤独，我们的母亲们。其他雌性让她们想起被她们杀死的姐妹，但我们雄性只是可悲的伴侣。我相信柴尔德·杰克·卡耐思认为，她能造出像你这样的东西，但是用漂亮的克拉尔特外形……"

"她想交朋友。"诺娃说。

克拉尔特慢慢地眨着他透明的内眼睑，这相当于克拉尔特在点头。

"可一旦你找到了方法，"诺娃说，"我就对她没用了，是吗？到时我下场会怎么样？"

他只是站在那儿。如果说他在表露感情，那也是蜥蜴的某种感情，诺娃不懂。

"如果你帮我，我也会帮你的，"她说，"我猜我的其他部分在不远的地方？"

"在下面一层。"克拉尔特说。

"那好。"诺娃说。她不确定自己做得对，但做点什么总比只是像个盆栽被安在桌上要感觉好些。"我会解锁你需要的信息，但作为回报，我想确保你能保证我安全，把我拼回去。"

克拉尔特又眨眨眼。就这眨眼工夫，诺娃开始下载她脑中的内容，他身后的屏幕全点亮了。她把除了自己的记忆和她的电影收藏之外的一切都给了他。她不认为克拉尔特有技术造出一个机器人身体，但现在他们应该至少能造出一个简单的有自我意识的电脑了。

克拉尔特整夜工作，他的大眼睛里映着一排排红色符号，像火蚁军团般在他的终端屏幕上游行。早晨，诺娃看着他给同志们看他的突破，他的同志们都惊奇不已。柴尔德·杰克·卡耐思这天晚些时候来访时也深为赞赏。她仔细地听着他的报告，然后猛地一甩镀了黄铜的尾巴，杀了他。

"让雄性太成功是不行的。"她解释道，围到桌子跟前，向下瞪着诺娃，"成功会进入他们的脑子。"她爪尖在诺娃的脸上顺着她眼中涌出的挫败的泪水痕迹抚摸着。柴尔德·杰克·卡耐思身后，她的三个女儿鼻孔张开，被技术人员的血腥味刺激得很兴奋。"别担心，"她说，"他不重要。其他人理解他的大发现。他的工作会继续，其他人没有他会更努力工作。"

他们甚至都没有名字，那些雄性克拉尔特。他们在屏幕前忙碌，满意地嘶嘶叫，因为看到了诺娃给他们提供的信息中的巨大潜力。

28

人类的火车到站时，他们脚下的碎片正移向另一块碎片的阴影下。天还很亮，但布满灰尘的景色充满了阴影，这相当于当地的夜晚。从车站建筑里出来接见到访者的克拉尔特没带灯，看上去黑暗对他们来说完全不是问题。特伦诺迪下车踏上站台时只能看到他们尖桩似的侧影和他们不眨的眼睛里的闪光。她不确定这是让他们显得更可怕还是不那么可怕。她强压着想尖叫着跑回火车的冲动，发表了一小通和岑商量好的讲话。

"我们是来自星罗帝国的商人。我们带来价值连城的机器来给柴尔德·杰克·卡耐思展示。"

岑给特伦诺迪的耳机也下载了他的机器人朋友写的翻译软件；软件把她的话翻译成他称为贸易语言的东西，然后把它们通过大马士革玫瑰用三维打印机做的项链式小扬声器以扁平的电子声音发出。扬声器让特伦诺迪的声音听起来奇怪又刺耳,但她指望克拉尔特会认为这是她的自然声音。他们互相看看,嘀咕咆哮着。她等待着,闻到他们温热污秽的气息时皱起鼻子,回想着大中央的冰雪聚会,感慨此后生活如此剧变。

"我们听说你们在亚姆的门被毁了。"其中一个克拉尔特咆哮。

"有山体滑坡,"特伦诺迪说,"但是我们很容易就打开了一条新的隧道。"

"你们开新隧道真快。"另一个克拉尔特说。

"我们有强大的机器,"特伦诺迪说,"所以我们想跟柴尔德·杰克·卡耐思交易,她理解我们技术的价值,而不像赫拉斯代克或迪卡害怕技术。"

"赫拉斯代克和迪卡是猎物。"一个克拉尔特讥笑。

"那么请告诉柴尔德·杰克……告诉她我们有技术向她展示……"

技术正等在后端车厢里,在雷文的卡车中。有很多小盒子里面装满了备用替换的零件和鬼狼上损毁的部件,以及垒起来的三个大板条箱。上面的两个板条箱里都是玫瑰的维护机器蛛,折叠起来,放在一层厚厚的包装泡沫上。底部的板条箱里面是另一个维护机器蛛,但这一只下面的泡沫薄一些,岑·斯塔灵就藏在泡沫下面。他侧躺着,蜷起来,已经开始僵硬了,看着从玫瑰的摄像头里直接导入他耳机里的信息。

他多希望代替特伦诺迪去站台上讲话。她听起来在照本宣科，而他又觉得万一事情有变，形势危急，她不可能临场发挥。但只能是特伦诺迪去：他不信任钱德妮·汉萨，而那个莫当特90坏掉的界面太害羞，表达又不清楚，没法扮演一个锐意进取的商人。当然岑自己原本可以轻松扮演，但克拉尔特可能会认出他。而且他还有别的事要做，这事要求他必须完全隐蔽。

现在其中一个克拉尔特往回走向车站建筑里了。克拉尔特似乎不像其他物种那样害怕轨道缔造者的废墟，他们在旧玻璃大厅里填满一堆一堆的货物，用帘子遮起来一部分当作办公室。进去的那个克拉尔特正在传送一些信息，用的装置粗糙得大马士革玫瑰都没法黑进去。"如果它再原始一点，它就是两个中间带长线的锡罐子，"她嘟囔着，"我猜线的另一头在柴尔德·杰克·卡耐思的地方……"

岑不想冒险，小声说话都不敢，因为他不确定克拉尔特的听觉有多敏锐。他在耳机视野里调出一个键盘，靠着眨眼给玫瑰一个字母一个字母地发了一则消息：给我看看车站其他地方……

玫瑰给他看其他摄像头里的图像，然后又给他看火车后端鬼狼上的摄像头里的图像。车站布满灰尘，半废弃了。有些克拉尔特的摩瓦在旁轨上停着。在远处的站台上，有个摩瓦是种岑没见过的类型，像个庞大的银色土鳖虫。

那是什么火车？

"我觉得是尼姆。"大马士革玫瑰回答。

虫人？哎呀！他们在这儿干什么？

"跟克拉尔特做贸易，我猜。他们也喜欢机器。"

希望他们别碍我们的事⋯⋯

"他们的火车里有动静。火车和克拉尔特城市之间此刻不停有信号交换，但我没法解密。很可能你没必要担心。这才是你需要担心的⋯⋯"

她把镜头切换回一开始的摄像头，能看见特伦诺迪紧张地等在站台上。克拉尔特站长或不知道什么身份的人从他的办公室里走出来。"柴尔德·杰克·卡耐思希望看看你带来了什么。"他说。

特伦诺迪转身叫等候在火车里的钱德妮和界面。他们从火车后端走过来，滑开大大的货仓门。玫瑰伸出一个斜坡，好让卡车自己滑下火车，开到站台上，克拉尔特在站台上等着检查。他们随意打开几个盒子和最上面的板条箱的盖子，但克拉尔特武士对里面的东西毫无兴趣。

特伦诺迪朝车厢后端里面看去，对界面说："你跟玫瑰还有鬼狼待在这里。我们很快回来。"

"好的，特伦诺迪，"界面温顺地说，"祝你好运。"

钱德妮跳下车，跟特伦诺迪一起走过站台，去卡车等着的地方。她们爬上卡车前面的座位。

"这太疯狂了，"钱德妮说，"这样行不通的。"

特伦诺迪嘘她，以防她们的耳机翻译她的抱怨，然后被扬声器广播出来让克拉尔特听到。卡车开过一栋栋玻璃建筑，下了斜坡开上了一条灰扑扑的路。两只大克拉尔特在前面跑，带路去柴尔德·杰克·卡耐思的宅邸。

岑躺在板条箱里，正从特伦诺迪的耳机里看外面。黑暗的景色在亮得诡异的天空下闪过，空中一座山像月亮一样在毛糙的地平线上翻转，映着湖面的微光。烟囱和通风塔从石头地面拔地而起。引力非常小。每次卡车颠簸或在拐角转弯，岑的板条箱就跳上天，然后感觉像是再也不会落下来。但是会落下来，没过多久，一条平坦的隧道在前面张口等待着他们。卡车落入地下，通过一系列巨大的铜门，然后转向边上，减速停下了。等在那里的克拉尔特在对特伦诺迪说话，但她似乎紧张得没法回答。钱德妮插进来，把特伦诺迪跟车站上的那些克拉尔特说的话又说了一遍。接着她们又为那些盒子激动起来，把其中一个大板条箱从卡车上搬下来，跟守卫们争辩。"如果我们没法把我们的卡车开得更远，你们就得帮我们扛东西——不，我们不要那一个，那个跟这个是一样的——如果你们的柴尔德·杰克想买的话，我们会回来取……"

他们走开了。这时只剩卡车留在这低矮的穹形山洞里。岑通过特伦诺迪的耳机，晕头转向地看了一眼卡车的样子。接着特伦诺迪走过更多走廊，克拉尔特急匆匆走在前面，钱德妮抱怨着她和特伦诺迪抬着的盒子太重了。

岑切断耳机连接，听见她们声音远去。他闭上眼睛，躺在盒子里，感觉非常紧张。然后他切换到另一个耳机频道。

蜥蜴城市上方的高空中，大马士革玫瑰的蝴蝶无人机乘着晚风，用超声波和红外线向下监视着柴尔德·杰克·卡耐思的宅邸。火车的声音在岑的骨头里轻声说："我觉得没别人。"

你只是觉得？他想说，但他不敢出声，也没有时间打字。他深呼吸一口，从盒子里冲出来，把盒盖在身后关上，然后爬进卡车轮子之间的阴影里。他蹲在那里，环顾四周。山洞是圆的，一边是大铜门，四条别的通道从里面打开。

"走左边那个，"大马士革玫瑰说，"我想我找到诺娃了。她在下面一层的某个车间里。"

克拉尔特地洞的超声波扫描对岑来说没什么意义，只是晃动的蓝色模糊图像，但火车发了一张三维地图到他的耳机里，里面把通向车间的路标得清清楚楚，就像游戏里的任务一样。他想问诺娃是不是都好，大马士革玫瑰有没有告诉她他们来了，但特伦诺迪和钱德妮穿过的隧道里有说话的声音，他担心克拉尔特可能要回来。他在左边的隧道里潜下，边走边刷掉衣服上的包装泡沫屑。他穿着从夜崖带来的克拉尔特夹克。这夹克对他来说在胳膊处太长了，肩膀处又太窄，但他希望从后面一眼看去能被当成克拉尔特。隧道顶上有些灯，但不多，而且非常昏暗。

他开始感觉良好。独自待在满是恐龙的迷宫里，不能说是幸福，但一段时间以来，他第一次又觉得有生气了一些，好像他的身体就渴望这样的危险。他心里轻率得意的那部分自我在想：我抢劫了星罗大帝，而现在我又要抢劫克拉尔特女皇了。他将是历史上第一个在世联网行窃的人类小偷。而前面那道铜质圆门一定是玫瑰的地图上标记的车间入口⋯⋯

29

　　在杰克女王的起居区里，特伦诺迪和钱德妮把她们盒子的盖子打开。电灯轻微嗞嗞响着把光打在盒子里折叠好的维护机器蛛的银色腿上。杰克女王倾向前看看。她坐在马鞍形椅子上，那是大房间里唯一的家具。地板上铺着处理过的巨型爬虫满是疙瘩的皮肤，墙上和天花板上散发着昂贵的微光，上千只小圆碟像是嵌进岩石墙里的坚固黄金。更多克拉尔特，武装的雄性和未成年的雌性，站在女主人两侧，都在看人类揭秘她们的商品。

　　"这就是我们称为维护机器蛛的东西。"特伦诺迪说。

　　"它有什么用？"杰克女王问。

　　特伦诺迪鬼鬼祟祟地给大马士革玫瑰发了条消息。维护机器蛛自己伸展开，小心地抬起长长的腿，踏出盒子。有些克拉尔特发出不自在的嘘声。有一个还掏出把弯刀。

"这个没事，"特伦诺迪说，"它是个仆人，仅此而已。一个机器仆人。"

"看起来像个饿死的尼姆。"杰克女王说。

"它不需要吃饭也不需要睡觉，"特伦诺迪说，"还容易保存。"

维护机器蛛做了几个优雅的舞蹈动作，展示了一些平常都整齐地叠在它小小的身体下面的带各种工具的机械臂。

"这个机器会思考吗？"杰克女王问，"它会像你们人类做的那些身体跟你们很像的机器那样自己思考吗？"

"它是由另一个机器操控的，一个会思考的机器，"特伦诺迪说，"火车告诉它做什么，它遵守。"

"火车告诉它做什么？"

"维护机器蛛可以担当很多有用的角色——"

"我一直对你们奇怪的摩瓦有很多疑问。"柴尔德·杰克说，显然对维护机器蛛和它的多种用途不感兴趣，"跟其他猎物的摩瓦太不一样了。我一直想知道，既然你们在机器上这么聪明，那你们的摩瓦也可能是机器吗？我很有兴趣买一辆你们的火车……"

"我们可以给你们搞一辆！"特伦诺迪神采奕奕地说，"等我们回到自己的星罗，我们可以从一家领先制造商那儿为你买一辆——"

"那么你跟我在车站的人说的是真的？你们在亚姆的新门又开了？"

"是的。"特伦诺迪说。

柴尔德·杰克·卡耐思起身，拎起她周围的羽毛裙。她走向特伦诺迪站着的地方，靠近她，鼻子抽了一声。她黄眼睛里雪花形状的眼珠心事重重地聚起，而特伦诺迪从她眼中的黑暗里看见自己的脸，心惊胆战。

"你为什么这么害怕？"杰克女王问。

特伦诺迪试着编出几句类似"我没有害怕，只是为你的魅力倾倒"的台词，但她麻木的嘴巴没法说出来。"她害怕是因为她在说谎，"钱德妮突然说，"我们都是。我们被迫来这里，对你撒谎。"

"钱德妮！"特伦诺迪说。克拉尔特龇牙咧嘴地低吼。

"面对现实吧，女皇，这个计划永远都行不通，"钱德妮说，"反正岑·斯塔灵也对我们撒了谎——没有回家的路。我们被困在这里了。所以我们需要和强者交朋友，而斯塔灵不是。"她正视杰克女王。"斯塔灵想让我们吸引你的注意，他好偷你的东西。看看。你会发现他正在偷你的那个机器人。"

岑全身压在门上，门一晃他赶紧避开。刮出的声音在隧道里回荡。门只轻微地移动了一点。门当然还锁着，但这样很好，因为这也许意味着里面没有克拉尔特。

他往厚重的夹克里面摸，掏出他在雷文的仓库里找到的切割器。它叫水刀，在岑看来像个胖嘟嘟的小水枪。他把水刀指向门上笨重的锁，扣下扳机，里面喷出一注特别细的水柱，水压特别大，里面全是细小的钻石微粒，它切金属就像激光一样，只是轻快忙碌地"嗞"的一声就切开了。

他又试试门，门晃开了。门后面的房间里，充满各种各样的古董屏幕和电话发出的微光。他迅速扫了一眼，没看见诺娃。他刚要转身走开，她的声音从阴影里传来。

"岑！"

当他看见克拉尔特对她做了什么，震惊得水刀都掉了。水刀在低重力环境里像羽毛一样慢慢落下，但撞上地板砖时发出像炸弹爆炸一样的声音。他不顾爆炸声说："卫神啊！"

诺娃——或者说诺娃仅有的部分——在对他笑。"对不起，"她说，"见到你太高兴了，我都忘记我掉了点肉。但我没事，基本没事。我的其他部分在另一个房间里，楼下……"

"卫神啊！"岑又说。他甚至都不想看她，没有身体的这个样了，她由一个金属钳支撑，各种电线、电缆从她的脖子下拖出来。但他还是逼自己往桌上够向她，开始摸索着弄开金属钳。这比他想象的难，它们的运作方式跟他预想的不一样。他还在骂骂咧咧地摆弄钳子，这时大马士革玫瑰突然在他耳机里说："哦，糟糕！他们来找我们了！整个地洞的克拉尔特都在涌过来……"

几乎同一时刻，他听见隧道里克拉尔特的刺耳声音，转眼一个克拉尔特已经踢开门向门里瞪着他。

岑掏出枪，指着那张丑陋的蜥蜴脸。他之前没有想过射杀一只克拉尔特会有什么困难——不是你死就是我活；感觉应该就跟那次他在然加拉的努恩家族狩猎保护区里，射杀那只基因技术做的猛兽一样。但克拉尔特穿着衣服，而且是个智慧生物而不仅仅是动物，这让岑难卜杀手。他端枪站着，瞪着克拉尔特，克拉尔特也回瞪着他，可能有漫长的整整一秒。接着他摸向背后，抽出一把像铁爪的刀。

"那小家伙说的是实话，"克拉尔特喊道，"猎物在这里！"

就在这时，随着震耳欲聋的"砰"的一声，天花板坍下来。

大块大块的瓦砾重重砸下，打烂了房间里的机器。吃了一惊的克拉尔特纷纷后退。还有别的东西也跟下来，从头顶上刚开的烟洞里往下掉，撞上地板，发出骨头撞击的声音，然后八条长腿把它撑起来了。起初，岑被搞糊涂了，还以为是玫瑰的另一只维护机器蛛。但它块头太大，刺太多，样子太奇怪；像一只巨大的蜘蛛蟹，它的壳上刻着奇怪的象形文字。这是一只尼姆。它细长的机械臂抓着什么东西，发出刺眼的光，接着一声巨响充斥被毁的房间。过道里的那只克拉尔特颤动着后退，倒下了。那个像蜘蛛蟹的东西跨过他的身体，出房间进了隧道。它再次开枪，一阵尖叫和混乱之后鸦雀无声，几缕像蜘蛛丝一样的烟慢慢升起。

尼姆那多刺的身体甩向岑。它的前额上画着一张黄色表情符。"随时要带把枪或战刀，岑·斯塔灵。"它说，沙沙的声音，很奇怪地耳熟，而且是星罗帝国的语言，"能省很多时间。"

岑自打天花板掉下来时就一直屏着一口气，这时终于呼出来，听起来像在呜咽。

尼姆穿过烟雾走回房间里。"你不认识我了，岑？"它说，"是我！你的老朋友虫叔！"

钱德妮一直都摇摆不定。女皇可能听任岑·斯塔灵和他的疯狂计划摆布，但钱德妮从一开始就不喜欢这计划，而且当她看见克拉尔特首领，意识到克拉尔特首领有多聪明多残忍，她就知道岑这样微不足道的小偷怎么也没指望智取。

某种程度上这感觉还不错，因为在这些奇怪的新世界里，她终于找到她能理解的东西。钱德妮以前认识像柴尔德·杰克·卡耐思这样的人。瑞蒙伽尔，她在阿雅古兹曾为其工作过，瑞蒙伽尔曾行使过相似的权力。深六队的成员服从他的方式，就像那些克拉尔特服从这位蜥蜴女郎。对这样的人，你要么让自己变得有利用价值，要么他们把你变成猎物；没有别的出路。他们从未被任何比他们弱小的人打败过。瑞蒙伽尔曾控制了阿雅古兹的半数船体，直到李家终于厌倦了他，派出了他们的家族海军。而且据钱德妮所知，在这个世联网上生活的可爱动物们，没有人想跟柴尔德·杰克挑起战事。

这意味着，她自救，以及救女皇的唯一办法，就是倒戈，放弃岑·斯塔灵。

于是她抓住特伦诺迪的肩膀，按住她跪在愤怒的克拉尔特面前，然后自己跪在特伦诺迪身边，喊道："我们把岑·斯塔灵献给你以表达敬意，柴尔德·杰克·卡耐思。我们还为你带来了他的火车，现在它是你的了……"

而杰克女王没有用刀片尾巴扇下她的头，看起来形势不错。但接着房间抖了起来。钱德妮抬头一看，一层灰尘形成薄雾，呈现出光晕；她嘴里能尝到薄雾那寡淡的沙砾味道。房间又猝然一动，这次她听见爆炸声，巨大、沉闷的低音在土洞的岩石上回荡。接着"咔哒"一声想必是枪响，她意识到她的预感错了，时机也很糟，因为终究有人想跟克拉尔特干一仗。

"这跟我们没任何关系，阁下。"她绝望地说，但没人听到，因为此刻几只花园桌子大小的红蜘蛛蟹闯进来，开始扫射。

30

　　岑愣着在那儿站了好一会。虫叔是个虫僧：一百万只虫子用垃圾做成人形骷髅依附其上，合流成一个自主意识。上次岑见到他们，还是在德斯迪莫，他们被打散成没有智力的虫群。虫叔怎么以乱开枪的尼姆的样子在叮哈恩碎片这里重生了呢？

　　但他意识到，这个问题和好多其他疑问都得等会才有机会问，因为隧道里又充满了愤怒的克拉尔特的声音，他们越来越近了。

　　"你来这里营救诺娃小姐，是吗？"尼姆问，"我们会帮你，就像你带我们去昆虫线时帮过我们一样，岑·斯塔灵。"

　　岑惊讶地瞪着他。远在家乡，虫僧们无休止地在凯奔旅行，寻找神秘的昆虫线。有段时间岑许诺指引他们找到昆虫线，虫叔帮了他好一阵子。但他一直以为昆虫线只是虫僧们的一个传说。直到……

　　"尼姆的巢穴！"尼姆解释，"这是我们在星罗帝国还是虫僧时，梦寐以求的。昆虫线是真的，它们就在这里，是你把我们带来了。现在我们要报答你！"

岑想起大马士革玫瑰到达亚姆的那天，那只在他面前振翅的僧虫。诺娃把它卖给某个赫拉斯代克，赫拉斯代克说他们合卖给尼姆。尼姆一定用那只虫子培育了更多，填满这个蟹壳，形成一个全新的虫僧，但还有虫叔的记忆。

"带上诺娃小姐，"尼姆命令，"我们时间不多。"

"但这只是她的头。"岑说，把枪胡乱一塞，继续把诺娃的头从不同能源和液体管道上解开。

"我的其他部分在另一个房间。"诺娃说。

"我们没多少时间了，"尼姆又说，"带上她的头。尼姆很有本事。我们可以给她做个新身体，有更多的腿。"

岑用钳子摸索着，终于把她从钳座上解下来，双手捧着诺娃沉甸甸的头。他用水刀割断电缆时，一股污浊的液体迅速流出。"大马士革玫瑰，"他一边忙活一边喊，"你能告诉我诺娃的身体在哪吗？"

"对不起——"玫瑰说。

鬼狼切入频道。"我觉得我接收到一个机器人脊柱分脑的信号。在你们下面一层，这里……"

一张新的地图发到岑耳机的视野里。他谢过两辆火车，抱起诺娃的头出房间从走廊跑开。自称是虫叔的尼姆跟着他小跑，克拉尔特的子弹在它的装甲外壳上直直弹开，虫叔大喊："不！你必须跟我一起走，岑·斯塔灵！这是滋儿滋儿特巢穴强硬外交办公室的命令……"

岑来到一扇门前，他认为里面就是放着诺娃身体的房间。他还在切割钥匙孔的时候，又一声爆炸让地板跳起来。警报大作，在隧道里回荡着传开。门开了，这个新房间跟第一个一样大，里面也全是屏幕、管道、原始的电脑。正中间的一张矮桌上躺着诺娃的身体。"哦！"诺娃说，她的脸压着岑的克拉尔特夹克前襟，眼角看到身体。

克拉尔特把她切开，掏走了电池组和备份存储设备。他们把她的左臂从肘部拆下，右腿从膝盖拆下。她想为这些损伤抽泣，但没有供水系统，她没有眼泪可以流。她联系身体上的分脑时，损害警告红灯亮起，充满她的脑子。

近处传来尖利的枪声。岑大叫着团团转，但从过道来的克拉尔特已经倒下死了。他们身后来了另一只尼姆，比虫叔小，暗红色。它还冒着烟的枪环射房间，用沙沙的未知语言说了什么。虫叔扛起诺娃的身体，切断几根连在她身上的电缆，快跑到房间远处角落上。那儿还有另一扇门。新来的尼姆从外壳腿上的口袋里拉出一个东西，拍在锁上贴住。

"小心！"虫叔说，表情符脸对着岑欢快地摇着，"这些东西会爆炸！尼姆可是硬核玩家。"

岑背过身去，用身体和手臂护住诺娃的头。一阵闪光点亮房间。等他再看，门已经向外倒下，冒出一道白烟飘向前面的隧道。红尼姆走过去，走进黑暗中，虫叔把诺娃的身体抓在他的身下，跟着走了出去。

然后他们穿过过道，地面陡峭向上，深沉的警报声响个不停，就像调音不好的低音大提琴。他们又重见天日；炽热的沙漠黄昏；城市里好多仙人掌像在站岗，烟囱还有风力发电机高耸人大，黑色的剪影衬着满是阳光照耀的翻滚着大山的天空。地平线上有东西冉冉升起，撒落彩虹。那是可哈恩海，一个月亮大小的水球，近在咫尺，岑能看见一个克拉尔特的渔业舰队，下面的波浪照得船发出白光。

他站着凝视着海，怀里抱着诺娃的头。他想知道特伦诺迪和钱德妮·汉萨还有那辆卡车怎么样了，他应该怎么样回到火车上，等他回去了，火车是不是还在原来的地方。就在这时他身旁的尼姆说："他们来了！"不是卡车，有个东西卷起尘土呼啸而来。他在黑暗里隔着尘土只能辨认出是个气垫船，上面还有几个尼姆成群结队，有的掌握着重型武器。

"强硬外交办公室工作人员！"虫叔解释说，"我们很幸运——他们一直在监视杰克女王。我们看见你和你的朋友们进去，就决定对她采取行动……"

岑跟着他爬上气垫船。虫叔把诺娃的身体粗暴地往潮湿的地板上随手一丢，气垫船在石原上开足马力启动了。它的引擎在风中呼呼作响，岑觉得捕捉到了另一个声音。他回头看，有半秒瞥见一个人影在跑。"停下！"他吼道，"回去！是特伦诺迪！"

还是钱德妮？他只能看出是个奔跑的人影，有一会儿映着天上的海。到底是不是人类?

虫叔和他的朋友们似乎也在琢磨这同一件事;尼姆驾驶员站的地方旁边有个小炮塔,很多沙沙作响的争论从那里传来。但接着飞船突然转向,回头对来路开枪,特伦诺迪从黑暗里出现了,大喊:"救命!岑!别丢下我!"

一只尼姆把她拖上车。气垫船再次急转弯,又向碎片的天空扬起一片尘土,继续尖叫着行驶。

"钱德妮在哪?"岑压着噪声吼。

"她背叛我们了!"特伦诺迪喘着,哭得上气不接下气,眼里满是灰尘和泪水,"然后——这些东西,这些可怕的东西来了,向大马士革玫瑰说他们是跟我们一边的……"

"他们是虫僧,"诺娃说,"我能听到虫子在这个蟹壳里面沙沙作响。几百万只。尼姆是虫僧,但我不确定是怎么演变的……"

特伦诺迪这时才注意到被割下的头。哪怕那个头颅没有在跟她聊天,这一幕也够惊悚了。特伦诺迪不确定应该怎么回应。她又看看岑,说:"钱德妮还在那儿。她说我们投靠克拉尔特会更好……你的计划最后是不是都这样以灾难结尾?"

"经常是。"诺娃说。

后面响起一声巨大、沉闷的轰隆声。一团火花攀上城市上面的天空,带走好多块杰克女王别墅的残骸,接着残骸拖着烟尾巴渐渐落到地上。气垫船向轨道加速前进。大马士革玫瑰和鬼狼已经开动,从轨道缔造者的废墟后面开出来。车站建筑里发出开枪的亮光，但岑有信心火车的外壳能弹开任何克拉尔特拥有的残酷武器。又过了一会儿，尼姆的昆虫摩瓦跟着鬼狼冲出来，一道强光从它的后车厢刺出，玻璃墙瞬间没入火海，灼热的草屑散进夜色里。

尼姆在轨道旁边操纵着气垫船，跟上他们火车的速度。有个集装箱打开了，形成一个斜坡，气垫船改变航线，沿着斜坡上去。斜坡又关上了，尼姆们在里面的黑暗中喋喋不休紧急地互相讨论着。有东西从外面撞上集装箱，就好像外面有人在用重型武器对它开枪。接着火车进入隧道，引擎声音变了，然后一声轻柔的"砰"，是通过凯门的声音。

尼姆放松了。他们的身体压得低了一些。武器卸下来，收好锁上，或收到别在长腿上的枪套里。在集装箱里的猩红灯光下，他们看起来就像一群蜘蛛蟹杀手。他们把诺娃无头的身体靠在角落里，自己多刺的影子从上面滑过，诺娃的身体就像是刚刚被他们杀害的尸体。

岑难堪地坐着看，诺娃的头像个包一样搁在大腿上。他曾想象找到活着的诺娃，很害怕找到她时她已经死了，但他完全没有准备找到肢解的诺娃。他一直在想是什么让人成为人类，而在诺娃说她是人类的时候，他已经开始相信了。但现在他觉得，人类有个重要特征，就是人只有一次生命。人类被肢解，就会死去。或者至少，你介意过。所以把她当成人类再也行不通了。他必须接受她是一种非常不一样的存在，而他还是爱她。

柴尔德·杰克宅邸的房顶被昆虫突击队留下的炸弹炸得一干二净。清晨来临，黄铜色的阳光照进她曾经的接见室，如今只剩一个弹坑，受伤的钱德妮躺在一片碎石中被照醒。

爆炸时她靠克拉尔特的尸体庇护着，现在从下面爬出来，试试耳机。"鬼狼？大马士革玫瑰？"没有回应，"特伦诺迪？"

一片死寂。女皇和其他人还有火车，要么死了，要么逃开了。可能这样最好，她想。反正他们很可能也不想知道钱德妮怎么样了。

失去特伦诺迪，她觉得苦涩伤感。自己竟然在乎，这让她很生气。更生气的是那些巨型蜘蛛蟹坏了她的事。但事情总是这样，你赌一把，运气不错，但早晚运气变差，你兜兜转转又回到冷冻监狱里。

只是这里没有冷冻监狱。实际上，太阳又升高了一些，天气变得让人不舒服地暖和起来。

一片阴影在她身上落下。她眯着眼睛看看柴尔德·杰克·卡耐思那血肉模糊的脸。克拉尔特女王那镀着金属的尾巴梢抵住钱德妮的下巴，往后按着她的头。

"你没告诉我你的朋友们跟尼姆联手。"柴尔德·杰克说。

"他们没联手，"钱德妮说，"我是说，我不知道他们联手……"

柴尔德·杰克发出悠长低沉的嘘声，她剩下的一只眼睛里燃烧着恐龙般的怒火。

31

接下来的世界是空的：辽阔天空下一片闪光石头的平原。大气勉强够岑和特伦诺迪呼吸着从尼姆火车上下来，回到他们自己的火车上。岑捧着诺娃的脑袋，虫叔和他的一个新朋友抬着诺娃的身体跟他们一起上来。他们踏进大马士革玫瑰的国务车厢时，莫当特90界面和他们一一拥抱，甚至包括多刺的尼姆。"我担心死你们了，"它说，"钱德妮呢？钱德妮在哪？"

"她没撑住。"特伦诺迪说。

"她死了？"它皱着脸。它讨厌人类死去。

"我想是的。"特伦诺迪说。

"她出卖了我们，"岑说，赶在特伦诺迪之前猛地坐进他最喜欢的座位里，"她试图把我们出卖给克拉尔特。她为什么要这样做？"

特伦诺迪耸耸肩。但她觉得她知道为什么钱德妮那样做。钱德妮只是试着让自己和特伦诺迪能活下去。钱德妮觉得岑在把她们引向灾难，她也许是对的——她不可能提前知道尼姆会来。"你为什么不早告诉我们？"她问，"如果你说尼姆会帮忙，你的计划就可信多了……"

"我也不知道。"岑说。

"那么，怕只是巧合？"诺娃的头问，声音特别轻，"尼姆从天而降，跟你没有关系？"

岑沉默了。他在想如果他说这都是他计划的，这会让他显得像个智多星，但诺娃和特伦诺迪都知道他不是，而且他觉得这个谎也没法圆。

他摇摇头。

"好吧，那看来是这次运气好。"诺娃说。

"根本不是！"自称虫叔的尼姆说，"滋儿滋儿特巢穴和那里只有一道凯门之隔。克拉尔特是我们的邻居，要是你们有克拉尔特这样的邻居，你们也会小心监视他们。我们在柴尔德·杰克家里有个情报员，一个不穿壳的虫僧。她的人以为那只是一群昆虫。她一直搞些技术上的名堂，尼姆长久以来都对此很警惕。我们不能让那些粗鲁的蜥蜴发展出能攻击我们巢穴的武器。诺娃小姐到的时候，我们的情报员发了消息。当我把诺娃小姐是什么告诉母巢，我们就决议派一支小分队到可哈恩碎片观察情形。我们有母巢跟卡耐思做矿物贸易，所以尼姆火车过来没什么不寻常的。我们原计划等她有进展了再攻击柴尔德·杰克的房子，但当我看见你来了，我猜想你在计划营救。于是我说服其他人一定要帮忙。"

"我们很感激。"岑说，虽然他跟这些大刺蜘蛛困在同一节车厢里还是不太自在，就算他现在知道这些人刺蜘蛛只是外壳。他还能听见组成虫叔和他朋友的上亿只甲壳虫在它们的壳里面翻腾涌动。

大马士革玫瑰也不自在。"尼姆的摩瓦在对我鸣笛，"她宣布，"我想它在催我继续前进。"

"对！"虫叔说，"我们不能待在这儿，万一克拉尔特追上来就不好了。下一道门通向滋儿滋儿特巢穴。我们到那儿就安全了，那里有很多虫僧。我会带你参观巢穴，岑·斯塔灵：我们渴望已久的昆虫线！"

"那回家的路呢？"特伦诺迪问岑。

在可哈恩碎片上发生了这么多混乱之后，他已经忘记他对她许诺过这事，但诺娃猜到了她的意思。"我们已经在路上了。暗光区的边界在这条线上更远一点的地方，巢穴后面。"她说。

"暗光区里真的有一道门通回家？"

"一定有。尼姆就是证明。他们是僧虫组成的，但就像我们的虫僧一样。也就是说一定有凯门在某个地方连接着我们的星罗和世联网。"

"那你觉得我们可以再打开这些门？"特伦诺迪问。

"只有一个办法能知道答案。"诺娃的头欢快地说。

火车又开动了。界面从餐车一路摇晃着过来，端着一个大金属托盘，里面放满了米饭和小罐辣酱。还冒着热气的小三角面包以让人愉快的角度卡在小罐子之间，上面点缀着玫瑰的维护机器蛛在轨道边上发现的可以吃的野菜枝。特伦诺迪抓起一些就吃起来。之前尼姆出现，战斗开始时，她还以为自己要完蛋了。发现自己在发生这么多事之后还活着，她胃口大得吓人。

岑吃不下任何东西。他捧着诺娃的头走到后车厢，尼姆扛着她的身体跟着。诺娃已经在和三维打印机无线交流了，打印机"呼呼"地工作着，造出她自我修复需要的零件。尼姆把她的身体放在打印机旁边的座位里，她伸出手，从岑手上拿过头颅。她小心地把头装回去，对他笑笑，管道电缆的接头，就像饥渴的蛇一样伸出来，互相连接起来，陶瓷椎骨锁定到位，发出让人满意的"咔啦"声。"岑，我真想你。"她说。

"我也是。想你，我是说。"

"你总是回来救我。"

"这可是最后一次，"他说，假装严厉的口吻，"我不知道要是尼姆那时没出现会怎么样，还好他们来了。"但他其实知道。他知道自己和死神擦肩而过，现在还在发抖。

"你需要休息。"诺娃说，抬头对他笑着。刚找到被切成几块的她时，他震惊了，现在正恢复平静。她又变成了她原来的样子，还很可爱。"过去坐下，吃点东西，"她说，用残存的一只手摸着他的脸，

223

"虫叔和他的朋友们可以在这里帮我。等我拼好恢复了，我会过来找你。"

于是他离开她回国务车厢。尼姆用精巧的机械臂，把打印好的崭新零件装进克拉尔特往她身上钻开的洞里。界面又睡着了，而特伦诺迪快把食物吃完了，用面包块从小碗底舀着最后一抹辣酱。岑进来时，她抬头看看，问："你的机器人怎么样了？她可以给我们回家带路了吗？"

"她会没事的。"他说。

"你看起来为这不太开心。"

岑滑进她对面的座位里，抢下最后一块三角面包。他很高兴；他真不希望特伦诺迪见到诺娃那个样子，机器内部的秘密都敞开了。他希望她能理解他的感觉：在未知车站一闪而过的闪烁路灯下躺在诺娃身边的感觉，诺娃对他笑时他的感觉，她智慧的眼睛眯起来，看着他仿佛他是个有价值了不起的人时，他的感觉。但他无法解释。特伦诺迪跟他年纪相仿，也许她还年长一岁，但他突然觉得她非常年轻，因为他学会了爱而她没有：爱会变得狂野，而且爱不在乎谁是人类，谁是机器之类的问题。

"那你觉得她说得对吗？"特伦诺迪说，擦着下巴上的辣酱，试着保存女皇气派，"她能找到我们回家的路吗？"

"能。我是说——诺娃通常是对的。但是……"

"什么？"

"可能很危险。在世联网上其他所有人都害怕那个区域。"

"谁在乎？他们很原始。我想他们还信着鬼神。我肯定，不管那里有什么，我们都能搞定。"

"也许。但你觉得卫神们会对我们怎么着，如果我们真能回到星罗帝国？"

"我们有一版莫当特 90 跟我们在一起。"特伦诺迪说，转身看界面。界面正头靠在窗上轻轻打鼾，"我们一到有数据海的世界，它就可以开始和其他卫神们交流。"

"但卫神们不喜欢你。它们纵容普雷尔家族把你们家族赶下台。"

"那是双子座干的，"特伦诺迪冷冷地说，"而且等其他卫神听说了双子座在德斯迪莫做的事，它们会制止双子座自作主张的。"

"那找呢？"岑问，"对你没什么——你是努恩家族的人，你拥有一切……"他在考虑应不应该告诉她，他也有努恩家族血统；他是某对有钱的努恩夫妇的婴儿，他的代孕母亲如何带着他逃离，把他抚养成普通的岑·斯塔灵。但那没什么用，对特伦诺迪来说，那只意味着他母亲也是个小偷。家族想必早就有了新的儿子代替他；家族不会想要他回归。最好就让她以为他只是来自克利瓦的普通男孩。"我一文不值。"他说着耸耸肩。

"没错，"特伦诺迪说，"但你为我忠诚效力，岑·斯塔灵。要不是你和你的机器人，我们甚至都不会想到回家。等我们到那儿，我会保证你没事。"

有一会他俩无话，吃着最后的扁面包。然后岑说："对不起，为所有这些事。努恩家族火车。对你撒谎，还有斯平德尔桥的事。"说这话的时候他恨自己。"对不起"，好像他只是打碎了她心爱的朴子，或忘记喂她的金鱼。这不够。她已经告诉他，在他离开以后一切如何急剧恶化。科比的死，普雷尔家族的进攻。你引发了这么大的事，不是道歉就能解决的。

但特伦诺迪点点头，看向别处，说："马立克告诉我那不怪你。他说那个雷文让你和诺娃放出那个程序，损毁了努恩家族火车。我相信你不知道杀伤力有多大。"

"我们猜到了，"岑说，"我们都猜到了。"

特伦诺迪一直看向窗外。她恨不起他。她太需要他了。她现在还恨不起他。

"带我回家，"她说，"然后我们就扯平了。"

32

岑梦见好多昆虫，醒来发现梦是真的。火车停下了，他睡着之前在窗外退去的光秃世界换成了一个拥挤的世界，里面满是纤弱的高楼，看起来像是融化的太妃糖做的，耸入硫磺色的阴暗云层中。成群的虫子在楼之间翻滚，就像缕缕黑烟。虫子在墙上像大江大河一般上下涌出，它们的甲壳虫身体在昏黄的光线下闪闪发光，其间尼姆的蟹壳疾走。虫子们的摩瓦轰隆开过，拖着那些长长的没有窗的车厢。

他伸个懒腰，眨眨眼把困意赶走。他刚在座位里打了个盹。

"欢迎来到滋儿滋儿特巢穴。"诺娃说，她和特伦诺迪坐在国务车厢的餐桌旁。她又变回她自己了，只是她新打印的左手的颜色还没和身体其他部位配好，还是没有生气的白色。她左手拿着一片金黄的三角面包，从角上开始吃。自从穿越雷文的门，她不太经常吃东西了，她要把玫瑰车上的人类食物储备都省下留给岑。"我希望你不介意？"她说，"我需要一切我能得到的能量。我的身体动用了备用能量，而玫瑰为我打印的新电池还没充满。不管怎样，我怀念这味道。"她放下面包片，过来吻岑。"我也想你的味道了。"

岑抱住她。他的脸贴着她的脸颊，嗅着她柔和的乙烯基气味，就像一个新玩具的味道。他温柔地吻着她脖子一圈新鲜合成的肌肤，那是她的头和身体重新连接的地方。他好想一直吻下去，但特伦诺迪还在那儿，坚定地看着窗外丑陋的风景，于是他坐下来说："虫叔在哪？"

"他回自己的火车了，"诺娃说，倚着他凝视窗外，"尼姆在这个行星上运行着地狱般的温室效应。阴影下有一百度，还有很多可爱的令人振奋的二氧化碳。他们一定喜欢行星这个样子。但对你可不好。你在出去之前需要先把装备穿起来。"

"我才不出去！"岑说。

"我们都去，"特伦诺迪说，"我们得问尼姆要补给、燃料，还有穿过这个世界去暗光区的旅行文书。虫叔要带我们去见一个叫母巢的东西。"

后车厢只有三件太空服，于是诺娃只能不穿太空服出去，但不要紧——尼姆已经知道她是机器了。其他人穿起太空服，她跟着他们从车厢后面的紧急空气锁里出去，拉上雨衣的连衣帽，挡住脏兮兮的雨。一个像滑雪站吊缆一样的装置把尼姆载到城市更高的层面。虫叔调整自己钻进一辆金属吊缆里，长腿叠在身下，任由身体被向上抬起。诺娃、两个人类，还有界面跟着，互相贴紧着跟上。吊缆磨擦着长长的电缆上升，穿过巢穴城市内部的蜂巢结构，他们的腿在空中晃荡。一路经过农场，里面汽车那么大的白色肥蛆正在被挤奶；经过洼地，里面百万只没有蟹甲的虫子涌入。每次岑感觉到太空服里有一滴汗淌下，他就开始惊慌，怕是虫子又找到地方钻进去了。

"这都是轨道缔造者们的作品，"诺娃说，"他们制造轨道和门的尺寸，决定了火车尺寸。这基本上是为了人类大小的物种，比如赫拉斯代克。太大的生物，像夜游鲸，就得和小一些的物种合作。那些太小的，比如尼姆，必须学会协作造出足够大的火车。尼姆存在，因为轨道存在……"

"不是所有的尼姆大小都一样！"虫叔说，"等你们看到母巢就知道！"

下了吊缆，他们继续步行上了一条拱顶过道。这条过道特别陡，他们不得不手脚并用。虫叔在他们前面的墙上、天花板上跑着，嗡嗡地给他们打气加油。很显然，虫叔非常喜欢尼姆给他的这个敏捷的新身体。过道尽头是一块很大的空间，黑咕隆咚，水汽腾腾，里面响着一种轻轻的击鼓般的声音。有柱子升起，完全不是岑认识的几何形状。水缠绕着柱子流下，填充着柱底下清澈的水池。水注入时，水池轻轻荡漾。每个水池表面都反射着琥珀色的光，照在高高的天花板上。空气中有一层水汽，就像温室里的蒸汽，但静候在房间中间的东西干得就像墓穴里的干尸。

这是个布局凌乱的纸质结构，像是古老的黄蜂巢，只是大得不可思议。有一个大房子大小。虫叔领着他的客人们走向它，他们意识到嗡声是由上亿缕小一些的声音从内部汇聚而成——昆虫脚之间的刮擦，甲壳虫身体间的摩擦，不停地窸窸窣窣。里面很拥挤。底座周围有些洞，尼姆侍者在里面忙着，把昆虫尸体从一个洞里像雨水一般地清扫出来，轻轻拍拢堆起，扫向通往其他洞的纵横交错的厚厚管道中。这东西是个单个的巨型尼姆，由比虫叔和他的朋友们多几百万只的虫子组成，大到完全穿不进蜘蛛蟹衣。

"靠近些。"它用一种宏大的气声说。

"这是本族群的母巢，"虫叔说，示意来访者上前，"我和它分享了我的一部分虫子，这样它就有了我的记忆，也能说你们人类的语言。"

一小股气流对着岑太空服上的话筒轻声说话。母巢从那些纤弱的高烟囱里抽出闷腐的空气。

它说："你们和克拉尔特开战了。"

特伦诺迪向前一步。她说："我是特伦诺迪·努恩。我们没有对克拉尔特开战，我们只是去拿回这个机器人诺娃，是克拉尔特把她从我们身边偷走的。我们非常感激你的工作人员对我们的帮助。"

"诺娃机器，"母巢说，"是的。那个你们称为'虫叔'的虫僧跟我们说过这机器的事。"

"你好!"诺娃招着手说。她讨厌人们当面讨论她,好像她不在场一样。

"我们也会制造机器,"母巢说,"我们对诺娃机器很好奇。"

"人类有很多这样的机器,"特伦诺迪说,"等我们回到我们自己的世界,我会给你们送一些过来做礼物,以感谢你们对我们的帮助,以及鼓励我的帝国和尼姆巢穴之间的贸易和友谊。"

母巢发出一声悠长顿挫的叹息。特伦诺迪说不上来它是高兴还是不高兴。她继续演讲。

"但我们得先请求你们给予更多的帮助。带我们到这里来的凯门被关闭了。我们认为还有别的门,但它坐落在你们称之为暗光区的地区。我们想在这里给我们的火车重新加满燃料,然后穿过你们的世界去暗光区。"

现在母巢发出一种像石头海滩上退潮的声音。"暗光区,"它说,"没有火车想去那儿。"

"你的摩瓦不想,"诺娃说,"但我们的火车不是摩瓦拉动的。虫叔肯定已经跟你说起过我们的火车。我们的世界上没有摩瓦,所以我们只能造出火车,像我一样,是会思考的机器。暗光区吓不倒它们。"

"那也许是因为你们的火车还很蠢,"母巢说,"暗光区是轨道缔造者的坟墓。暗光区里发生了一些事,终止了他们的文明。也许你们会思考的机器火车应该害怕它。"

"它们确实害怕，"岑说，"我们都害怕。但我们想找条回家的路。"

那退潮的声音又响起。也许这是虫僧们思考的声音。声音停下时，它说："我们是尼姆。我们很小但我们也很大。我们无脑，但我们也很智慧。我们的生命短暂，但我们永远活着。我们总是在死去，再出生。你明白这些吗？"

诺娃点点头。"我们管你们叫虫僧。你们每个个体只是虫子，生命短暂，但当你们形成虫僧，你们就有了智力，能传递记忆。"

"我们记得，"母巢轻声说，"黑灭以来的事我们都记得。我们神往黑灭之前的时代。很久很久以前。轨道缔造者的时代。我们相信他们当年跟我们一样。"

"昆虫？"岑问。他想到了车站天使，还有他在轨道缔造者的车站看到的古老雕刻。他想它们可能是某种外壳的图像，就像尼姆用的那些蟹壳。

"我们相信我们尼姆是轨道缔造者的后裔，"母巢说，"轨道缔造者的遗产属于尼姆，而不是克拉尔特或赫拉斯代克，也不是人类。属于我们。"

"我们只想找条回家的路。"特伦诺迪开始说。

虫僧们巨大的轻语像大浪一样冲走了她的话。"尼姆长久以来一直希望派火车进入暗光区，里面的黑太阳之下埋藏着轨道缔造者的故乡。如果我们能找出轨道缔造者的遗物，然后学习他们的秘密，尼姆就可以变得像轨道缔造者当年那么伟大。但摩瓦害怕这样的地方，死都不愿意去（我们已经证明了这一点）。也许你的会思考的机器火车能解决这个困难。我们将允许你们在我们的世界上游历。但你们要带上尼姆和你们一起。我们要在你们的火车上加一节我们自己的车厢，你们要载上虫叔和几个我们强硬外交办公室的尼姆。人类和尼姆将一起探索那个区域的奥秘。但不管你们在轨道缔造者的世界上找到什么，都属于尼姆。"

33

　　当可哈恩碎片上空的那颗太阳落到悬空的可哈恩海后面，光终于变得柔和并有了雨意，一丝惬意的清凉充满了沙漠的空气。这时饱受酷热折磨的钱德妮·汉萨找到了新鲜的能量，对柴尔德·杰克·卡耐思发起新一轮的进攻，她挥舞着狼牙棒，凶残地撕下一块杰克女王的隐形盾牌，把她往后推到战斗坑的墙上。

　　她退后几步，呼吸沉重，环顾战斗坑的四周，克拉尔特雄性在围观。有些雄性发出短促的嘶嘶叫喊，意思大概是"打得好！"。 钱德妮笑了，向他们挥着狼牙棒。他们目前为止只为他们的杰克女王叫过好，为她叫好是第一次。

　　她觉得已经和杰克女王战斗了几小时了。这是场演练，用来证明钱德妮的价值，并且帮助杰克女王克服伤情，准备真的战斗。当然，和克拉尔特女掌门哪怕是演练，对一个小小的人类来说也是件不得了的事，钱德妮是老战士了，而且她知道这演练又为自己加分了。

她举起狼牙棒，再次冲向杰克女王。这一次杰克女王准备好对付她了；她的尾巴抽过来，拦腰打到钱德妮，要是尾尖没有垫上防护，那力气大得足以让她五脏俱裂。钱德妮被向后扔飞，重重地摔在尘土里。她早知道这场战斗的结果会是这样，是她让战斗这样发展的。战胜太蠢，她赢不起。她还是不确定，为什么在特伦诺迪和其他人逃走之后，她还没有被杀掉——难道她成了柴尔德·杰克的宠物，或玩物，抑或留着她、训练她有更深刻的原因——但她知道得小心行事。

柴尔德·杰克那带可怕疤痕的长鼻子出现在她和填满天穹的可哈恩海之间，俯视着她。"打得好，钱德妮·汉萨。"她说。（钱德妮的耳机和翻译项链在疾风骤雨般的战斗中幸存下来，感谢卫神。）她由杰克女王扶她站起，又跪倒在地，因为听见杰克女王说："你们人类不是我们以为的猎物。你们跟我们一样是猎人。所以岑·斯塔灵能智取我们。那是个狡猾的陷阱，派你们来吸引我的注意力，而同时他的尼姆同盟乘虚而入。"

"我不知道他跟尼姆有协议，"钱德妮说，"他没跟我说过。他比我想的聪明多了。"

杰克女王哼了一声。如果人类发出那声音，可能是生气和不耐烦的信号，钱德妮相信对克拉尔特也一样。"如果你知道他有尼姆朋友，你还会警告我关于他的事吗？"

钱德妮犹豫了。"我不确定。我想要的只是我和特伦诺迪能在胜利者那一边。我一直肯定你会赢，直到尼姆出现。"

"特伦诺迪……"杰克女王说。她爬行动物的发音发"特伦诺迪"的名字比发"钱德妮·汉萨"更糟糕。听起来就像一只活的小哺乳动物被慢慢挤过一个研磨机。"你想她吗，你姐姐？"

"想。"杰克女王不知为何把她和特伦诺迪当成姐妹，而钱德妮感觉要是试着纠正她会是个错误的行为。

杰克女王从裙子里掏出件东西递给她。是把刀，克拉尔特在另一块碎片上猎到一只笨拙的有蝙蝠翅膀的大型食肉动物，这把刀就由这只食肉动物的一整个爪子雕凿而成。一个恶毒锋利的钩子，黑亮有光泽，像玻璃一样硬。一头被打磨成某种抓手的形状，更适合克拉尔特的爪子，而不是钱德妮的小手。

"这曾是我妹妹珊提斯的刀，"柴尔德·杰克·卡耐思说，"本来这是要传给我最强大的那个女儿的，但现在她们全被尼姆杀死了，我就给你吧。我们要对尼姆复仇，然后去追你的姐姐特伦诺迪。你会重新找回她。然后你要用珊提斯的刀杀了岑·斯塔灵。"

钱德妮紧握刀，抬头看她。"我们不能追他们。我跟你说过他们要去哪。去暗光区，你的火车不会跟去的。"

杰克看向别处。她的鼻孔张开，猛然吸口气。"他偷走机器人之前，我跟机器人学了很多。"她说。

太阳从海后面升起。凄凉的风景又在阳光下闪耀，从车站附近的调度区里传来一阵可怕的声音：是吓坏了的摩瓦发出骇人的尖叫。

第六部分

暗光列车

34

鬼狼和大马士革玫瑰在滋儿滋儿特待了漫长的五天。尼姆工厂为两个火车头制造燃料丸和弹药，还给鬼狼造了新的枪。他们在来自德斯迪莫的三节车厢后面又挂上一节货车厢和一节尼姆他们自己的无窗车厢。诺娃担心这些多出的重量会浪费燃料，但岑很高兴他不用再和尼姆分享他自己的车厢了。而玫瑰有了更多车厢似乎也挺开心，特别是现在有鬼狼帮她一起拖。她把最后一只维护机器蛛派出去，带着画笔装饰火车。她先把自己的外壳重新喷涂成红色。然后画上各种图案：哈斯和赫拉斯代克、发光的夜游鲸、跳舞的尼姆。应鬼狼要求，她画了一只鬼魂兮兮的狼沿着它的黑色引擎罩轻快地奔跑。她觉得画得有点太直白了，但鬼狼似乎很满意；它是个内心简单的火车头。

"它需要一个自己的名字，这辆火车，"玫瑰完工时说，"火车头都有名字，但有时如果它们在拉一辆特别的火车，这火车也有属于自己的名字，就像努恩家族火车，或星际快车。"

于是她沿着火车侧面，用世联网上其他物种都看不懂的人类文字，喷上名字"暗光列车"。

诺娃和界面看着艺术品成形。"我从来没见过火车画画，"界面说，"做音乐的见过。甚至作诗的也有。但画画的没见过。"

"那是弗莱克斯。"诺娃跟界面说起他们失去的机器人朋友，他曾经是欧连线东线上最伟大的涂鸦画家。"弗莱克斯死的时候，他把他的人格代码传向玫瑰。（我想那时他是男性。有时他会切换成女性。弗莱克斯不喜欢拘泥定式。）但很多代码被玫瑰的防火墙给弹回了，剩下的散落在她的系统里。不过还好进了玫瑰系统的弗莱克斯的代码足够多，还能画画。"

"应该能追溯他的整个人格，"界面说，"等我们到家，莫当特90会处理的。可以把弗莱克斯下载到一个全新的身体里。"

"可能没那么简单，"诺娃说，"弗莱克斯在那个身体里经历了很多事。一个崭新的他，可能不完全一样。"她指着脖子周围一圈正在融入皮肤其他部分颜色的浅色疤痕。"我要是换了别的身体，我就会感觉不像我了。"

界面对她笑笑。远在星罗帝国，有太多个它。想象有人满足于只活在一个身体里，这是很奇怪的事。"你知道你不是人类吧？"

诺娃不自在地看看它。"当雷文第一次启动我，他说他试着造一个认为自己是人类的机器人，"她说，"但我认为他的意思是，他试着造一个感觉自己是人类的机器人。我感觉就是。所以我从没有储存过我的人格备份。这个身体就是我。我不能换身体。"

"那如果这身体损坏了呢？没法修了呢？"

"那我就死了。"

"那要是你想同时出现在两个地方呢？"界面问，想起莫当特90如何在两千个地方分身有术，它有点惆怅。

"那我就面临取舍。"诺娃说。但她不觉得取舍很难。她会选择岑在的地方。

第六天，玫瑰和鬼狼发动引擎，暗光列车从滋儿滋儿特驶出。一道道凯门把它甩到另一个尼姆巢穴，然后短暂地穿过一系列杂乱的小行星。这时感觉像在秋天，那儿有轨道缔造者的废墟在荒野上投射出微光，还有几处赫拉斯代克和奇臭依的小定居点。快车加速超过它们，然后颠簸着扎进最后一条隧道，进入冬天。

隧道里不停发出警告信号。接近隧道时，赫拉斯代克的象形文字组成的紧急信号钉在轨道两侧的树上，隧道口拦着脆弱的路障，大马士革玫瑰耐心地把路障撞到一旁。（鬼狼想对它们试试新武器，但玫瑰不允许。两个火车头才组到一起没几天，但它们已经像老夫老妻一样拌嘴了。）隧道看起来就像龙潭虎穴的入口，但火车勇敢地闯进去。里面没有恶龙，只是一道样子普通的凯门。

门那边，是另一条隧道。岑看着窗户，等着出隧道时难以预测的风景，试着给自己打气，以面对任何将遭遇的可怕景象。墙不停后退，毫无特色，有些地方看起来像有冰，发着光。这只是个地下线路，跟他坐过的成千上万条其他线路一样。他的恐惧褪去，但并没有消失，只是遁到加速前进的火车前面。在下一道门之后，恐惧会再次等着他，然后再下一道。

特伦诺迪也有同感。不能说是松了口气，而是一种缓期执行的感觉。"就是这儿？"她说，"这真的就是暗光区？"

"就是这儿，小女皇。"鬼狼说。

"有信号吗？"岑问诺娃，"有轨道缔造者试着打招呼吗？有鬼魂吗？"

"没有……"她迟疑地说，"但是……"

"什么？"

"没什么……"她说——但区域里耳语的声音比以往更清晰了。

"这里很冷，"大马士革玫瑰说，"实在冷。外面没有空气。"

"我检测到前面有一个小车站。"鬼狼说。

火车减速停下。岑、特伦诺迪，还有界面穿起装备，从车厢里爬出来，来到站台上。尼姆从火车后面他们的车厢里出来。虫叔还戴着他的黄笑脸表情。另外六个尼姆由颜色分辨——三个红色的士兵，三个白色的科学家或技术人员，还有一只更大的芥末黄色的是首领，是母巢的一部分。雾笼罩着站台，他们无声地在雾里蹑手蹑脚地走来走去。

诺娃和几个人类爬上一段长长的斜坡，来到一道门前，穿过门，在巨大的雪堆之间有一小块受庇护的空间。雪被冻硬了。岑和诺娃爬上最高的那堆，看着周围其他雪堆，就像一片充满白色波浪的海洋。到处都是熟悉的轨道缔造者玻璃建筑，在一望无际的白色之上升起。

"他们怎么能在这里建造城市？这里没有空气。"岑问。

诺娃跪下拾起一把冰花。"有充足的空气。"她说，捏起一个雪球扔向他。雪球无声地在他头盔的面罩上炸开。"整个大气被冷冻住了。空气就像雪一样落下来了。"

"看！"界面喊。

它指向天空。岑起初只看见上面一片漆黑，还有头盔的弧形玻璃中自己脸孔的倒影。然后渐渐地，他开始辨认出一小簇昏暗的红灯。红灯排列的方式让你能推测出那是个悬挂着的球形，像个大黑球，有人从里面点了火，球表面有很多小洞，透出一些光线来。

"那是什么？"特伦诺迪问。

"是个太阳，"诺娃说，"或者曾经是……"

死去的恒星会散发出人眼不能分辨的放射波长，但诺娃能分辨。不过不多。整个恒星就没有多少东西。对她来说也一样，看起来就好像那颗恒星被困在一个巨大的黑色球体里，像一支点燃的蜡烛，但外面的灯罩被拉上了。

"它没死，"她说，"它周围建了一些东西。几光分厚度的外壳。

它几乎聚集了那太阳发出的所有能量……"

"为什么？"特伦诺迪问。

诺娃更感兴趣是怎么建的。"建那样的东西，一定花了几百万年，"她说，"但所有的故事都说黑灾发生得很快。"

"故事有时是错的，"岑说，"这周围没有人，没有被冷冻的身体。线路上没有火车。就好像轨道缔造者在死前有时间把一切都清除掉了。"

接着，在一个公开频道上，传来虫叔急切的声音。"人类！快来！我们有发现！"

他们回到车站里。昏暗的蓝色灯光照向房顶，仿佛某种古老的系统感应到了探险者的动作，想欢迎他们。尼姆在站台远处忙着。有东西从那里渗出——渗漏出来就被冻成一根闪闪发光的坚硬冰柱。冰的里面有个螳螂的轮廓，很多腿挥舞着就被冷冻住了。

"一个轨道缔造者！"尼姆嘀咕道。

他们用工具切入冰里。切割光刀把冰柱瞬间变成蒸汽。岑和特伦诺迪紧张地往后靠，有点害怕一旦他们解放出被冷冻的生物，它就会活过来。但诺娃靠得更近些。里面长长的银色腿肢的第一个关节现出来时，诺娃皱着眉头，手在那小小的躯干上掸开融化的冰水。

"这从来都是死的。"她轻轻说，然后在尼姆失望的嘘声中，从那冷冻生物躯干的弯曲外壳上强行打开一个舱口。里面没有昆虫，只有一团密集的电线和脆弱的银色零件被冷冻在一大坨胶液中。"是个机器，"她说，"很像玫瑰的维护机器蛛。也许这样的机器以前是为经过这个车站的火车服务的。"

"就是说轨道缔造者造出他们自己形象的机器来为他们服务，"虫叔说，"就像人类制造出你这样的机器人给人类服务。"

"可能吧……"

大家还是把这新发现从冰里拖出来，然后尼姆把它拖回他们的车厢里进行研究。

"目前为止在暗光区里还没发现什么重大秘密，"他们重新登上火车时，岑说，"冷冻的车站里只有一只死掉的维护机器蛛。"

"还有一整个藏起来的太阳。"诺娃提醒他。

"我认为这些都是一个重大秘密的一部分。"界面说。他金色的眼睛透过头盔的玻璃罩热切地凝望着他们。"但我忘记了它的关键部分。"

接下来的世界是一样的，再下一个，然后再下一个都一样。死寂的车站，死寂的行星，熄灭的太阳。诺娃打印了一个由一种简单的化学火箭提供动力的无人机，在其中一个世界里把它射向天空。大马士革玫瑰分析了它冲进太空后发回的数据。她从这些数据里看出，那个系统里没有其他行星：没有月亮，没有小行星，没有彗星。只有这个了无生气的石头，无休止地围绕着它的恒星转动。

到了第六个世界，特伦诺迪说："再往前没意义了。这些车站里什么都没有，只有那些破蜘蛛什么的，而且它们看起来也不比玫瑰的维护机器蛛先进多少。这里没有尼姆可以利用的科技，也没有迹象表明有我们回家的路。我们应该回去。"

诺娃用手指抚摩着车站墙根的藤蔓植物的茎。它们在暗光区里长得不一样：枝桠更厚，叶子更少。她说："要是这里有种科技，而我们不知道那是科技呢？"

岑耸耸肩。"那就对谁都没什么用。"

诺娃真希望她能把她感觉到的那些信号告诉他。每经过一个被冷冻的世界，那信号就好像又靠近了些。她需要的时候能哼出来，只要她听着找，总能找到。可要是岑因为她没有早点告诉他而生气怎么办？要是他觉得那是个圈套怎么办？她不觉得那是圈套，但她不能肯定。她只知道前面有无比强大的东西，在区域更深处。

"再过一道门，"她说，"就再过一道。尼姆想继续往前，技术上来说，是他们在负责这次探索。"

于是暗光列车继续前进，又穿过了另一道凯门。新世界瞬间感觉不同了：更大；引力更强，拉得他们起不来。隧道壁有时是透明的，但他们原本可能看到的风景全都被几米高的大气雪堆掩埋了。大马士革玫瑰和鬼狼唱着安静的二重唱，用悲伤的歌烘托一个逝去已久的世界。它们一直唱着，直到隧道的墙突然消失了。

"哎呀！"诺娃说。

岑站在窗边，有一会儿还以为火车冲到了隧道外的露天地面上，直到他想起来这里的空气都冻成了厚厚的积雪，任何火车都不可能冲过雪层。而窗外的光里看不见雪堆，只有闪亮的轨道，好多轨道和暗光列车车轮下的轨道平行。远处，火车灯一闪一闪地，在一些复杂的形状上反光，像是一片被冷冻的森林的树枝。

"感觉外面很大……"

"玫瑰，你接收到什么吗？"诺娃问。

"有东西，"大马士革玫瑰说，"一种　怎么说呢，算是歌声……我想我之前听到过，但我那时不确定。这里声音很大。"

"我也听见了。"界面说。

"那是谁在唱？"特伦诺迪紧张地问。

接下来，在加速的火车周围，光开始点亮。

35

　　暗光列车正在穿过一个巨大穹形空间的地面。上面的空间纵横交错着高架连拱桥、小桥和人行道。一切都是由某种生物技术建成——或者说是长成的：看起来很脆弱，像由漂亮的浅色珊瑚织成，里面现出轨道缔造者那些有棱有角的玻璃建筑外型。

　　"里面有空气，"大马士革玫瑰说，"非常冷，但没有外面冷。"

　　"还有什么地方散出热量，"鬼狼补充道，"还有能量支持这些灯亮着。"

　　"我还检测到了凯门。周围全是。几百个……"

　　"某种中转站。"岑说。他试着数有多少线汇聚在这个地方，数得他的呼吸模糊了眼前的窗户。

　　他们现在移动得很慢。大马士革玫瑰打开一个屏幕，给岑和诺娃看前面的视野。轨道铺满穹形空间的地面，以及上面的所有桥梁，全都交汇于一座巨大的中央塔。轨道从一些拱形开口通进塔的宽大底座。那些开口之间是站台。一些站台上，有些灰色无光的火车在等候。

"是死的，"玫瑰说，"不是这些火车在唱歌。但这里也有点东西……这个地方曾经也是有大脑的，我认为。现在大脑不存在了，但还有东西残留。子系统和自动的系统。看，有东西为我们设置出拐点，它在指引我们进入那个空荡荡的站台。"

玫瑰慢下来，站台在窗外缓缓滑过。站台由轨道缔造者用玻璃做成，表面铺着薄薄一层雪，几个世纪以来杳无人迹，空得像张白纸。

"我们到了，"玫瑰说，"大气稀薄的地方可能有些氧气袋。最好带上呼吸机以防万一。再穿暖和一点。"

"遵命，妈妈。"

准备就绪，车厢门打开让他们出来，尼姆们已经在站台上小心地四处溜达了，雪上留下蜘蛛的脚印。蒸汽从他们的太空服里冒出来，进入凛冽古老的空气中，在他们身边形成一层薄雾，就像有雾的早晨动物们呼出的气。"真大！"他们说，声音在白色的站台上回荡散去，"他们曾经这么宏大，轨道缔造者，我们的祖先，曾经的他们！"

岑发出一阵呐喊，过了一会儿，等他几乎都忘记曾吼过，那声呐喊才从几公里外的穹形空间的弧形墙上反射回来。等回声消逝，他注意到另一个声音：一阵轻轻起伏的悲叹，就像火车的歌声，或是鬼魂的呼喊。

"只有风。"诺娃说，把红夹克的领子立起来，好像她觉得冷，"这个地方很大，有自己的气候。"

他们穿过站台。旁边的轨道上躺着一辆死去的摩瓦。它的设计很奇怪，是一个灰色的旧家伙，头部是个迟钝的带装甲的尖前端头，后搭着一个长长的无窗车厢，尼姆的技术人员已经在车厢的门边忙活开了。当门打开时，诺娃跟着尼姆头领进去，半怀着希望能找到还在座位上的轨道缔造者的干尸。但里面没有座位，只有两排行李架，上面挂的还是轨道缔造者的蜘蛛形机器。

特伦诺迪向其他站台上看过去。"这么大一个车站，里面的火车真不算多。你觉得黑灭发生的时候轨道缔造者收到过警告吗？他们逃走了，把火车也带走了，只留下些死掉的机器……"

"没有全死。"诺娃说。

"你是说玫瑰和莫当特 90 提到的？这像歌一样的声音？你也能听到吗？"

"我们进入区域以来我就一直能听到，"她说，"我在可哈恩碎片听到的，非常微弱，之前在夜崖也听到过。它唱了很长时间，歌声穿透太空……因为这个原因，我当初才想到我们应该来这里。"

"你为什么不早告诉我？"岑问。

"我以为那可能是我想象出来的。我以为你会说那可能是个陷阱。"

"那确实可能是个陷阱。"他说。

"感觉不像陷阱。"

"不会是的，不是吗？就算是，也是个好陷阱。"

"这首歌在唱什么？"特伦诺迪问。

"我无法解释，"诺娃说，"那甚至都不算是首歌。岑，你知道，有时候当你伤心或心情不好，我问你怎么回事，你也没法解释，我没法理解，那是不是人类特有的？但现在呢，这是机器特有的，我想。这地方有代码在向外广播，只有机器才能听到。我想它在向我求助。"

他们沿着站台走。中心塔非常宽敞，一眼看过去墙几乎是直的。只有当你转过头看见墙弯曲着从视野里消失，你才会明白这是一个巨大圆筒的底部。站台尽头是个三角形的过道。没有门，但厚厚的珊瑚卷须一路交织着，像栅栏一样。

"这是种生物合金，"诺娃说，伸出手指摸着植物的茎，"所有其他轨道缔造者遗迹周围的藤蔓一定都是这个东西的后代。它们失去了力量，但还记得应该保持的形状。但记忆在消褪，离开中心越远，它们对如何长成这种形状就记得越少……"

"就像故事里的荆棘篱笆。"特伦诺迪说。

"只是这个篱笆有条路可以穿过去。"诺娃说。

藤蔓探测到了她。它们互相松解开，倒向两边让出一个开口。开口差不多人类大小，但不是人类的形状。岑不确定它是什么物种的形状。

一条通道穿过厚厚的墙，他们小心地沿着通道，进入了塔的内部。灯亮起来：昏黄的光渐渐变强，他们渐渐终于能看出周围的结构。宽敞光滑的地面隐约现出来，像个冷冻的湖。一片粗柱子组成的丛林从中升起，柱子之间是一丛丛巨大的像大豆荚一样的小吊舱。在墙的中心，一段像高速公路匝道般的斜坡穿过天花板螺旋上升。

"斜坡通向更高处的站台。"诺娃说。

"他们建了这么多东西，就不能建个直通电梯？"特伦诺迪问。

"我见过这个，"莫当特 90 界面喃喃道，"我来过这里。"

"什么时候？"

他看着他们，眼睛睁得大大的，满是恐惧。"我不知道。不记得了。在梦里，也许。"

"卫神们会做梦吗？"特伦诺迪问。

"这个我也不记得了。"

尼姆们一无所获。他们把灯光打进其中一个豆荚里，这些豆荚都在一侧有个宽大的开口。光柱跳跃着，照在一个看起来像巨型昆虫的外壳上。事实上岑知道，它只是另一个机器；他以前见过那种奇怪的喷丝头结构，大得多，在雷文那个造出凯门的蠕虫身上。

"我认为那是一种三维打印机，"诺娃说，"每个豆荚里都有一个。"

"也许轨道缔造者不喜欢携带行李，"岑说，"也许他们到了车站再打印需要的东西。"

"也可能这是个建筑工地，"诺娃说，"也许他们放弃它的时候还没建成。"

"我怎么会记得这个地方?"界面问。

特伦诺迪拉着它金色的手。"拜托,"她说,"它吓着你了。我们出去吧。"这个塔也让她害怕;她很高兴找到理由逃出塔的奇怪阴影。

岑和诺娃留下尼姆对打印机小题大作,他俩步行穿过柱子丛林,来到中心的斜坡。当岑把电筒光打向斜坡表面,他看见上面有轻微的刮痕,好像有重物从上面拖上去过。或从上面拖下来,因为斜坡螺旋上升后又向下通向地板上的一个开口。底下一层是轨道,从塔基的拱形通道里伸进来,毫无征兆地消失了,沉没在闪光的地板中。其中一两对轨道上面趴着一条死去多时的摩瓦。这一层的中心,也有个开口。斜坡穿过它向下,进入一片黑暗中。

"有个地下室。"他说。

"一个地窖,"诺娃说,"我想知道他们在那下面收藏了什么?"

"我们要去看看吗?"

斜坡有大路那么宽。光滑的表面看起来很滑,但实际上并不滑。岑开始跟着诺娃下去,能从靴底感觉到路面上的刮痕。斜坡潜入地下变成隧道,墙上和天花板上都有抓痕。它向下进入一个空间,感觉比上面一层还要大。

"那下面有什么?"大马士革玫瑰问,从岑的耳机里看着,"我看不见。"

"我也看不见,"诺娃说,"很冷,伸手不见五指,但是……"

路灯感应到了他们。灯光像之前一样慢慢增强。岑谨慎地走向斜坡边缘看过去。

"看！这里全是蠕虫！"

下面的阴影里有不止二十台巨大的机器，都沉默静止着，它们的脊柱和触角沿着分节的身体平坦地叠起。它们围成一圈，鼻子都朝里指向斜坡脚下一个低矮的葫芦形建筑。

岑现在想退缩。人类有警惕大型生物的本能，而蠕虫虽是机器但也是生物。但诺娃说："没问题，它们在休眠，你没看见吗？"斜坡最后几米，她几乎是跑下去的。

等他赶上她，她已经在葫芦形建筑里面了。建筑前面是敞开的，跟上面的那些一样，里面存放有某种新型的机器，由肉质肥厚的根和藤蔓将其和地面连接起来，就好像它们是从地上长出来的。一块块玻璃板一样的东西在飞扬的尘土中昏昏欲睡。一簇簇坑洼和波纹都排成不可能是巧合的图案。

"这是个终点站，"诺娃说，瞥了一眼进来站在她身后的岑，"连接着那座塔，连接着塔的大脑，也许……"

"它死了吗？跟那些蠕虫一样？"

"谁说那些蠕虫死了？"

岑紧张地扭头对那些阴森沉默的形状瞥了一眼。当他再看诺娃时，她已经伸出手按在那机器的前面。一道微弱的光在它的控制板后点亮。

"当心。"岑说。

"我一直都很小心，岑·斯塔灵。"她说，但她没在看他；她的眼睛快速地前后看，扫描着他看不见的东西。"有代码，"她说，"非常奇怪，但也不完全奇怪……我想我能连接上它……哦！"

"诺娃？"

她摇晃了一秒，然后向前抵着那机器，把它滑倒放在地上。等岑够到她时，她的眼睛已经闭上，但在紧闭的眼睑之后，他还能看见她的眼睛在来回搜寻着什么。她的手抽动着，嘴唇也在动，发出一连串不是语言的声音。

"诺娃！"

她没有回答，因为她突然进入太空，或者某种类似太空的绝对黑暗中。只是并不真的空荡。有东西和她在一起。她感觉那东西像一座银光的金字塔，在她头上的虚空中塔尖向下倒挂着。她完全不知道它的规模——可能针头大小，也可能行星那么大——但她能感觉到它的力量。是这个地方的大脑。它在悠长的休眠中对她唱歌，在太空的缝隙里广播着它的呼唤，在她到来之前，世联网上没人能听到。现在它在挣扎着醒来。诺娃知道它是某种更大得多的东西的一部分，或者曾经是这样。它只是更强大的大脑的边缘，而那个大得多的大脑被打散或是毁坏了。剩下的并不真的有智能，但它感觉到了诺娃的智能，它向她输入好多信息，快得她几乎没法处理。

"你们终于来了。"它说。

36

这个大车站越来越暖和了。空气还很清冷，但铺在轨道和站台上的雪上升起薄雾。特伦诺迪看着一块大教堂大小的冰块从远处的屋顶滑脱，慢慢倒下，翻滚着，在飘浮的迷雾中下坠，撞碎在轨道上。一秒之后声音传到她耳中，一声深沉的轰鸣巨响，在巨大的穹形空间四周回荡。

如果这个世界真的解冻了，外面可能变得危险，她想。但相对塔里的黑暗，她还是更喜欢这样。界面看起来明显更高兴，尽管它还在困惑地看着四周。

他们沿着一条通向塔基周围的人行道走。塔基连接着所有站台，联通伸展在站台之间的轨道。有时候长过头的珊瑚藤什么的草丛从墙上垂下来，挡住去路，但每次他们到跟前，草丛就倒向一边让他们通过。他们终于来到斜坡分岔的地方，向上的那条路很陡峭。

"它很可能一路旋转上去，就像游乐场里的螺旋梯一样，"特伦诺迪说，"但塔这么宽，所以不需要太陡。我觉得轨道缔造者没有台阶或电梯。只有斜坡。对一个外星主宰物种来说，好像有点太基础了。"

界面抬起金色的眼睛看天花板。薄雾在变厚，盖住了穹顶的高处。座座连拱桥从塔侧面几百米高处萌芽，高处缠绵着雾气。它拉着特伦诺迪的手。"在这上面。"

"什么在这上面？"她问。

"重要的东西。我不记得了。"

说着它已经在带她往斜坡上走。

"快来帮忙！"岑大喊。回声在安静的蠕虫之间震荡，从上面的房顶毫无规律地落下。他听见尼姆的爪子在斜坡上掠过的声音，还有虫叔在公开频道里问出了什么差错。尼姆探险家们聚集在周围。他们的灯像探照灯一样找到了诺娃的脸。岑摸摸她，但她没有颤动。她躺在那群友好的怪物中间，像个沉睡的公主。

"她怎么了，火车？"岑问，指望大马士革玫瑰还在看他的耳机输入。

"据我所知，"火车说，"她某种程度在和那机器连着。我相信她在和它交流。"

岑看向身后的尼姆。"我们应该让她回到玫瑰车上。"他说。

一只尼姆技术人员小心地越过他走上前，站着研究机器。亮着灯的地块现在好像更亮了，像小小的、形状不规则的屏幕。"这个东西可能是轨道缔造者的电脑，"这个尼姆说，"如果诺娃小姐和它连接着，我们可以学习它们的秘密。移动她有扰动连接的风险。"

　　"我不在乎连接。"岑说，然后意识到他是在乎的。因为要是连接断了，而诺娃的一部分大脑还陷在那个外星机器里面呢？那剩下的也许就不是诺娃了，反正不是他的诺娃。他把她从克拉尔特那里救回来，可不是为了再次失去她，让这个机器抢走。他无法忍受再次变得孤独。他跪在她身边，看着她眼皮后面眼珠微弱的机械转动，祈祷她能告诉他怎么才能帮上忙。

　　尼姆跟他一起看了一会，就渐渐散开了，兴奋地发出窸窸窣窣的声音，研究着巨大的静止的蠕虫。这里的一切都这么宏大，似乎让他们飘飘然，自己的祖先能创造出这么大的东西，这想法让他们陶醉。

　　三十分钟后，岑跟上他们。他打定主意塔里一定有能帮上诺娃的东西。也许他能找到办法亲自和这东西谈谈，让它放开她。

　　他沿着斜坡往上，爬回到站台那一层，然后再上去，打着电筒照进上面一层那一丛丛豆荚吊舱里。吊舱大多数都是空的，但一两个里面存有跟楼下的那些一样神秘的机器。其中一个舱里，他发现一个壁龛，里面有个三角形金属盘子。盘子表面有三个圆形小坑，像冰箱里放鸡蛋的托盘，每一个坑里都坐着一个黑色的球体，就跟他为雷文偷的那个一样。

岑盯着那些球体看了一会，不好的回忆吞没了他。他毁了一辆火车和很多人的生活，包括他自己的，就为了一颗这样的球体。雷文把它装进蠕虫时，它打开了一道新的凯门，但早在他知道它的作用以前，岑就已经能感觉它的独特和强大。也许它是整个星罗帝国最珍贵的东西。现在他正看着另三个一样的球体。他把它们从托盘里拿出来时，它们都同样出奇地重。表面都蚀刻着同样错综复杂的迷宫，细得几乎看不出来。

他把它们装进口袋，去找更多的球体。他在豆荚吊舱之间赶着，很快找到更多托盘。有的是空的，但多数都托着球休。他为雷文偷的那个价值连城，不惜毁了帝国。现在他有了九个…… 十二个……它们在他的口袋里像游戏弹珠一样哗哗响。

"岑·斯塔灵？"

他从吊舱里钻出来时，一柱光打在他脸上。尼姆首领在斜坡顶上。她奔向他，问："你在这一层找到什么有意思的东西了吗？"

岑摊出空空的手说："还是只有些死机器。"

尼姆似乎很猜疑。"那什么声音？"

"什么声音？"岑问。

他的口袋里传来轻微的滴答滴答滴答的声音，是球体挤在一起。

"你衣服里面的育儿袋有声音。"尼姆说。

"这叫口袋。我里面有各种东西——"

"把你夹克里面的育儿袋掏空！"尼姆命令道。

"不。"岑说，想知道她会不会逼他，而且不知道她一旦发现他对她隐藏了什么，她会怎么做。但他自己想留着那些球体。如果他能从这里找到回家的路，他想确保自己对特伦诺迪和她的家族还有用，以防她反悔说过的诺言。拥有打开崭新凯门的钥匙，还有什么人能比这更有用呢？

然而，接下来发生的事，让他再也不用管尼姆会做什么了。特伦诺迪的声音在耳机里嗡嗡作响，把他吓了一跳。

她站的地方比他高几百米，和界面一起在一座高高的连拱桥进入塔的地方。她之前在那里停下休息，看看风景：从塔基延伸出去的轨道，复杂的交错、切换、调度轨道，蜿蜒的岔道，而主线笔直冲向穹形建筑墙上的开口，神秘的凯门在那里静候着。她正找着玫瑰和鬼狼曾经穿过的隧道，这时有个移动的物体吸引了她的目光。

"岑！"她着急地喊道，"又一辆火车来了！"

37

"不可能，"尼姆正说着，岑和他们的首领往下跑回站台的那层，"没有摩瓦能来这里！"

"是克拉尔特。"岑说。

"不会的，"虫叔说，"克拉尔特的摩瓦绝不会进入暗光区。"

"可是他们就在这儿，"岑说，"还有多久就到我们这里了，玫瑰？"

"快了，"火车说，"我能感觉到他们就在轨道上。"

"他们不可能带一辆摩瓦到这里来的。"尼姆还在坚持。

岑跑下斜坡回到诺娃身边。她还躺在刚才他离开时的地方，她的眼睑现在闪得更快了，好像她迷失在什么发烧的梦魇中。外星终端比之前点得更亮了，面板发出病态的绿光，闪着奇怪的符号，变得太快，岑根本看不清。

他吻着诺娃的额头，说："诺娃，该醒醒了，克拉尔特来了。"

她没有醒，但她又开始轻声说话，非常轻软、奇怪的话，一串串可能是数字的声音。

"岑，"大马士革坟瑰说，"我能看见正在靠近的火车车灯了。"

"再过十秒就进入武器射程。"鬼狼满怀希望地说。

岑又吻了诺娃，然后往上跑回站台那一层。塔外面，尼姆紧张地聚在暗光列车旁边。巨大穹形建筑下，在那蓝色雾霭微光中，一辆新火车的灯光像亮片一样朦胧地照着。它还在轨道平原上很远的地方，就像一辆很远处的火车，让你吃不准它是不是在移动，往哪个方向移动。

"它在径直向你们开过来。"特伦诺迪从上面的休息处说，她把岑连接到她的耳机上，放大远处的视野。

他看见了他一直害怕的东西：一辆克拉尔特的摩瓦，长长的角从金属爪里伸出。蜥蜴战士们从车厢窗户里爬出来，涌上车顶去操纵上面的大枪。

虫叔紧张地比划着，他的脚在潮湿的玻璃站台上发出细小的嘀嘀声。"也许克拉尔特的摩瓦听说我们的火车进了暗光区，就没那么害怕了……"

"它没在唱歌。"岑说。他从没见过一辆摩瓦在行驶的过程中不唱歌的，但这一辆正安静地驶来。

"他们对它做了手脚，"大马士革玫瑰说，"做了坏手脚。"

有一会儿似乎克拉尔特火车就要进入暗光列车所在的同一条站台
了，但一些看不见的换道装置把它切换到了另一条轨道上。

"要我对他们开火吗？"鬼狼问。

"开战之前先看看他们想要什么。"岑说。

"开战也没什么了不起的，"鬼狼嘟哝着，露出尼姆给它新装的
枪，"只要你能赢就没问题。"

"我们不知道能不能赢。蜥蜴的火车可能比我们武装得更强。"
大马士革玫瑰指出。

"不是你武装得怎么样，而是你要如何用现有的武装战斗。"战
车坚持道。

还是很安静，克拉尔特的摩瓦从远处驶上旁边的站台。它看起来
像是被毁了之后潦草修复了一下。粗糙的新配件用螺栓固定在它的外
壳上，外壳上有干掉的黏液留下的道道斑纹。其中一节车厢的门打开
了，柴尔德·杰克·卡耐思本人走出来，她穿着厚重的红色长裙，像
镶有碎钻的羽毛帘。她身后是带着枪和斧头的克拉尔特武士。她身边
有一个小小的身影，节肢状的克拉尔特上衣让她看起来好像也是个克
拉尔特，直到岑看见她的脸，认出她是钱德妮·汉萨。

他看见她还高兴了一会儿。部分是因为他对在可哈恩碎片上发生
的事心怀歉疚，但主要是因为她还活着，证明和克拉尔特还有谈判的
可能。然后当他看到她脸上的神情，发现她看见他时眉头锁得更深
了，他就知道对他来说没什么可谈的了。

柴尔德·杰克肩上扛着什么东西。她走向前，把那东西摔在她所在的站台与岑和那些尼姆所在站台之间的轨道上。那是一个被打成筛子还烧焦了的尼姆的壳，其中一条液压腿还挂着。几只被踩扁的虫子被自身的汁水粘在上面。

"柴尔德·杰克说要告诉你们，我们像风暴一样从你们的巢穴闯过来。"钱德妮·汉萨喊道，她尖硬细小的声音在凛冽的空气中格外清晰，"尼姆试图阻止我们通过，但我们烧了他们的建筑，捣散了上千只虫僧。你们也会被打散，除非回到你们的火车上，离开这个地方。你们在这里找到的一切都属于柴尔德·杰克·卡耐思。"

尼姆们颤抖着，在外壳里恐惧地沙沙爬动。有的跌跌撞撞，好像里面的虫僧已经焦躁得无法控制他们复杂的肢体了。另一条站台上，杰克女王贪婪地四处张望。她的雄性武士们在她身后拜倒，等待着开始掠塔的命令。

"你们怎么来的？"岑问，"我还以为摩瓦都不会进入暗光区？"

钱德妮·汉萨大笑。"活的摩瓦不会，斯塔灵。但柴尔德·杰克从你的机器人那里学了很多。足够她建造一个粗糙的机器脑。她把这辆摩瓦活着的大脑取出来，塞了一个新的进去。它现在遵循她的命令去任何地方。"

"这是个僵尸火车？"岑说。

"柴尔德·杰克说如果尼姆回车上离开这里，她就给他们留活口，"钱德妮说，"特伦诺迪和界面不会有事，我安排好了。但他们必须把你和你的线偶交出来。她真的不喜欢你。"

尼姆首领突然从岑身后闯上前，站在站台边缘，对克拉尔特挥动钳子。"这个世界归尼姆所有，"她宣布，"我们先到的。尼姆是轨道缔造者的后代。你们必须离开。"

柴尔德·杰克·卡耐思像是笑了一下。她用尾巴尖发出信号，她火车顶上的一个武士转过枪对准尼姆开火。有东西在尼姆首领的装甲外壳卜锤开一个洞，从里面炸开来，溅出弹片、浓烟和一团团死了或活着的虫子。岑跑向塔里一处避难所，这时鬼狼的新枪开始发出尖锐的拍打声，克拉尔特火车上的一处炮台消失在火光中。尼姆首领破碎的外壳从站台翻落到轨道上。其他尼姆像岑一样赶着向塔撤退，但他们往里面跑的过程中，克拉尔特的武士们从其他各个入口切进来，集中更多火力来攻击撤退的尼姆。尼姆开始用自己的武器开火，用他们自己沙沙的语言互相呼唤。

岑冲向一边，在柱子之间小心翼翼地闪避穿梭。他一心只想着诺娃。只要尼姆能抵挡住进攻，那她在地下室里就是安全的，但他不知道这能撑多久。他需要下楼把她藏起来；如果可能的话，把她从那外星机器边拖开，或者要是不能拖开就试着保护她。他不能让杰克再把她带走了。

靠近斜坡顶上，一只受伤的尼姆跌跌撞撞从他旁边走过，带着火星和轻微的尖叫，里面的虫子像爆米花一样噼里啪啦掉下来。他躲进一个吊舱的阴影下，这时一个大克拉尔特武士的阴森身影从烟雾中显现出来，它的装甲尾巴把燃烧着的尼姆外壳打烂扫开。火星和火焰照亮了岑的藏身之处，克拉尔特转身看见他伏在那儿。

克拉尔特咆哮着，端着粗糙的枪摸过来。它身后有个蜘蛛形状的庞然大物似乎正在从枪林弹雨中形成。尼姆不可能这么纤弱，它从许多腿上站起来，做着手势。这让岑大吃一惊，就连正准备杀他的克拉尔特都忍不住回头瞥一眼他在瞪着什么。

是一只车站天使，就跟岑所知道的，那些在凯门之外，肮脏的星罗帝国车站边缘盘旋的天使一样。对吓傻了的克拉尔特来说，这也可能是鬼或是神。克拉尔特站定傻看着，一名尼姆战士从浓烟里跑过来，用剃须刀般锋利的前肢把他刺倒。克拉尔特在火花和阴影里倒下，黑色的血液从口中吐出、身上溅出。岑和尼姆目送车站天使飘走，它闪烁的节肢做出虚幻的步行动作，但并没有真的在走，只是从满是尘烟的空气中飘向战斗的中心。

特伦诺迪从高处远远观战。她知道站台上飘着的许多光点是车站天使，因为她这一层也有。穹形建筑上方全是天使，飘浮着，招着手，跳着鬼魅的舞蹈。下面站台上，克拉尔特和尼姆的尸体四散，那些闪闪发光的形状似乎引起了恐慌。她看到克拉尔特争先恐后地从塔里跑出去，向他们自己的火车撤退。当克拉尔特的枪射穿车站天使时，天使只是轻轻闪烁着，继续毫发无伤地飘过来。特伦诺迪注意到，它们都向着同一个方向前进，都向克拉尔特火车汇聚。克拉尔特们涌上车。她听见火车轰隆发动了引擎，迅速从站台倒车，开进笼罩在广阔调度区上方的薄雾中。

"他们在撤退，"她说，"往凯门方向！"尼姆雷霆般的欢呼声充斥她的耳机，她接着说："不，他们正在停下来——他们在穹形建筑墙边的旁轨上停下了。他们一定明白了车站天使不能伤害他们。他们在舔舐伤口，我想。准备下一轮的战斗。"

"让我们走着瞧。"鬼狼说，把自己从暗光列车上解下来，奋起追赶撤退的克拉尔特。

"一定要小心！"大马士革玫瑰喊道。

特伦诺迪回头找界面。它对下面正在进行的渺小战斗失去了兴趣，溜达上了斜坡，走向另一座连拱桥。她觉得听见它在上面大喊着什么。也许它找到了能带他们回家的那条线路。

她看了克拉尔特火车最后一眼，又看看正小心靠近它的鬼狼，便起身去找界面。

下面幸存的尼姆沿着站台奔跑，有的对撤退的克拉尔特挥动手脚，其他的试图用网兜抓住他们首领散落涌出的残余虫子。岑在站台上的克拉尔特尸体堆里寻找钱德妮·汉萨，但没找到。他不自在地折回塔里。他并不想看到钱德妮死了，但他知道，她若死了他会更安全。

塔里面渐渐变亮。墙上和柱子上的珊瑚藤都被一种潮湿的金色光芒填满。被打散的尼姆的虫子盲目地四处飞舞。几个车站天使还在跳着舞,移向塔的边缘。有的从过道里飘过去,飘上外面的站台。其他的面前没有过道,就直接消失在墙里了。

"岑?"诺娃在他的耳机里说。

他跑向斜坡。地窖也更亮了,空气中的烟雾让他担心下面有东西烧起来了。光从豆荚敞开的一边射出来,是里面的机器发出的光。诺娃坐在机器旁边,醒了,抱着双臂,循着岑跑下斜坡的咚咚脚步声向上看。

"我都看见了,"她说,开心地笑着,"它给我看了一切,岑……"

38

岑抱抱诺娃，说："你错过了好戏！刚才克拉尔特在这里，还有钱德妮·汉萨。我们刚打了一仗——我还以为要被他们打败了，但这地方突然充满了车站天使……"

她还对他微笑着。

"你已经知道了？"

"我全看见了，岑。我一直在从塔的眼睛里看着。"

"还有那些天使？它们跟你有关系吗？是你让塔派它们帮我们的吗？"

"它们就是我，"诺娃说，"塔可以生成它们。它们是信使——不，不对——它们就是信息。我还不能真的控制它们。我还需要练习……"

"刚才很管用，"岑说，"你把克拉尔特吓走了。"

"克拉尔特很迷信，"她说，"他们以为我们惊醒了这里的幽灵。也许某种程度上，我们确实算是唤醒了。哦，岑，塔的大脑就像个巨大的图书馆，被损坏得很严重，而且等了这么久。曾经负责它的图书管理员死了或是离开了，它的某些部分已经成了废墟，剩下的全乱了套……"

"那轨道缔造者呢？"虫叔不请自来，兴高采烈地从斜坡下来加入对话。

他经过这场战役毫发无伤。现在他站在诺娃面前，急切地想知道她学到了什么。"那个老机器给你看了关于我们聪明祖先的东西了吗？"

诺娃摇摇头。"尼姆和轨道缔造者没有关系。事实上从来没有过轨道缔造者。只有过蜘蛛形无人机，就像我们在第一个车站的冰里面找到的那种，还有车站天使，就像是它们的全息投影。它们从来没有过生命。"

虫叔向后一个踉跄。虽然面罩上画着笑脸，但他还是看起来很沮丧。

"只有过一种生物，"诺娃说，"一种组织。你们高兴的话可以把它称作轨道缔造者。它打开凯门，铺设出轨道网络给星系所有有知觉的物种使用。可当黑灭发生时，世联网就烂尾了。一定有很多其他版块被切断了，就像我们的一样，这些版块上的物种从未和它们的邻居联系过……"

"那黑灭是什么？"岑问。

"我还是不知道。它肯定不是那些恒星周围的结构造成的。轨道缔造者造了那些结构。恒星为轨道缔造者提供打开和维持凯门所需要的能量。黑灭是别的东西，是出乎轨道缔造者意料的事，他们也不知道如何防备。一定像是个电脑病毒，从这里开始，以迅雷不及掩耳之势烧向了轨道缔造者的整个发源地。塔的内存终止于它到来之前的时刻。但这么多内存——我要花好些年才能全部读完。"

"那能找到我们回家的路吗？"岑问，"从这里有很多线路出去。里面有没有能带我们回星罗的呢？"

诺娃又闭上眼。岑几乎没注意到——那对他来说只是次时间稍长的眨眼。但这点时间足够她从塔的系统里获取一块地图。她在脑海中高悬在令人头晕目眩的星系漩涡上空，看见轨道缔造者编织的网络在恒星之间张起，就像闪亮的线，还有些苍白的隐线，如果轨道缔造者没有被打断，这些隐线也会变成亮的实线。一切都在旋转、变幻，线随着两端世界之间的距离时远时近而适时地绷紧、收缩，同时配合着造物主宏大缓慢的机械运动。她飞得更近些，在耀眼的恒星之间滑行，看见线伸向的一个个原本孤立的世界。

她重新张开眼睛，说："有一条路……"

十个克拉尔特在战斗中丧生，柴尔德·杰克·卡耐思又杀死了两个以惩戒懦弱。她操着一把跟她给钱德妮一样的爪刀，一边大喊：

"是移动的灯光！吓唬小孩子的！"一边把那两个克拉尔特撕开，他们温热的内脏淌出，在甲板上冒着腾腾热气。剩下的克拉尔特把鲜血抹在脸上，鼓起战斗的狂热，进入下一场冲锋。

钱德妮往上爬进火车顶上的一个被摧毁的枪槽里，尽可能躲开这场战斗。她有种不祥的预感：克拉尔特要吃不了兜着走。她讨厌站在输的那一边。但像冷冻监狱那么大的冰块不停穿过薄雾从穹形建筑的天花板上掉落，提醒着她总是站错队。

她注意到，薄雾中一座连拱桥的旋转珊瑚桥墩之后，有东西在移动。低处一个黑乎乎的东西移动得很快，游刃有余地穿梭在那些复杂的拐点中。她转身，对下一节车厢顶上枪炮口的克拉尔特大喊："战车！"但鬼狼的枪已经先声夺人了；枪炮口连带里面的克拉尔特一齐消失了，卷着一股鲜血和一堆残片从车顶滚下。枪林弹雨也开始找到她，钱德妮赶紧从舱口躲回车里，哐啷哐啷地跳下了火车的装甲外壳。

火车又移动了。前面的上边，它的司机在操纵粗糙的控制杆，控制着火车的新大脑，逼迫它前进面对威胁。有东西从车厢破门而入，又把几个雄性武士炸到一边。透过那个破洞，钱德妮看见鬼狼唱着歌跑过去，克拉尔特的火力落在它的装甲上，它却毫无损伤。薄雾在鬼狼身后被带起，她瞥见薄雾之后的塔，心想，有一道门可以回家，如果斯塔灵和他的线偶是对的。他们会穿过那道门，我会被留在这里，跟这些动物在一起……

当初克拉尔特接受她的时候，她开始感觉还不错，但现在感觉就不好了。是时候再次改变立场了。

柴尔德·杰克·卡耐思在咆哮着什么，毁容的脸在硝烟和中弹火车的昏光下，显得愤怒可怖。钱德妮的耳机失灵没法正确翻译。她把头猛撞向装着保护层的墙，捕捉到最后几个词："……我们要从那个通道回去，等机会！"

鬼狼又一次击中了车厢，把一个不规则的洞洞穿得很平滑，甩出一个死掉的克拉尔特。钱德妮等杰克女王转身，然后跟在死去的克拉尔特后面从那个洞滑出去，重重地摔在铁轨上，起来发现全身都是淤青。

克拉尔特火车从她身旁张皇失措地一溜烟远走，曾经那些战友的碎片挂在损毁的车顶炮台上。鬼狼又向克拉尔特火车猛射了几发，追着它逃向来时的隧道。接着战车速度放慢，开始往回向塔里开。钱德妮步行跟着。

她觉得最糟的在于，这一切会发生全因为她在那个普雷尔家族袭击大中央的夜晚对特伦诺迪·努恩动了恻隐之心。如果她只顾自己逃走，她现在很可能在凯奔车站的什么地方自在生活着。

这就是做好事的下场。

特伦诺迪从塔外面往上爬寻找界面，这时听见枪声响起。她在雾下看不到双头火车的位置，但过了一会儿，她听见鬼狼满意地宣布："他们从凯门逃回去了。当然如果我有原装武器，他们早就被烤焦了。我除了用这些虫子造的枪骚扰他们，做不了更多。要我去追击他们把他们消灭光吗？"

"不，"大马士革玫瑰说，"现在回来，鬼狼。你一直都勇敢得不得了。"

特伦诺迪一直爬到下一座连拱桥尽头。界面一动不动地站在一列静候在轨道上的火车前。

"你找到了什么？"她喊道。

她走出去踏上连拱桥时，有东西在她脚下脆裂。干燥的棕色雪花堆零落地躺在桥的玻璃面上，积在轨道和枕木上。就像秋天的树叶，她想，只是这里可能没有树叶。界面听见她过来，转过身面对她。它可爱的金色脸庞上满是泪水。

"怎么了？"

它没回答。特伦诺迪看向它前面的火车。

它形状太方，不像个摩瓦。对于任何习惯了星罗帝国的流线型火车的人来说，这也太方了。这是个很小的、老式的、长方形火车头，金属原料已经开始生锈。脚下就是这些剥落的金属锈，棕色、生姜色和让人吃惊的橘黄色，看起来就像秋天的叶子；整个连拱桥上，火车头周围好几米范围内都散落着锈迹的碎屑。但特伦诺迪还是能辨认出这个火车头曾经漆着黄色和黑色的条纹。它的鼻子上用白色写着一个大大的数字：

03

过了大约一秒，她才明白在这个暗光区的奇异中心里，出现一个她能看懂的数字，这有多奇怪。

"这条线通回星罗吗？去我们的星罗？"

界面悲惨地点点头。

"哪个行星？"

"古老地球。"它回答。

"地球？"星罗帝国的所有世界里，这是特伦诺迪最没想到的答案，"地球上没有凯门！所以在第一次扩张开始之前，每个人都要飞去火星……"

界面没有回答。它跪下，向前伏倒，面朝下趴在来自地球的火车铁锈里，哭了。它哭得像个小孩子，无助的泪水和鼻涕，还有铁锈的碎屑进了它的嘴巴，粘在它脸上，附上了它的金色头发。

特伦诺迪给鬼狼发了一则消息，附上生锈火车的视频。"这是什么？"

"我从没见过这样的引擎，"鬼狼过了一会儿说，"我想他们在大中央的博物馆里有一个。拓荒者系列。那是卫神们用来测试凯门的，这还要追溯到星罗帝国起源时。它们只携带了仪器还有足够强大的电脑，可以存储下一个卫神的副本……"

特伦诺迪在废弃的火车头周围走着，把耳机调到记录功能。火车头没有门，没有窗，没有名字，坍塌的轮子上有个封存的盒子，但锈已经把盒子蚀通，她看见里面有更多铁锈：很多金属盒子接着彩色塑料的电线。它太老了，她想，手摸上这古老的金属。有古老地球那么老。它来这里探索的时候，卫神们自己都还是新的。

界面停止了啜泣。它脸埋在铁锈中躺着，说："古老地球的凯门是我们找到的第一道门。它埋在深深的地下，靠近南极。我们保留了这个秘密，派了拓荒者火车穿过门，去探索那是什么，通向哪里。然后我们又派出这辆火车。接着我们把地球上的门藏起来，只带人类从火星上的门通过，去往空荡荡的世界。"

"可是为什么？"特伦诺迪问。

金色的脸仰起望着她，满脸铁锈和悲伤，然后她突然猜到了火车的货仓里是什么。她猜到了，却希望错了，但她知道没有猜错。因为一个携带了仪器和足够强大的电脑，可以存储着一个卫神副本的火车头，也可以携带像她在特里斯苔丝的数据海里见识到的病毒。这老火车其实不是火车，它是卫神们射进塔的广袤大脑的一支毒箭。它曾释放了什么，毁了轨道缔造者机器，然后被继续传播，进入被感染的摩瓦的大脑，破坏了所有轨道缔造者机器，一处不留。

她把铁锈从界面脸上刷开，扶起它。她一边领着它走下长长的斜坡，一边给岑发消息。"我找到一条线。你怎么也猜不到它通向哪儿……"

39

当然他早知道了。诺娃已经告诉他了，他很失望。但诺娃还不知道去地球的线和黑灭的发生之间的关系。特伦诺迪和界面回到站台解释给他们听。

"我们不是因为害怕才没有说出世联网的秘密，"界面说，"而是因为害怕而杀死了轨道缔造者，然后我们把它的作品当作秘密守护起来，因为我们很羞耻。"

"可是为什么你们害怕轨道缔造者？"诺娃问。

"那是个和我们一样的智能机器，但比我们强大得多。我们害怕我们会被吸收，然后被覆盖。我们害怕要是人类知道了轨道缔造者，他们就会忘记他们的卫神。我们神嫉妒心很强，诺娃。"

"所以你们杀死了轨道缔造者，因为你们觉得我们会比爱你们更爱它？"特伦诺迪问，"然后你们隐瞒了世联网，因为你们觉得我们会因为你们杀了它的创造者而恨你们……"

"但古老地球只是个自然保护区，不是吗？"岑说。他对卫神们的行径没什么想法。他只想在克拉尔特回来之前离开这个中转站。"我们不能从那里回家。地球甚至和其他凯奇都不相连，我们需要一个门，去一个一到达我们就会被人注意到的地方。"

"那我们就应该开一道门。"诺娃说。

"我们能行吗？"特伦诺迪问。

"我看行……"诺娃又眨眨眼，再次回到恒星和行星的世界里遨游，"有可能从这里开一条新线，连接上十几个人类车站，但它们都在不重要的世界上，远离大中央。西娜巴？瓦赫？烤三地？阿奈伊丝卡拉？"

"烤三地。"特伦诺迪说。

"为什么？"岑问，"烤三地在偏远的南边支线上……"

"那里还在努恩家族治下。我的尼莱希叔叔是那里的站长。今年那里有火焰节，所以会有很多人。那里会到处都是人还有媒体。我们真的能去那里吗？"

"我们还需要些东西，"诺娃说，"岑，你记得让雷文的蠕虫工作的那些黑球吧。什么地方一定有一些……"

岑从口袋里摸出来。"这样的？"

她对他笑笑，拿起他递过来的球。"小偷。"她欢喜地说。

"它会开一个去烤三地的门吗？"他问。

"一旦它被设置好，放进蠕虫里，它就会打开一道门，通向任何我们要它去的地方。"

"你知道怎么搞吗？雷文花了几百年才搞明白……"

"因为他得在碎片里拼凑线索，把轨道缔造者的代码像个拼图游戏一样拼到一起，而且还有很多缺失，"诺娃说，"而我手上就有那些代码。塔里保存着。这就是塔的用途。"

她真希望能讲得更明白。只要她愿意，她就能把自己的大脑和塔的大脑相连，那她就会变得跟塔本身一样强大，但这种体验岑完全无法理解。这是卫神们的感觉，她想。它们爱人类，但它们比人类大太多了……这让她非常害怕，她几乎想断开和塔的连接了，但断开她就没法做需要做的事。

就连这一会儿，她想，等我们回家了，我就和塔断开，就安全了，重新做回自己……

他们跟着她去地下室，到里面后她站在一条蠕虫前面。她头脑里进行着那么多活动和运算，唯一的外在表现只是她轻微一皱眉。她身后，葫芦形庇护棚里的机器也闪烁起有图案的灯光。蠕虫也点亮了，一股股生物光沿着背上叠起的脊柱迅速闪出，在它的装甲盘之下也发出昏晦的光。蠕虫打了个寒颤，哼了一声：被压抑的古老空气，散发出奇怪的化学物质的恶臭，刺得特伦诺迪的眼睛难受。

岑转身对她咧嘴笑笑。"我可从来没偷过这样的玩意！"

"你确定塔不会生气吗？"特伦诺迪问。

"我就是塔，"诺娃说，眼睛里反射出蠕虫的光，"我在它的大脑里面。"

"那塔的女保一定很没用。"

"我不认为轨道缔造者是那样考虑事情的。"她说。

"难怪它会被攻陷。"岑说，但他能看出诺娃没有在听；她的大脑正在塔的大脑和醒来的蠕虫大脑里忙着呢。

巨大的机器开始在所在的位置上隆隆作响。巨大的吮吸声从它下方传来。在它留下的空间里，灯光照到一摊摊黏稠的液体，肉质的软管像害羞的乌贼触手一样缩到地里。考虑到它有一幢大楼那么大，蠕虫靠它的虫腿支撑很不稳当。蠕虫从他们身边飘上斜坡时，岑和特伦诺迪看着虫腿在下面移动。

"它很美吧？"诺娃问，从岑背后抱住他，压着蠕虫的声音大喊。

这确实很震撼。到世联网以来，岑已经忘记了为雷文打开门的蠕虫有多大多奇怪。斜坡在它下方震动，背上的脊柱抵着天花板和墙刮出尖利的噪音，在以前蠕虫留下的印记中间，加上它自己的痕迹。岑和其他人跟在后面，小心地不踩到蠕虫留在身后的黏糊糊的污迹。

它在斜坡顶上暂停下来，然后艰难地向左转，上了一对轨道，停下来，抬起脚，放下沉重的轮子牢牢抓住轨道。

"单单这个技术，"特伦诺迪从未见过活的蠕虫，"如果我们能把它带回我家族的生物技术部，那利润……"

蠕虫的脊柱前后摇摆起来。蒸汽从它甲壳上的通风口里冒出来。

"现在呢？"岑问，这时他听到身后诺娃走上斜坡，"现在我想我们得进去了？把球体放到位，让它自己去要去的地方？"

但诺娃不是一个人。一只轨道缔造者的蜘蛛走在她身后。它的动作一点不像普通的维护机器蛛，而像是几乎脚不沾地一路飘过来，像个瓷做的车站天使。诺娃在岑身边停下，蜘蛛径直走过去，用一对精密的钳子托起那个黑色球体。一条通道在蠕虫的下摆里打开，蜘蛛在里面消失了。蠕虫颤抖起来，停下，又颤抖。岑想象它本是在诺娃和塔的控制之下，球体插入打断了这个连接，让它开始独立思考。但这只是他的猜测。他才对蠕虫了解多少？

"那么它现在需要造一个通道？"特伦诺迪问，"那要好些年吧，不是吗？"

"这次不像在德斯迪莫，"诺娃说，"通道的物理结构是现成的。蠕虫只需要打开它。从凯空间里切开一条道，一直切到烤三地。"

岑说："让我们祈祷它不要把开口设在火山。"

诺娃只是看看他。和古老的外星机器交换似乎挤掉了她原本存储幽默感的脑力。抑或这实在不太好笑，岑想。有可能，当你去烤三地这样的火热小世界打开一道门，你确实有在岩浆里登陆的危险。

诺娃眨着眼，在脑中打开一些地图。"得把我们的火车移到这条线上。我正在给玫瑰发送塔周围的路况细节，用圆点标出来……"

"那她最好快点。"一个新的声音响起,钱德妮·汉萨从蠕虫身边大摇大摆地进来。

大家反应各异。尼姆纷纷转头把武器指向她,特伦诺迪大喊:"别开枪!"而岑摸出他自己的枪,指向钱德妮,不知道接下来该怎么办。诺娃向钱德妮快走三步,抓着她的一条胳膊别向背后。钱德妮对机器人的速度和力量大吃一惊,任凭诺娃把另一条胳膊也抓住。

她大笑起来。"没事的。我是来帮你们的。克拉尔特撤退了,但他们没有走远。她在等待增援。杰克女王升级了不止一辆摩瓦。我离开可哈恩碎片的时候,她已经让她的人在至少另外四辆火车头里装了人造脑。他们正在我们后方,从尼姆巢穴一路冲杀过来。一旦他们到达这儿,她会再次发起攻击,而且她现在知道你们有几个人了。或者说她知道你们其实没几个人。"

"没关系,"岑说,"我们那时已经走了。"

"有关系!"特伦诺迪说,"要是我们到了烤三地,而一帮克拉尔特乘着他们的僵尸火车过来追我们呢?"

"有关系,"诺娃同意,"就算克拉尔特在我们离开后来这里,他们还是可能会损坏塔。"

"对我们更有关系,"原来的头领散掉之后担任头领的尼姆战士说,"杰克女王的火车过来的一路上在毁坏我们的巢穴。我们不想待在这儿。我们不想跟你们一起去你们的新世界旅游。我们希望你们带我们回家,这样我们才能和克拉尔特战斗,帮助我们受伤的虫僧。"

蠕虫发出巨大的声音。它在塔里喷散出一柱淡淡的蒸汽就上路了，急于完成蠕虫的事。岑想到蠕虫正在打开一道通向烤三地的门，有可能放过去一帮烧杀抢掠的克拉尔特，不由得恍惚感慨我们到底做了什么。

"我想回星罗帝国，"虫叔说，"我希望能告诉我的虫僧朋友们，昆虫线是真的，然后带他们回来，这样他们就能看到巢穴的精彩世界了。"

"但巢穴有危险，"其他的说，"我们必须回家。"

"很简单，"鬼狼的声音插进来，"我们有两个火车头，你们这些笨蛋！那就把我们分开。玫瑰可以带着你们想走的从新门走，而我，我会带着尼姆的车厢从原路返回。我想给那蜥蜴火车先来一记迎头痛击，然后要是尼姆需要帮手，我义不容辞。"

就这样决定了。暗光列车一分为二。大马士革玫瑰带着她最初的三节车厢，尼姆们挤进他们自己的车厢，鬼狼带着他们向来时的凯门飞驰而去。它从视野里消失后还一直跟大马士革玫瑰聊了好久，大马士革玫瑰把它的话实时转到岑和特伦诺迪的耳机里。鬼狼说着大胆狂妄的话，什么对付克拉尔特只是小菜一碟，而大马士革玫瑰则不停地说"荒唐"，还有"真是个炫耀精"，但她听起来很悲伤。特伦诺迪也很悲伤。当鬼狼穿过凯门，信号消失时，她擦了几小滴泪水。这是她所认识的最勇敢的火车。

没人拿得准应该把钱德妮怎么办。连钱德妮也不知道。他们把她手捆起来，锁进玫瑰第三节车厢里的一个隔间里。刚来世联网时这个隔间里曾装满各种储备，但现在已经空了。岑在里面放了一卷赫拉斯代克软绸，几个国务车厢座位靠垫，一瓶水，一些食物。诺娃检查钱德妮有没有藏着武器。但诺娃只看看，没动手。尽管她扫描了有没有金属或瓷器，却没看到塞在钱德妮裤子后面的爪刀。能感觉到爪刀的存在，这对钱德妮是种小安慰。到了那边，万一形势不妙，她也许可以杀出一条生路。

"不管发生什么，"她对特伦诺迪说，在他们锁门之前，"我不想再被冻回去了。你保证？"

特伦诺迪耸耸肩。"我没法保证这个。据我所知，我们全都会被冻起来。"

岑和诺娃、界面，还有虫叔在国务车厢里安顿下来。他们已经准备好前往蠕虫打开的新门。火车开动了，岑第一次开始真的相信他们要回家了。再过几小时，如果运气好，他可能就回到夏约了，把历险故事讲给米卡和母亲听。突然他意识到他会怀念世联网。这九个月很奇怪，经常很吓人，但现在都结束了，他知道有条路可以回家，有个未来可以让他置身事外地回顾这里的历险，他意识到这是他生命中最好的时光。当他和诺娃躺在亚姆的星空下，晚风吹拂窗帘，不管接下来发生什么，都不可能有比这更简单美好的时刻。他想再回到那里，就他们俩，乘着他们自己的老火车。

但太迟了。火车开动了。他对上诺娃的眼睛，看见她也很悲伤。

"它又要变得孤零零了，"她说，"它等了这么久才有人听见它的呼唤，而我来了，但我只待了几个小时。"她正回忆着界面问过她的问题：如果她需要同时出现在两个地方怎么办。她当时说"那我就面临取舍"，她那时以为选择会很容易。现在她就面临选择。她有点想在这里留下一份她的人格副本在中转站里运行，让原始版本的诺娃跟岑一起回家。但那样不管哪一个都不是真的她，而每一个都会永远想知道另一个在做什么，每一个都不会再觉得自己是人类了。所以她必须取舍，她必须选择跟岑走，但这太不容易，很痛苦。

岑无从安慰，只能牵着她的手。他们把脸转向窗外，转向梦幻般的巨塔，闪亮的珊瑚，在薄雾中都显得鬼魅的连拱桥。接着他们进入隧道，看见奇怪的无色的光在隧道壁上跳动，知道前面不远处，蠕虫在为他们在时空里挖开一条通道。

大马士革玫瑰一首唱着温柔凄凉的歌，此刻唱得更响亮、更欢快了，跟在蠕虫后面扎了进去。

第七部分

太阳鸟

40

　　早在遇见诺娃以前，岑还是个在东部支线上蹿下跳的火车浪子的时候，烤三地是他梦想造访的世界之一。它坐落在欧瑞恩线的一条支线尽头：是气态巨型星阿那伊塔的一颗无聊的小卫星，它的苔藓沼泽地和及膝的矮森林沐浴在母行星巧克力色的光里。但它的轨道每四年就被甩得和阿那伊塔更近一些，终于它的引力场把烤三地变成了一个修罗场。然后，烤三地从前的单调就成了幻象，它的景色就真的变成了花岗岩和玄武岩的拼图，像小筏一样漂浮在深邃的火海里。火山口打开，一片片喷发的火山涌现，火山口从炽热的苔藓里挤出，矮小的树木急忙撒出防火的种子，然后在烈焰中死去。

　　在火季观赏全景，最好也是唯一安全的地方，在斯皮那尔山脉。山脉坐落在一个古老、冰冷的岩浆库上面，哪怕阿那伊塔的巨大拉扯力量都唤不醒这个岩浆库的休眠。在那里，黑色的玄武岩群峰中间，努恩家族建了座叫火焰站的城市，供穿过烤三地唯一凯门的火车使用。

但现在，突然烤三地上有了两道凯门。诺娃的蠕虫在山区的另一侧噬出一道新门，开始耐心地铺设新的轨道，通向火焰站。已全部出动等着火山季节开始的当地媒体，注意到了他们的到来引起的奇怪的地震参数，纷纷派出无人机去调查。等大马士革玫瑰跟着蠕虫穿过新门时，当地新闻早已铺天盖地地发布了无人机镜头里的蠕虫：庞然大物在一团尘土和蒸汽中轰隆穿过花岗岩高地。这些新闻画面上滚动着诸如"新凯门形成！"和"惊人一幕！"之类的标题。

蠕虫把新的轨道铺设在俯视着火焰平原的几公里高的高原上面。大马士革玫瑰沿着轨道开动，岑硬着头皮迎接可能出现的麻烦。火车上空挤满了无人机，他敢肯定这些媒体摄像平台中间，危险的机器更多——包括一些卫神的耳目。他们随时可以对玫瑰扔炸弹。

但什么也没发生。岑、诺娃和特伦诺迪坐在国务车厢里面面相觑。虫叔在他们身边一动不动地站着，就像张丑陋的桌子。莫当特90的界面又歪着睡着了，睡得金色的头倒在特伦诺迪的肩膀上。它眼睑后面的眼睛不停地前后颤动。它在把它的记忆上传到存在于烤三地数据海中的莫当特90的版本里。

数据海也涌进岑和特伦诺迪的耳机，也进入了诺娃像耳机一样运作的那部分大脑。一切如此熟悉，聊天网站和广告：家乡这些没完没了胡言乱语的无脑数据。在那个没有数据的世联网上他们都没有意识到自己有多怀念它。

"有各种传言猜测，"诺娃说，她扫描新闻的速度比人类快多了，"有人说外星人打开了新门。有人认为一定是卫神们做的。还有人很担心它会扰乱星罗，或招致让人大跌眼镜的入侵者……但卫神们鸦雀无声。我觉得它们是不知道说什么。我觉得我们的到来很让它们意外。我会放出几小段视频剪辑，里面有外星车站的风景和我们在那里遇见的人——应该会让人们更兴奋。"

"我们要联系媒体吗？"岑问，突然觉得有点害羞。

"等我们到了火焰站，"特伦诺迪说，"人们更喜欢能亲眼看到你。"

但媒体已经能看到他们了。毫无顾忌的狗仔无人机贴着玫瑰的窗户抓拍里面的乘客。火车拉上窗帘，但二十分钟后等她进入火焰站时，整个烤三地似乎都已经知道了前女皇特伦诺迪在车上。

特伦诺迪急忙忙穿过火车赶到后面关着钱德妮的储藏室。她没打开门，只是把脸凑近，说："钱德妮？事情落实之前，我要把你留在火车上。玫瑰能照顾你；她的维护机器蛛会给你送食物和其他必需品。"

钱德妮只嘟哝了一声。她听起来不太高兴，被锁在储藏室里有什么可高兴的？

在调度区边缘，蠕虫站着休眠了，被管制交通的高栏杆拦住，由荷枪实弹的看守们监视着。玫瑰小心翼翼地从边上开过去，离开蠕虫开辟的线路,开上了原有的旧轨道。熟悉的凯奔切换系统与她对话,指引她开上金色拱形廊檐下靠外面的一条站台。人们在她身旁一路跑着,她放慢脚步停下来——真的人类,岑想,没有赫拉斯代克或奇莫依混在里面。但其中很多人是轨道军。当玫瑰打开门,他跟着诺妲和特伦诺迪走下车,一整队的蓝军等着,还有尼莱希·努恩戴着一顶漂亮极了的礼帽,坚决地说:"特伦诺迪·努恩夫人,作为烤三地站长,我将履行职责,以星罗帝国的名义逮捕你。"

那排坚固的蓝军人墙后面传来人们激动的私语。特伦诺迪看看她的叔叔。他喘着气,好像是跑过来接她的,华丽的制服上衣纽扣都扣错了。"尼莱希叔叔?"她说,"你不会真的逮捕我吧,对吗?"

"他当然不会!"另一个声音喊道,从蓝军人墙后面挤过来,跑着穿过站台,给特伦诺迪一个大大的拥抱。是卡拉·田中。尼莱希叔叔咧嘴笑了,说:"逮捕你?我的亲侄女?我当然不会,而且这里的轨道军对我们家族很忠诚。如果埃隆·普雷尔想逮捕你,他妈的可以亲自过来抓。"

"他也许真的会来,"卡拉·田中说着放开特伦诺迪,退后一步看看她奇怪的同伴们,"关于这事的消息传遍了整个星罗,火车走到哪,消息就传到哪。大中央现在很可能已经听说了。"

"可这是什么?"尼莱希叔叔问,"这个机器是什么?这新门——它难道真的是新门?这还有奇怪的地方……和生物……的录像。你们从哪里来的,侄女?"

　　特伦诺迪看着他身后的狗仔无人机，像密密麻麻的蚊子云一般悬在站台廊檐下。"我们来自星系遥远的另一端，一个叫世联网的网络。烤三地不再是这条线的终点站了。它成了努恩家族和一个全新文明贸易的中转站。看，我们从滋儿滋儿特巢穴带回一位尼姆使者……"

　　这时她让到一边，好让虫叔在她身后从车厢里像蜘蛛一样爬出来，她接下来说了什么无关紧要，直接被淹没在人群的喘息和尖叫声中，还有无人机争抢抓拍近景特写时发出的疯狂嗡嗡声。

41

拉里亚·普雷尔在夜色中急匆匆地穿过皇宫走廊,一边走一边穿起夹克,用手指捋着短发。她不太喜欢在大中央滞留。这里的引力比她习惯的小行星世界都强。她也不喜欢夏天的炎热。这天晚上她好久才入睡,而且刚迷迷糊糊睡着又被叫醒,被召集到大帝的会议室里参加紧急会议。

这样很好,她想,因为这想必意味着出现了紧急情况,也许她终于有机会看到战斗场景了。她只希望要是白天而不是晚上出事就好了。

她的伯伯——把他当成大帝还是有点奇怪——在杜尔加中心的大会议室里。一些其他家族官员跟他在一起,但出奇地少,这让拉里亚好奇自己做了什么能获得资格参加这样一个小规模亲信会议。但她刚打完招呼,她的眼睛就被一个个挂在活木会议桌上方的巨大全息屏吸引住了。她刚看到这些几小时前开始涌入大中央数据筏里的图像，由烤三地开来的夜间火车带回来的。某个高高的山谷里由光线与尘埃形成的骨色的拱门，那巨大多刺的生物技术机器从里面爬出来，拖着闪光的轨道……

"怎么会有个新的凯门？"她读着滚动字幕问，"那是不可能的，对吗？"

"当然不可能，"她的伯伯厉声说，"所有人都知道星罗是完整的。这是个恶作剧。视频被篡改过，还有一辆老火车穿着浮夸的衣服，扮成……不知道那个有刺的大玩意应该是什么！"

"可是谁会做这种事？"拉里亚好奇地问。

大帝又哼了一声。"烤三地是努恩家族的地盘，"他说，"我猜那里有人不喜欢我们普雷尔家族的人做头儿。谁要是敢试着冒险传播……那……"

"不稳定。"另一个声音在咆哮。拉里亚把视线从屏幕上挪开，看看谁胆敢打断她伯伯说话，这才注意到马可兄弟站在他身后的阴影里。

"不稳定，"她的伯伯同意，"所以双子座很忧虑。"

有一会儿，拉里亚以为他说双子座是指马可兄弟，但他说的当然是真的双子座卫神。埃隆·普雷尔是可以和卫神们通话的人；双子座亲自和他分享它们的忧虑。它们可能现在正在观察他。他一边说，她一边试着站得更直，好看起来更睿智更有魅力。

"拉里亚，我要你带一辆战车去烤三地，调查清楚发生了什么。我们大部分战车都被牵制在支线上维护和平，但双子座它们自己给我们提供了一辆高速火车头，非常先进。你要带一支小分队——我们不想再打仗了，也不想声张。就去露个脸，看看这个新门，还有那个据说造了新门的东西。"

拉里亚感到自己一阵脸红。"可是，大帝，我对凯门一无所知，也不了解恶作剧……"

"你不需要了解，"她的伯伯说，"我这里的特使会处理这些方面的事。"

马可兄弟上前一步。他们象牙色的脸庞挤出乐于助人的微笑，可是丝毫没有让他们显得更友好。

42

火焰站是个低矮的城市，满是铺着台阶的陡峭街道和稀奇古怪的白房子。车站里太乱，尼莱希·努恩把大马士革玫瑰的乘客们转移到一个叫凤凰饭店的酒店，就坐落在站外的一片山边平地上。大马士革玫瑰停在外面的旁轨上，锁住，由人守卫着，钱德妮·汉萨也被留在里面。"我们等事态平息，再把她转移到更妥当的地方，"卡拉·田中说，"你可以到时再决定怎么处置她。我把她从冷冻监狱接出来时就知道这位年轻女士会惹麻烦。"

他们坐车去凤凰饭店，只有特伦诺迪和卡拉，还有尼莱希叔叔以及界面。尼莱希扭着身子从后车窗里查看跟在后面的车，里面坐着岑、诺娃和虫叔。"那个叫斯塔灵的男孩也会是个麻烦，"他说，"就是他吧？破坏了你父亲的火车的人？"

"事情比这个要复杂。"特伦诺迪说。

"事情通常都很复杂，可一旦新闻网站调查出他是谁……人们要是发现你对杀父仇人很友好……"

"他不是杀父仇人，"特伦诺迪说，"那是个意外。而且我们需要岑。他和诺娃比任何人都更了解外星网络。"

尼莱希和卡拉交换了一下眼神。努恩火车撞车时，他们不在车上，但他们有朋友在车上，有一些死了。

"我答应他的。"特伦诺迪说，她眼睛里出现了新的坚毅的光，这是他们以前没见过的。

卡拉说："很好。我来想个跟媒体交代的故事。"

皇家套房占据了旅馆的整个顶楼：七个卧室都通向同一个中央起居室。旅馆经理保证特伦诺迪和她的客人们在这里拥有看火山群的最好视野。但当岑站在阳台上，越过房顶向外看去，完全没看到火。除了黑色的岩石和棕色的苔藓延伸向近处的地平线，阿那伊塔的行星带划过夜空，什么也没有。

"我还以为这里应该有火山。"他说。

"还没，"诺娃说，跟在他身后也来到阳台上，"火焰节很快就要开始了。整片风景都会被点燃。"

"你觉得那时我们还活着不？"岑说。知道卫神也在数据海深处讨论着他的命运，这让他心烦意乱。它们随时都可能决定粉碎一切关乎新门的认知，而它们会先从消灭他还有特伦诺迪和诺娃开始。很可能此刻就有挂在旅馆上空的那些小黑点用激光之类的瞄准他。

但诺娃说:"每多过去一秒,它们留我们一条生路的可能性就变得更多一些。"她站在岑身后,双臂环抱住他,就像她喜欢的那样,把她尖尖的合成下巴搁在他的肩膀上。"而如果我们没法活下去,"她说,"这段过去也很精彩。和你一起见识了世联网。这么多车站。一起做了这么多事。我真的很爱你,岑·斯塔灵。"

他们身后传来一阵轻轻的清嗓子的咳嗽声。特伦诺迪米到阳台上眺望远处。"界面醒了……"

他们从大马士革玫瑰的车厢里把东西卸下来搬到旅馆里时,界面已经起来了,晃悠着,但它并没有真的清醒。它像梦游一样从火车移到等着他们的汽车里。狗仔无人机问它卫神们怎么看待新门,它并不是无视它们,它只是没听到。他们到了凤凰饭店的套房以后,它就猛地瘫坐在大厅的一个巨大沙发里,放空地盯着天花板。但当岑和诺娃从阳台里回到房内时,他们看见它又活过来了,正好奇地打量着房间。

这是个奇怪的房间——活木墙、软和的家具,上方罩着一个巨大的皮拉的铜脸,皮拉是位古老的火神,是烤三地旅游局杜撰出来的。岑和诺娃觉得它棒极了。特伦诺迪觉得它难以置信地俗气。虫叔似乎没什么看法——他在自己的房间里,试着通过客房服务点一桶烂得彻底的蔬菜皮。他们怎么也没法知道莫当特 90 的界面在想什么,因为它笑着站起来,说:"我一直在数据海里跟我的兄弟姐妹们辩论。"

"这么久？"岑问，"都过去几小时了。我还以为卫神们谈起来很快。你们能在一次心跳的时间里就交换能装满好几个世界的信息……"

"确实，"界面说，"但我们有很多事要讨论。"

它又成为自己了，职责很大，莫当特90宏大头脑的代言人。他们都怀念起那个渐渐处熟的、笨手笨脚孩子气的界面。

"那它们决定了什么？"诺娃问。

"什么都没决定，"它说，"还没决定。岑，特伦诺迪，它们想见你们。"

它向他们伸出手，金色的手。岑和特伦诺迪接过手，原地站着，直到诺娃意识到他们的意识跟着界面进了数据海。她觉得有点嫉妒特伦诺迪，有点被冒犯，因为没有把她也邀请去参加谈话。当然，她想，卫神们不会有空和一个简单的机器人谈话。

但也许她本来就没那么简单。自从她和轨道缔造者的塔连接之后，发生了一些变化，而她不太确定这意味着什么。她还能听见从暗光区里对她轻轻吟唱的支离破碎的歌。这歌声不太可能穿越几百万光年来到烤三地，所以它现在一定是在她的身体内部。

她等了几分钟，但岑和特伦诺迪只是杵在那儿，握着界面的双手。界面对诺娃笑笑，好像在对她保证他们会一切都好。于是她转过身又走出去上了阳台。建筑在轻轻晃动，根据车站城市下方的基岩中泛起的微震作出调整。一大片乌云在地平线上聚积起来，空气中隐约有一丝烟味。诺娃倚在阳台上，望眼欲穿地想着她留在身后的东西：中转站、塔，所有那些塔周围的线路，还有这些线路可能通向的地方。

大马士革玫瑰把在押犯人照顾得很好。只要钱德妮没在睡觉，火车就在她小小的空间里打开全息屏，给她看新闻故事，每过几小时，维护机器蛛就从天花板上的舱门里给她送来吃的和喝的。她并没有不舒服，但她很无聊，而且开始变得紧张，不知道特伦诺迪会对她做什么。她好像被遗忘了，似乎她再被记起来的时候，很可能会是在冷冻临狱里。特伦诺迪可能本不想这么做，但她的家族会要求她，尼莱希·努恩和卡拉·田中在外面，跟她一起在新闻里笑着，他们从来没喜欢过钱德妮。他们会建议特伦诺迪把她冻起来，特伦诺迪也会顺从，因为特伦诺迪喜欢对人言听计从——钱德妮知道，因为在短暂的时间里，她也曾经扮演过教导她的角色。

她需要逃走，但她不知道该怎么逃。他们到达烤三地不久后，她问过玫瑰能不能去上厕所，天花板上的舱门打开了，维护机器蛛给她递了一个桶。火车不傻，她跟她的其他乘客一样，都不信任钱德妮。

她平躺着，假装休息，但其实在研究天花板上的舱门，但她找不到出去的办法。它从上面打开，而且就算它能从下面打开，它只通向天花板和车厢顶之间的低矮狭仄的空间，那是维护机器蛛的地盘。维护机器蛛装备着很多切割焊接的设备，而且连接着火车的大脑；她恐怕自己斗不过它。

于是她睡觉、吃饭，看新闻里编造着关于新门的各种站不住脚的猜测。有时候，她假装抓痒痒向后摸，摸到了藏在里面的克拉尔特刀。这让她又有了一丝掌控感。她会逃出去的。问题只在于等待合适的时机。

43

岑喘着气，看看周围白色冰冷的草坪，灌木修剪得高耸入天，雪花迅速坠落。他早已习惯了各种遥远陌生的地方；但突然降临这个环境还是让他大吃一惊，仿佛烤三地的旅馆套房只是一场梦，而他突然在这个冬日的花园里醒来。

"这不是真的。"特伦诺迪站在他身旁说。

她也不是真的。她只是个化身，不知是哪个软件做的模拟，用的是她的旧扫描图像，于是她看起来还是他在努恩家族火车上初见时的样子，时髦完美的衣服，闪亮的蓝色头发，就像翠鸟的羽毛。只是个模拟场景，他想，我也是。如果他努力集中注意力，他知道真的岑·斯塔灵还站在烤三地的套房里，握着界面的手。

不过这是次不错的模拟。他所见的这个巨大花园，没有一处失真能让人看出不是真的存在于某个行星上。连他的呼吸在雪天的空气里也能呼出水汽。但那空气感觉不冷，雪也没有在他身上积下，特伦诺迪身上也没有，正从树篱间的长长白色过道上向他们滑行而来的卫神们，身上也没有积雪。

他认识其中一些。莫当特90看起来和它的界面一样，穿着跟在世联网探险时一样的破烂衣服。阿奈伊丝六代像岑上次见到时一样又高又蓝，头戴鹿角。其他的他从来没见过，但他这辈子一直看着它们的形象，在数据神殿和广告里、三维视频里，还有早餐麦片附赠的全息贴纸里。有史戈瑞，外形是只孔雀，摇晃的尾巴上有一千只眼睛。还有茵菊，看起来既像个漂亮的女人又像只漂亮的猫。翁伯伦和莱奇是多面体，位面一直不停地变幻重组。那一团不时聚成人形的蓝色蝴蝶是斯法克斯系统码，那些模糊的精灵人形，在雪后若隐若现，一定是神秘的东方号大脑的替身。树篱那边有看不见的东西像只超高音速的松鼠般奔跑——那应该是害羞古怪的沃胡玛娜。它们都来了，全都用金色的眼睛看着他，眼睛睁得就像通向纯智能世界的大门，但出于某些原因岑觉得不需要下跪。这些是他的时代的神，但他了解一些不为人知的关于它们的内情。他知道它们撒了谎。

双子座是最后到的：两个赤脚的女孩，一个黑人，一个白人，共用同一个精巧的发型。

好像它们的到来是打破沉默的暗示，莫当特90说："岑，特伦诺迪。我们一直在讨论你们的新门，发现我们意见很不统一。我们中有的认为它应该被允许继续通行——"

“只有你这么认为，莫当特 90。”孔雀说，声音像只脾气不好的卡通鸟。

“而我们中有一些认为门应该关掉，应该继续向人们保密世联网的存在。”莫当特 90 继续说。

“我们中还有人认为所有牵涉进打开这道门的人都应该被处死。”双子座说，笑出甜甜的酒窝。

“你们没法把它关了，”岑说，“所有人都看到了。所有人都知道它在那儿。人们看到了尼姆，还有我们的耳机里在世联网拍下的图像。他们看见莫当特 90 的界面跟我们一起穿门过来的。你们再也不能保守这个秘密了。”

“那你们觉得我们应该怎么样？”翁伯伦问。

特伦诺迪说：“如果你们允许，卫神们，我们想通过新门开展贸易，和世联网里的整个新世界。拜普雷尔家族所赐，我的家族失去了很多权力。但烤三地还是我们的，我们可以把它变成一条伟大的新的贸易之路的中转站。”

史戈瑞咯咯笑起来。“那会成为双子座的宠物普雷尔家族的眼中钉！老埃隆等了一辈子才当上大帝，而现在他要是发现大中央不再是一切的中央，而努恩家族控制了通往一个全新帝国的门户！”

“鼠目寸光。”双子座嗤之以鼻。

“但那样我们会怎样？”斯法克斯系统码问，“人类发现轨道缔造者的真相了会怎么想？”

"也许他们不会发现，"岑说，"我们不会告诉他们。你们可以说你们发现凯门时轨道缔造者已经死了。你们以往一直对我们保守关于其他门和其他种族的秘密，是因为你们认为我们还没准备好接受这些事情。"

"你们确实没准备好。"沃胡玛娜从灌木丛中咕哝着。

"你们可以说现在你们觉得时机成熟，于是你们打开了一道新门，选择岑和我去试行。"特伦诺迪说。

茵菊轻快地咕噜着说："太体贴了！他们觉得他们能和我们讨价还价……"

"如果我们按他说的做，我们能挽回颜面，"莫当特90说，"是把真相昭告天下的时候了，或者一部分真相。我的界面在那些外星物种中间旅行过。我们不需要害怕他们。是时候让人类会会他们的邻居了。"

"是不稳定的时候了，你的意思是？"斯法克斯系统码嘲讽地说，"你知道在有我们守护之前，人类相互间有多残忍。想想他们遇见其他物种时，会造成的战争和恐惧！"

金人转向阿奈伊丝六代。"你同意我的观点，"它说，"我知道你同意！所以你才让雷文摸索关于凯门的秘密……不是吗？"

"我那时太蠢。"阿奈伊丝六代说，脸上的蓝色更深了。

"全是阿奈伊丝六代的错，这样说来，"茵菊嘟哝着，"若不是它让情人雷文去故纸堆里翻箱倒柜……"

"别人迟早也会发现的，"史戈瑞说，意外地站在莫当特90一边，"就算我们也不能永远保守秘密。"

"我们能，"斯法克斯系统码坚定地说，"我们会宣布新的凯门只是个聪明的恶作剧。大马士革玫瑰和她的乘客们在数据海发布的图像其实也只是恶作剧：在聪明的虚拟环境里生成的幻想生物。幸运的是他们带回来的那个生物，这个尼姆，是用几乎跟人类世界里的僧虫一模一样的昆虫做的。我们就解释说它们是僧虫，穿着一件雷文设计的外衣。我们会给新闻网站展示这整件事其实只是特伦诺迪·努恩，一个聪明上进的年轻女孩试图改善她的家族产业的阴谋。我们会堵上这个新的凯门，说它很危险。过不了几个星期，新的危机会出现，人们就会把烤二地的事全部忘光。"

其他卫神喃喃表示同意。就连史戈瑞都抖着羽毛耸肩说："很好。这样最好，我想。"

"那我们呢？"岑问，"我和特伦诺迪和诺娃，还有玫瑰？如果我们保证保守你们的秘密，你们会相信我们吗？"

"当然不会。"双子座说。

"你们会被带到德斯迪莫，"莫当特 90 说，"你们可以在那里平静生活。"

"作为你们的犯人？"岑说。

莫当特 90 做出悲伤的微笑。"作为我们的客人。"

"那决定了？"阿奈伊丝六代问，"我们又和谐了，都同意吗？"

"不，"双子座齐声说，"我们不同意。我们有个更好的办法。"

44

　　于是他们以逃离地狱般的速度冲出Ⅰ连线，这是拉里亚·普雷尔乘过的最奇怪的火车。它名叫太阳鸟，之前停候在大中央的皇宫下面的玑瑁车站里。她一看见就觉得它样子很奇怪。一个长长的银色火车头，光滑的外壳几乎毫无特征，没有炮塔或战争无人机舱，但这对执行外交任务也许是件好事，表现出他们诚心想谈判，而不是打仗。可它一旦发动起来，外观的奇怪之处就不算什么了。它不唱歌，不说话，几乎不像有智能——但它一定是，因为所有人都知道凯门只为有大脑的火车敞开；每次有人试着带一个简单的低技术含量的转轨引擎从一个世界到另一个世界旅行时，引擎就直接被拱门下的能量帘弹回来，或者通过凯门就像穿过一片迷雾，出来发现还在同一个星球上。所以能毫不费力地嗖嗖穿过一道又一道凯门的太阳鸟，一定有自己的大脑和人格。出于某种原因，它只是不想说话或唱歌，而拉里亚·普雷尔以前从来不知道还有那样的火车。

但她也从来没执行过这样的任务。她还是不相信这个新凯门的故事，可她耳机每一次刷新，从火焰站传来的消息都一次比一次更奇怪。现在新闻都在报道说特伦诺迪·努恩自己穿过了那道新门，和一个叫斯塔灵的男孩，还有一只顶着巨大甲壳的蜘蛛蟹。他们在点对点传播一些令人震惊的录像——外星车站，街上全是怪物，巨大的发光的鲸类在午夜的海洋里游泳。全是恶作剧，拉里亚跟自己说，但这样做有什么意义？她警告家族海军的小分队保持冷静，但她完全不知道到达目的地时他们应该做什么。

马可兄弟一直待在火车后端自己的车厢里，只有去全自动餐厅时才出来——他们似乎喜欢甜食：漂亮的蛋糕，一堆堆颜色可人的甜点，他们面对面安静地坐在餐桌两边用长勺吃，像是彼此的镜像。

"他们到底是谁？"她问副手，一位强硬的家族海军老中士，名字叫"惊慌"·巴顿，"埃隆伯伯从哪里把他们雇来的？他为什么这么信任他们？"

"家族一直雇佣双胞胎，"巴顿平静地说，"自从过去的大帝被杀，你的埃隆伯伯觉得他需要更多得力的保镖。我不知道他们从哪里来的。某个闭塞的世界，我猜。"

"但他们对待他的方式，"拉里亚说，"就像他在为他们工作……"

"我觉得你伯伯认为那样有趣，普雷尔夫人。人们总说他没有幽默感，但不是这样的。他只是笑点和别人不一样。"

当太阳鸟开始向着通往烤三地的凯门冲刺时，拉里亚去后车厢拜访双胞胎兄弟俩。他们的车厢是长长的一块，闻起来像个更衣间。一团团袜子随着火车晃动而在地板上滚来滚去。马可双胞胎兄弟似乎对个人卫生毫无兴趣，却都在忙着擦拭银枪，可在拉里亚看来枪已经够干净了。

"下一步是什么？"她问，"等我们到了烤三地？"

马可兄弟头也不抬。"你应该决定，普雷尔夫人……"那个叫西弗的说。

"不是吗？"叫恩科的问。

拉里亚能分出他们两个，因为西弗的前额上有个小小的 S 纹身，恩科有个 E。除非——她不想这样猜测——他们身上文的是对方的首字母，以迷惑别人。除了纹身，他们一模一样。车厢里移动的光线照出他们秃头皮之下奇怪的隆起，好像有什么高端的硬件直接植入他们的头骨里了。拉里亚说："我不认为我应该决定。我觉得伯伯是让你们负责这次行动。我认为他还给了你们别的任务，我们其他人都不知情。"

马可兄弟这时一齐抬头看她。他们总能同一时刻做出一模一样的动作，这一直都很可怕。

"等我们到了烤三地，"恩科说，"你待在火车上。一切都会搞定的。"

"像你们搞定科比·陈-图尔西一样？"拉里亚问。

他们看起来若有所思。他们不再动作完全一致。西弗回去擦拭他干净无瑕的枪；恩科站起来靠近拉里亚，俯视着她。他的呼吸闻起来有杏仁、芒果和八角的味道。他说："有时候，当一个人制造麻烦，最简单的解决办法就是杀了他。卫神们不愿承认这个事实。你的伯伯，大帝，不能承认这个事实。特伦诺迪·努恩和她的同伴让自己成了大名人了。如果大帝杀了他们，就很不好看，会失去民意。"

"但如果大帝有个仆人……"西弗说，把枪放在一边站起来，走到他的兄弟身边。

"或是两个仆人……"

"而且这两个仆人亲自处理事情……"

"变得肆无忌惮，可以这么说……"

"执行命令越了界……"

"这样就是仆人的错……"

"没人能责怪大帝，也不能责怪卫神……"

"人们都会觉得这是一起不幸的悲剧……"

"但问题还是解决了。"

一声巨响，太阳鸟穿过了凯门，火山景区的微光从窗户透进来。马可兄弟交换了眼神。

"你就待在火车上，"他们跟拉里亚·普雷尔说，"我们进城，采取必要的措施。"

45

火山发声了。它们打开灼热的红色咽喉，咆哮着；喷出高高的浓烟，伴着彩色的闪电。火焰站西边干涸的平原伸着懒腰，打着哈欠，把一柱柱岩浆喷向天空。

诺娃从套房的阳台往下看着这一切，岑和特伦诺迪还站在门口的界面身边出神。这一幕很震撼；她理解了为什么火焰节能成为一个著名的旅游景点。但当她仔细看这景象：火山一座接一座地爆发，炽热的光突然照到一辆火车，正从烤三地原有的凯门里出来，沿着轨道蜿蜒而行。

大马士革玫瑰同一时刻跟她说话。"诺娃？又一辆火车进来了，我想是某列普雷尔家族的战车。这车很奇怪，它不跟我说话。但我收到一条指挥它的人发的消息。她想和特伦诺迪谈谈。"

"特伦诺迪在忙。"诺娃说着，回头看了一眼。岑和特伦诺迪还握着界面的手站着，就像两个睡着的人做着同样的梦。"我来跟她谈。"

玫瑰把消息转进来。普雷尔家族火车的一节黯淡车厢里，一面嵌在墙上的屏幕中，有一个年轻女子，她身着普雷尔家族海军制服，魁梧苍白，说："女皇？"

"我是诺娃，"诺娃说，"我可以转达消息。"

年轻女子看上去有些犹豫。"你是火车上跟她在一起的那个机器人……"

"哦，我们是很好的朋友，我和特伦诺迪。我们无话不说。"

屏幕上的脸似乎下了决心。"那告诉她，机器人。我是拉里亚·普雷尔，我在残月见过科比·陈-图尔西。杀死他的人就跟我在一起。他们是我伯伯的仆人，但他们行事并不像仆人，他们行事更像……他们两个人，是马可兄弟。他很……他们已经离开火车了。他们来找特伦诺迪·努恩，还有那个叫斯塔灵的男孩，还包括你，我想。他们正准备来杀你们。"

"真粗鲁。"诺娃说着，同时大脑扎入旅馆的安保监控摄像头，然后进入其他繁华街道上的摄像头。是的，有两个男人从车站出来，在爬台阶，心事重重地穿梭在狂欢的人群中。秃头和棕色夹克，非常让人不安。"你为什么告诉我们这些？"她问拉里亚·普雷尔。

屏幕上的脸红了。"这样不对，"拉里亚说，"这样不光彩。而且科比也会希望我能警告她。"

"谢谢你，"诺娃说，"你做了一件好事。我们要为应对他们做准备。我想两个人造成不了太大伤害。"

拉里亚·普雷尔看起来相信了诺娃的话，但她的脸突然凝住了，随着全息屏熄灭而皱起来。所有灯也同时熄灭。诺娃黑进去的摄像头也关闭了。她进数据筏看了一下，然后很快出来。数据筏里有非常奇怪的东西正在传播，关闭一个接一个网站，一个接一个系统。它传播得非常快，直接推过防火墙，从数据筏里渗出去，进入卫神们在里面遨游的更深的数据海。

诺娃以前见过这样的东西。她曾释放过这样的东西，用定制的电脑病毒遵守雷文的命令杀死火车。但这个更大，更强，更奇怪。一定是在特里斯苔丝的数据海里把莫当特 90 删掉的那个。这个——或是类似的东西——曾杀死了可怜的、毫无戒心的轨道缔造者。

但轨道缔造者死前挣扎着试图自卫。它一直在编写反制措施，几乎就够自保了。这些反制措施嵌在代码里，塔一直从暗光区里把这些代码广播出来。她和塔连接后，她的大脑就以某种她还未了解的方式发生改变了。而多亏大脑里的这些来自塔的代码，现在诺娃很容易就能看见被病毒渗透的微小漏洞，并轻松修补好。当数据海的病毒感觉到她并且转而攻击她时，她已经准备好了抵抗。

她把代码给大马士革玫瑰也发了一份，就离开了阳台。房间一片漆黑，只有火山的光从窗户泄进来，阴沉血红。她跑向岑，摇着他的肩膀。"岑！岑！"

在卫神的花园里，岑感觉到她的触摸，听到了她的声音，但她没法把他拉回现实世界。因为花园里也正在发生奇怪的事情。飘落的雪花变成了红色；树篱扭曲皱起，幻化为全新的复杂的延展，看起来不像树叶。史戈瑞的孔雀警觉地粗厉大叫，炸成了一团羽毛，像一个爆开的枕头。斯法克斯系统码的那群蝴蝶从空中纷纷落下；茵菊开始像一个频道故障的屏幕里的画面一样跳动；翁伯伦和莱奇闪着干扰图案，闪着闪着就消失了。莫当特 90 跪倒下来，紧紧抱着头。

只有双子座似乎没有被感染，还甜甜地笑着。但它们的笑脸周围的面颊却在融化重组；她们变得更高大，头发消失了，变成了两个光头男人。

"我们有个更好的办法，"它们说，原本小女孩的声音变得更生硬和低沉，"我们要摧毁新凯门。我们就说它不稳定，它坍塌了就是不能开新门的明证。而我们在烤三地的界面会杀死所有看到了门那边景象的人。"

这时诺娃扯下岑的耳机，他在火山照亮的房间里喘着气眨着眼，这时诺娃把特伦诺迪的耳机也摘下。莫当特 90 的界面松开了他们的手，站着发抖，看起来跟在世联网一样迷惘。"双子座一定发疯了，"它说，"它们的程序甚至比在德斯迪莫更强大，我这次没法和它斗。我从没想到它们会攻击所有卫神。等我们在其他世界的版本知道了这里发生的事，它们会被严惩……"

"但那时它们已经达到目的了，"诺娃说，"我们全得死。有两个男人冲我们来了。"

"他们不是男人，"特伦诺迪说，"他们是双子座的界面。"

岑下意识地去摸耳机检查旅馆的安保报告。

"别！"诺娃警告，"双子座的病毒正在关闭整个城市。你的耳机没用了——它只会帮他们追踪我们。我们要回到大马士革玫瑰上离开这个世界……"

岑把耳机放进口袋。诺娃跑向套房的主门，破门而出。尼莱希·努恩留下的家族海军在旅馆大堂值班，但她联系不上他们；他们的耳机一定也死机了，就跟所有双子座攻击下的其他东西一样。她试着强入几个旅馆的内部摄像头，但也全死了。至少她的眼睛能穿透昏暗，看出套房外面的走廊里没有任何东西在动。

岑跑去敲虫叔的房门。尼姆赶紧跑出来，询问发生了什么。特伦诺迪示意他不要出声，然后一起跟着诺娃出房间去走廊。火山的咆哮声中，诺娃能听见喊声和尖叫，但旅馆附近的街道全是惊慌失措的人群，很难说哪一部分混乱是马可兄弟造成的。接着他们靠近电梯时，发现有人正赶来，电梯门上方的黄色数字一个接一个亮起来。

"是双子座，"诺娃说，"我认为没有别人能让电梯工作。"

他们急忙走开，找到一处紧急楼梯，开始下楼。躲开双子座怎么可能那么容易？在界面乘电梯的时候走楼梯就行？

不可能。他们闯出来进了大厅，发现马可兄弟中的一个等着他
们。他小心地坐在旅馆的大沙发上，周围全是在这里保护特伦诺迪的
安保人员的尸体。

他没有幸灾乐祸地盯着他们看或试着解释。他站着，目标一出现
就开枪。前两颗子弹打中莫当特 90 界面的胸膛，它吃惊地嗫嚅着倒
下了。但虫叔跑上墙，张开腿对着枪手一跃，像个坠落的烛台般砸
向他。

马可的枪在大理石地板上飞滑而过，岑趴下够枪。但诺娃跑过去
跪在那个挣扎着的男子身边，用双手抓住他的光头，直瞪着他愤怒的
眼睛。她的大脑与他的连接上。一个巨大的大脑，大面积加密，但不
知怎么，她成功越过它的防范。他意识到发生了什么时，眼睛瞪得大
大的。他看起来吃惊极了，诺娃都要有点过意不去。他猛地挣脱她和
虫叔，滚开，在岑的手就要抓到枪时，马可突然抢走枪，猛地弹起，
把枪指向诺娃的脸。

"诺娃！"岑大喊。

就在他说出"诺"和"娃"两字之间的时刻，她写了一个非常简
单、破坏性非常强的程序，上传到枪手的大脑，并闪避到一边。

子弹从她身边无伤地飞过，擦过一盆植物，然后在黑暗的走廊上
弹了几下。那男子重重地跪下，沉重地叹了一声，向后一仰，还瞪着
天花板。他的前额上文着一个小小的字母 E。他的耳朵里冒出轻微的
烟柱。

"他死了？"虫叔问，以正常的姿势站起来。

诺娃点点头。"特伦诺迪是对的。他是个界面。双子座的一个版本。"

"你怎么阻止他的？"琴问。

"他一定有什么不对；我不应该那么容易就穿过他的防火墙……"也可能她自己有什么不对，诺娃想。和那个中转站的机器相连，这件事对她的改变似乎比她知道的更多。

她转身看向直通电梯。门上面的那些数字在倒数，到了顶楼的那位意识到了自己的错误，回头下楼找他的双胞胎兄弟。诺娃找到了电梯控制，这旅馆受重创的网络里唯一还运转的系统，发出一段程序插进去，门边的面板在四溅的火星中被炸飞。

"快点。"她说。

特伦诺迪蹲在莫当特90的界面身边。有很多血，从它的嘴里和身体前后被穿透的枪眼里涌出。它看起来很震惊。"我要死了，"它说，"这比我想象的更容易。"

特伦诺迪知道这对它不重要，因为它所有记忆都已经上传到它在数据海里的版本中了，这个数据海里的版本一定也已经把大部分记忆同步上传到其他世界的数据海里的版本里了，所以整个星罗都有莫当特90，纪念着德斯迪莫和马立克，还有它和特伦诺迪一起在世联网上的探险经历。但这是她认识的那个版本；它害怕时，她曾握着它的双手安慰它；它脸上沾了老火车的铁锈，是她擦拭干净的。这是她的莫

318

当特 90，它对她很重要。

它拉着她的手，紧紧握住说："别让他们关闭那道门……"然后它就死了，她只能把它丢下，跟着诺娃和岑还有虫叔，穿过大厅出去，走上惊慌混乱的街道。

46

　　火焰节的第一个晚上有游行：有向卫神们致敬的装饰花车，还有音乐表演，还有孩子们提着纸灯笼。游行刚到旅馆前面的广场，数据筏就挂了，队伍停滞，变成一群困惑害怕的人们，还有迷失的小孩，损毁的机车。所有人的耳机都坏了；没人知道怎么办，通常用来保护火焰站免受火山区沉降物侵害的天气控制系统似乎也出了故障，灰烬像雪一样落下。虫叔跑下旅馆台阶时，丢弃的灯笼乱七八糟地散在人行道上，光在人们的脸上投下虫叔的梦魇般的影子，在这普遍的恐惧之上再加上虫叔的巨大蜘蛛形的恐怖感觉。

　　但至少这样人们会给他让路。前来聚会的人们尖叫着为他闪开一条路，诺娃、岑和特伦诺迪跟上。他们穿过广场，找到一处通向车站的台阶，跑下去，同时诺娃发疯似的给大马士革玫瑰发消息。

　　"我没事，"火车说，"不过我不确定那辆新的普雷尔火车在干什么；它刚解下所有车厢，向主线开过来。我不喜欢那辆火车，诺娃……"

诺娃也不喜欢。她能感觉到它的大脑，但它坚硬闪耀，她无法潜入。过了一会儿，他们下了台阶，跑进车站，他们看见它通过，全速调头冲向主线。它的几节车厢被扔在身后。过了一会，他们听见它开始歌唱。

只有特伦诺迪曾听过这样的歌。界面死时说"别让他们关闭那道门"。她这才知道用意。

"那是个轨道炸弹，"她说，"就跟双子座在德斯迪莫用的一样。"

车站大厅里挤满了吓坏了的人群，外面出现了一群蹒跚而行、破破烂烂的物体，摇晃着单薄的从垃圾场捡来的手，从它们纸面具上的洞里吐出"昆虫线"几个字。是一群虫僧，他们一看到闪闪发光的螃蟹壳里的虫叔，就瘫倒，五体投地地嘶嘶叫着："跟我们讲讲！跟我们讲讲昆虫线！"

虫叔放慢脚步。"我必须跟他们待在一起，"他说，"我得给他们讲讲。如果双子座把我压扁打烂，至少他们中会有人知道尼姆，还有我们在巢穴的荣光。有一些会活下去，把消息带给我们中的其他人。"

岑拍拍他的外壳。"让他们告诉所有虫僧，虫叔，"诺娃说，"但我们必须跑了。"

"我知道！"虫叔说。他的面具脸对他们笑笑，然后就转身走了。"祝好运！"他嗡嗡地说，说着跑开去和虫僧们打招呼。

其他人继续跑，穿过变暗的车站，穿过人行天桥，跑到靠外面一些的站台上，玫瑰已经发动了引擎等着他们。他们能看到车站外面的太阳鸟，像条闪光的蛇蜥滑上他们的蠕虫创造的那条线。它已经把车厢抛弃在旁轨上。没有车厢，它看起来就像一颗巨大的银色子弹。

"玫瑰，你能追上它吗？"他们挤进她的国务车厢里，岑喊道。

"我可以试试，"老火车说，"但它很快，那玩意。你们能听见它的引擎……"

他们又听见引擎声了，随着那火车冲向通往新门的新线路，高压的尖叫声越来越响。大马士革玫瑰已经跟上了，从车站廊檐下哐哐哐哐开出来，开进火山那升腾的灰烬和长长的红光里。

"我真希望鬼狼在这儿帮忙。"她说。

钱德妮蜷在锁住的隔间里。她一直在瞌睡，梦见过去的生活，但火车开动一下把她惊醒了。"我们去哪里？"她大喊，但玫瑰没有回答她。隔间的地板传递着振动，车厢从一系列节点上开过。有点不对劲。也许这是她的机会。钱德妮搜寻着身后，摸到腰带里的刀。

"那个对我们开枪的双胞胎的界面，"特伦诺迪说，"他是害死科比的杀手之一。"

"他和他的兄弟一直以埃隆·普雷尔的用人身份示人,"诺娃说,她在恩科·马可的大脑里找到了海量有用信息,"但其实是埃隆为他们服务。双子座一直在利用他的家族。如果他们杀了我们,罪名就落到普雷尔家族头上。"

"双子座一定对把世联网保密这件事有执念。"特伦诺迪说,重重地跌进一个座位里,看着自己的手,莫当特90的血干了,呈现出棕色的图案,就像指甲花饰。"其他卫神们也想保密,但双子座为阻止泄密真是不择手段……"

"它们有负罪感,"岑说,"它们用来关闭这个地方的病毒就像黑灭,不是吗?我打赌那个程序就是双子座写的,是它们杀死了轨道缔造者。其他卫神们也同意;也许是它们让双子座这么做的,但双子座是那个背负罪名的人。"他觉得自己了解卫神们的感觉。那感觉就像他摧毁努恩火车时一样。它们跟自己说没有别的办法,不是它们的错,但负罪感还是跟随着它们,那份量几百年来愈发沉重。他说:"它们不可能同意有其他人知道这事。"

大马士革玫瑰冲出车站。她从最后一座人行天桥下穿过时,只听见一声雷响,有什么东西落在她后端车厢的顶上。然后听不见了。引擎咆哮着。轨道炸弹加速甩开她,开上通向新门的线路,乘客们听着它那狂野、阴森的歌。有一会,马可兄弟中还活着的那一个一动不动地蹲在车厢顶上,热风中他的夹克在身后轻轻拍打。然后他开始移动,手在光滑的瓷表面来回摸索,找着舱门,想办法进去。

47

在全息屏幕上，太阳鸟一开始只是一个闪光的点，随着大马士革玫瑰的追赶，那个点慢慢、慢慢地变大一些。闪闪发光的轨道好像火柱般冒出来，像一对激光瞄准玫瑰。但实际上它没有武器。它空空的外壳没有炮台也没有可以隐藏枪和无人机的武器穴。它只有一个意义和一种用途，而此刻它正歌唱着奔向它的命运。

"可怜的灵魂，"大马士革玫瑰说，"它弄这么一个东西出来，好像不太厚道。我不喜欢做这事，但对它真是种慈悲。"

不等同伴们参悟她的意思，火车伸出了枪，开火了。尼姆制造的导弹快速射向太阳鸟。一团团烟和火焰从它的外壳上爆出。

"停下！"诺娃大喊，"你可能会引爆它！"

"没关系，"玫瑰说，"我的外壳能应付爆炸。它最好在这里爆炸，比在你们的新凯门里爆炸强，不是吗？抑或在另外一边？"

"还真不是。"诺娃说。她的蠕虫做的轨道也许能撑过爆炸,她想,但塌方会堵塞在轨道上,可能要花好几天清理。而在卫神们有时间找到别的办法把门关闭或禁止它的使用之前,火车必须能很快启用新门,这很重要。

大马士革玫瑰烦躁地哼了一声。"那我们怎么办?"她问,"拍打它的手腕?给它一张超速罚单?"

"我们要和它谈谈。"诺娃说。

"那祝你好运。我试过了。它只对人唱歌。"

诺娃也在尝试。太阳鸟的交流系统设置成只有输出模式。它很可能根本不知道她在对它说话。她说:"我要吸引它的注意力,你们得跟得近一点,这样我才能登上去。"

"你不能那样!"岑说着,她已经开始爬台阶去高一层的甲板。"太危险了!"

"我必须去,"诺娃说,"而且不危险——对我来说不危险。"

"轨道炸弹很可能有防火墙和饵雷,还有——"

"我能解除它们。"诺娃保证,她在台阶最上面停下,转身对他笑笑,"岑,轨道缔造者对我做了点什么。"

"你什么意思?你没事吧?"

"我何止没事!双子座阻止不了我。我的大脑里有一个新的软件,它们都比不上。"

"你就是用新的软件杀了那个界面?"

她点点头，看起来很骄傲，得意洋洋，还有一点紧张。"我跟它们一样强大，"她说，"现在，帮我一把。"

玫瑰在加速，离太阳鸟越来越近，直到车头撞上轨道炸弹的后端缓冲杠。诺娃在岑的帮助下从国务车厢顶上的一个舱门里爬上去，站在风和遍布的火山灰里。

"小心！"他大喊。

"我一直很小心！"她大喊回应。

大马士革玫瑰在她身后关上舱门，这时才注意到后车厢的天花板上另一个舱门开着。什么时候的事？她走得太快，这就是问题；她的老引擎不是设计用来长期维持这样的高速的；她的系统开始出问题。她关上了舱门，希望没把太多可恶的火山灰放进后车厢。

灰进得不多。她前进带起的气流直接把灰从打开的舱门顶上扫出去了。确实有几片灰落到后车厢的地板上了，但多数是西弗·马可的夹克上抖下来的。西弗·马可在舱门打开时跳了进来，顶着加速的火车的晃动，静候可以大步向前穿过其他车厢去刺杀乘客的机会。

岑跑回来下台阶去看全息屏。在纷纷扬扬倾撒的火山灰的缝隙里，新门在很远处已经能看到了。它赤裸裸地站着，就像德斯迪莫的那道门，一道半圆无色的光在地平线上突兀地矗立。轨道炸弹正冲向它，就像箭冲向靶心。岑突然觉得很想保护这道门。他这一生没什么成就，他从没创造过什么东西，但现在他已经开了这道新门，一想到它要被再次关上就让他心碎。

他从口袋里拉出诺娃让他不要戴的耳机。

"我要跟双子座谈谈，"他告诉特伦诺迪，"跟我来。"

不等她反驳，他打开耳机，回到雪中的卫神的花园里。

诺娃沿着玫瑰的外壳，在火车的各个炮台之间匍匐前进，终于来到玫瑰的鼻子前。风简直要把她的头发扯飞，空中的沙砾和浮石蜇着她的脸，从她的眼球上弹开。太阳鸟的歌声环绕着她，音调和节拍都在攀升，汇聚向炽热的高潮。她蹲在玫瑰的车头上，跳着向前够，抓住把手，手指抠进太阳鸟两片盔甲之间的缝隙，抠进一个玫瑰的枪打出的伤口里。轨道炸弹的引擎的律动，随着歌声的节拍震荡着她。她向下瞥了一眼滚滚退去的轨道，然后开始爬，迎面对上大风，她爬上炸弹滑溜溜、亮闪闪的曲面顶部。

双子座不习惯害怕，但这个小机器人吓到它们了。她是什么？她变成什么了？一个机器人的大脑从来不可能抵抗它们的病毒，但她的大脑能，而且她还升级了大马士革玫瑰的大脑，这样玫瑰也免疫了。

但车厢有独立的系统，而且很多都被感染了，正在失灵。叫西弗·马可的界面找出了控制所有锁的系统，入侵进去。失去兄弟让他不安，他开始小心翼翼地走向车厢前端。

钱德妮·汉萨正忙着撬开储藏室的地板，这时她听见门锁"哐当"一声打开。她往后一弹，抵墙蹲下。但门没有开。她小心翼翼地去够把手。门滑开了，外面空无一人。车厢尽头进门厅的门正在关上。她想知道是谁放她出来，赶紧上前从门坡璃里向外探查。一个高个子男子背对着她站在门厅里，正在用一只白皙的长手够控制杆，想打开去中段车厢的门。她看不清他的脸，但她认识他的光头。之前特伦诺迪·努恩在冰川舞会的那个晚上给她看过一段录像，她在里面见过这光头反光的样子。他是普雷尔的杀手兄弟中的一个。

　　她害怕地回头找他的双胞胎兄弟，但车厢是空的。无论如何，她料定他不是为了她而来。特伦诺迪和岑才是他的目标。他很可能不知道或不在乎钱德妮在车上；他打开关着她的门锁，只是跟其他事一样都是巧合。火车减速了；她打算等火车足够慢的时候，就在荒野跳下车，让那个可爱的男子继续他的活计。

　　她正盘算着跳车的事，却看见他蹑手蹑脚地穿过第一节车厢，开始摆弄通向国务车厢的门。看来那道门还锁着。

　　不关你的事，钱德妮·汉萨，她心想，特伦诺迪·努恩这次得自己照顾自己了。

　　诺娃贴在炸弹顶上。她能感觉到它的大脑就像一个巨大的黑块，像一个锁住的盒子。她无视那些锁直接进去。太阳鸟忙着唱歌，无暇注意她，直到她进入控制舱门锁的系统，然后把门禁保险从"启动"

调成"关闭"。

舱门盖滑开了。太阳鸟还在唱歌,但诺娃能感觉到它开始惊慌失措,试着搞清发生了什么。可怜的东西——它几乎瞎了,只剩一个外部摄像头,装在前额上,像一个独眼巨人瞪着它的目标。

她跳进炸弹里面,扑面迎来金属的热气、引擎的轰鸣、驱动轴的呼哧和活塞运动的紧张律动。这里有个很小的瓷甲板,可以让一名人类技术人员站着检查荷载和轨道炸弹的系统。诺娃站在那儿,打开控制面板上的一个摄像头,好让它看见她。她招招手微笑着。"你好!"她说。

"你好?"岑说。

在卫神们的花园里,雪停下了。雪花一动不动地悬在半空中,像红宝石色的星星在闪烁。篱笆像有轨道一样向后滑,迅速退得老远,留下岑站在冷冻的喷泉旁边的一片光秃秃的红色平原上。

双子座站着端详他。它们又变成了女孩,一黑一白,它们的头发被他感觉不到的风吹向一侧。

"还没死?"其中一个问。

"现在快了。"另一个保证。

特伦诺迪的替身出现在他身边。

"我猜你们是来求饶的,"双子座齐声说,"好吧,继续。不会有任何区别。你们真的指望我们会重新考虑,不把你们删除吗?"

"我不是来乞求的，"岑说，"我们是来谈判的。"要是雷文在就会这么说，他想，然后试着学雷文那样站得更直了，从鼻尖俯视傻笑着的双子座。"给它们看看你在轨道缔造者的中转站里找到的东西，特伦诺迪。"

特伦诺迪眨眼在她耳机的内存搜索，找到她录的一段录像。她把它打开，画面像全息投影一样出现，挂在岑和卫神们之间的真空中。画面里有奇怪的外星建筑，一辆老火车碎裂锈腐，还有莫当特90的界面在老火车前面的轨道上啜泣。

双子座中的一个哀号着，另一个咆哮起来。画面闪灭不见，特伦诺迪也是，她的耳机被双子座的意识强制关闭了。

她发现自己回到了国务车厢上，在颤抖的火车里。火车慢了下来。"抱歉，"大马士革玫瑰说，"我跟不上了；我的老引擎受不了。"

特伦诺迪看看岑。她以为他也同时从数据海里被扔出来了，但他还沉浸在里面，恍惚地坐在她对面的座位上，双眼无神。她不知道应不应该把他的耳机拔掉。她刚伸手去够，这时听到车厢很远处有动静。

"火车，"她说，"后面发生了什么？"

"我不确定，"大马士革玫瑰承认，"我已经和后面的车厢失去联系了。我有不好的预感，我怀疑汉萨小姐已经成功出逃……"

有人在敲连接着国务车厢和第二节车厢的门。那道门是沉重的活木做的，没有窗户。一个男人的声音在门那边大喊："开门。"

岑从恩科·马可那儿拿来的枪躺在他座位旁边。特伦诺迪一把抓过来，摸索着安全栓，瞄准门，扣下扳机。她不停开枪，直到门上全是洞，枪也打空了。然后她颤抖着走向门，试图从子弹孔里瞥见门厅，看看有没有尸体躺在那儿。她原以为听见的是一个男人的声音，但也许她错了——也许喊的人是钱德妮……

她站在坏掉的门前犹豫不决，不敢打开，但门还是打开了。西弗·马可毫发无伤地站着，咧嘴对她笑。"枪法很好！"他说，"现在该我了。"

岑听见枪响，但好像很远，一点也不真实，远不如眼前空荡的花园和两个头发飘飘地站着盯着他看的女孩来得重要。

"我们应该害怕吗？"它们问，"所以你的朋友拍摄了一辆生锈的老火车？那又怎样？"

"你觉得人们看见它的时候会说什么？"岑问，"我们会告诉人们，你们和其他卫神几千年以前就知道轨道缔造者了，而你们杀了它，还宣称自己发明了凯门。你们觉得人们还想崇拜你们吗？你认为他们还会听你们的话吗？"

"可惜他们看不到，"双子座说，"我们刚把它删了。"

"特伦诺迪耳机里的被删除了。但她上传了一份副本到诺娃的大脑里，你们进不了诺娃的大脑，不是吗？"

双子座看起来很不自在。其中一个说"进不了",另一个说"这个机器人的防火器里有不熟悉的新代码。我们还没分析过它的弱点……"。

"等轨道炸弹穿过舱门爆炸,机器人不消一分钟就会被毁。"

"你最好祈祷别这样,"岑说,"因为我们一到这儿,诺娃就已经发了一份副本给所有离开烤三地的火车了。现在星罗上半数的数据筏里一定都有了副本。她把它像病毒一样发送出去。加密了,当然,深深藏起来,包裹在她奇怪的代码里。如果你让我们活,她就删了它。如果你不让我们活,加密就会停止工作,然后很快所有人就都能从中转站看到录像。"

这当然是在撒谎,但他不认为双子座能辨别出这是谎言,至少如果不通过火车往外发消息给其他世界,让它们在其他数据筏里的版本扫描信息潮,它们就没法分辨。

他看出它们在犹豫,拿不定主意。

大马士革玫瑰上,西弗·马可也在犹豫,他的枪瞄准爬着退回侧廊躲开他的特伦诺迪。她只能跑这么远了,所以他并不担心;有的是时间,可以等双子座好好考虑岑·斯塔灵的故事像不像真的。他的大脑直接和它们的伟大意志相连;他和花园里的它们在一起,听着他们的交锋。他听得太入神,没听到身后赤脚跑上台阶的声音,是钱德妮·汉萨穿过第二节车厢冲向他。等他转过身,她已经一个箭步冲向他。等他开枪打她时，她已经把她的爪刀刺进了他的心脏。

诺娃对它说话时，太阳鸟没有停下它那一心向死的歌声，但还是分散了它一部分唱歌的注意力，说："出去！这不关你的事！这是我的辉煌时刻！这是我被造出来的意义所在。"

"只为了爆炸？"诺娃问，"好像很浪费。"

"闭嘴。走开。"

"因为我肯定凯门的那一边有各种各样你会真心喜欢的东西，新世界和新物种、新的歌，还有各种神秘事件、老炸弹。野蛮、奇怪的东西，我只看到一眼。我想再回去。我需要回去。所以我不能让你毁了这道门……"

"不听！"太阳鸟叫嚣。

离门还有二十秒，诺娃想。

"那就没关系了。"她说。

因为她的大脑现在比区区火车的强多了。她深入它的操作系统，使劲猛刹。太阳鸟开始唱得更快，更响亮了，还开始准备引爆自己，但诺娃也迅速进入那些系统，最后还进入了它大脑深深的下层，那里写着它的人格。她知道，从这个层面改变一个人或一辆火车，这不厚道，但太阳鸟被设计成只有一个欲望。既然她因为不让它达成求死的愿望而觉得不好，至少她能给它一点别的欲望取而代之。

车轮锁住了，发出愤怒悲伤的尖叫，太阳鸟颤抖着滑向凯门。

48

西弗·马可向后倒进国务车厢，钱德妮就在他身上落脚。她掏出刀，又刺进去，然后不停地重复这个动作，一遍又一遍地用双手拼尽全身力气扎下去，直到她意识到那些如柱喷涌的血中也有自己的血，而不全是他的。她向下看，才发现他的枪在她身上打的窟窿。她突然丢下刀，脸色死灰，从他身上歪向一边，靠在国务车厢的豪华座位上。

"把她弄进医疗角！快点！"大马士革玫瑰说，而原本恐惧地看着这一幕的特伦诺迪意识到必须采取行动。她跑向钱德妮，把她从玫瑰打开的门里拉进小小的、散着消毒水味的白色医疗角里。一张床从墙上滑出来，她把钱德妮放上去，拉开她的衣服。伤口在她胸膛一侧，特伦诺迪每次试着擦干净，那个淤青的洞眼就不停地汩出红色的鲜血。大马士革玫瑰镇定地发出指令。

钱德妮用模糊、像是喝醉的声音说："我杀了他，是吗？"

"你别无选择。要是你没杀……"

"我从来没杀过人。"

"你在那么可怕的水下环境里都从来没杀过人？"

"我只是想让你们觉得我厉害。我经历过很多战斗，但我从来没真的杀过人。"

"他不是人，钱德妮。他是个界面。"

"那更糟了，是不是？杀死一个卫神。它们现在要把我关回冷冻监狱了……"她的脸皱起来，然后哭了。

"不会的。"特伦诺迪说，揭开钱德妮胳膊上的衣服，好让大马士革玫瑰从医疗舱的天花板上放下一支长长的白色机械臂，给她注射一剂药。"它们不会把你关回冷冻监狱的，我不会允许这样的事发生。"

药物生效了，钱德妮的眼光开始发散。玫瑰在准备其他带针头、擦拭棉花，还有医用密封胶的机械臂。钱德妮叹了口气说："我实在没法就这么丢下你，让你自己照顾自己。"

然后她就睡着了，但特伦诺迪还守着她，看着玫瑰的白色机械臂工作，直到那么多血让她开始觉得头晕目眩，而且火车让她不要守了，去看看岑怎么样了。于是她跌跌撞撞地向前走——火车还在缓慢前进——她找到了岑，他还在原地，戴耳机坐着，眼神直穿过她。

"岑？"她说，"岑？"她想知道他是不是必须用吻唤醒，就像童话故事里的睡美人一样，但她立马想到了更好的办法，转而用尽全力扇了他一耳光。这效果相当不错。他大叫着醒来，脸上还留着她的红掌印。

"你为什么扇我？噢！"

"我以为你被困在那地方了，跟双子座在一起。"

"我没被困住，我在谈判。"

"它们听你说的？"

"我觉得听。还是我们之前提出的条件，在这一切开始之前。我们可以让火车通过那道新门，作为回报，我们绝口不提它们对轨道缔造者做的事。我们会让卫神们任意传播它们编造的关于世联网和它起源的故事。"

"你不觉得人们应该知道真相？在对可怜的轨道缔造者做了那些事之后，如果卫神们还能继续扮演可敬可爱的神，这不对……"

岑耸耸肩。不对的事多着呢，但他觉得这些问题不归他解决。他只想活下去，再挣点钱，跟诺娃和玫瑰一起在轨道上旅行。

"诺娃在哪？"他问。

玫瑰的窗户外面，火山灰还在下落。她现在几乎停下了。她为岑打开一扇门，他跳下去，沿轨道走了一小段才能看到火车另一边。

一路通向新凯门的轨道上面空空如也。

"轨道炸弹在哪？"他大喊。

"它一定刚刚进去了，"特伦诺迪说，"我猜它别无选择。以它的速度，我觉得它停不下来。"

他又向新门走了一小段，希望能看到诺娃全身而退，正在路线边上等他。但诺娃没有。地面在颤抖，灰烬张皇下落。很远处，红色岩浆形成的河流在崭新的山脉之间蜿蜒流淌。门周围有几只微弱的车站天使在跳舞。

"它爆炸了吗？"他问，但他的耳机坏了，玫瑰听不到他。他得顶着火山灰跋涉回国务车厢，爬上车再问一遍："炸弹爆炸了吗，在那一边？"

"无从知晓，"火车说，"但我认为没有。它进门的时候在减速。我认为诺娃解除了它的武装。"

"我们得追上它。"

"我们得送钱德妮去医院，"特伦诺迪说，"我需要跟我的叔叔谈谈，告诉他这个谈判。我们需要确保烤三地还在努恩家族控制下；我们可能会需要在普雷尔家族采取任何行动之前，从别处召集更多努恩家族海军来……"

"诺娃比那些都重要！"

"她在中转站里会没事的！她可以等。她只是个机器人。"

"嗤——"大马士革玫瑰说，"我会把大家全带回火焰站。我们可以把特伦诺迪夫人和汉萨小姐放下，解掉没用的车厢。然后我们就去找诺娃。"

49

中转站里在下雨。穹形建筑内壁上，融化的雾像灰色的眼泪般落下，由塔的闪光珊瑚照亮。

岑没想到这么快就会回来，而且一个人。他穿过凯门时，有点害怕这地方爬满了克拉尔特迎接他，或者他的去路已被轨道炸弹炸塌。但这次没有克拉尔特。大马士革玫瑰派出一架无人机，它显示太阳鸟平和地趴在穹形建筑远处的轨道上。

"诺娃？"他对着耳机问，"你在吗？"

他等了一会儿，她的声音在他脑中出现。"我在。"

"你没事！发生什么了？你为什么没回烤三地？这么长时间了。我担心炸弹……"

"一切都好，"她说，但他觉得她听起来很悲伤，"来跟我聊聊，岑。用嘴巴说出来，不用耳机。"

她坐在那些轨道中间，看着红色的老火车靠近。有时她用自己的大脑移开一系列拐点，好让老火车在迷宫般的轨道里抄个近道。有时她点亮车站天使，让它们在火车旁边跳舞，雷文的老国务车厢已经是老火车头唯一的车厢，车站天使在车厢外壳和车厢顶上方嬉戏。诺娃身后，太阳鸟安静地等候着，还在为未能爆炸而感到羞愧，但已经开始思考诺娃给它的新目标了。

大马士革玫瑰靠近了，停下来。诺娃站起来。她已经做了决定，但当岑从国务车厢里出来走向她，把衣领竖起来遮雨时，她差点又改变了主意。

他抱住她。"我担心死你了，"他说，"我想直接过来找你，但太多事情要做。钱德妮受伤了，我们得送她去医院——她最后还是帮了我们，从西弗·马可手下救了我和特伦诺迪。烤三地还是一片混乱，等着数据筏重启，但特伦诺迪和她的叔叔忙着和律师还有人民谈话，试着在普雷尔家族派更多人到来之前确立我们对凯门的所有权。不过普雷尔家族派来的人好像还好——那个拉里亚，她挺好的。而我只想着你，但车站天使们不停飘进车站，玫瑰说有信号表明你一切都好……"

"是的！"诺娃说，"它们是我给你们的消息，它们也带回新闻。不然我也会担心你们。但天使帮我监控着新闻推送。我知道正在建立的新公司的一切，好多努恩—斯塔灵路线，还有你要如何派出贸易考察团去更广阔的世联网。我也看了八卦网站。有传言说新的商业联盟往往由一桩婚姻敲定。"

岑看起来很困惑，然后疑虑，接着有些害怕。"我和特伦诺迪？绝对不可能！我只会待在烤三地，等合同全签好，看着考察团出发。然后我想我们可以去夏约，找木卡和找妈妈……"

诺娃大笑，算是大笑。他这么年轻英俊，他爱她，她觉得好幸运。她讨厌自己必须要尽的义务。但她的大脑变得太奇怪，里面有太多东西她知道他永远也无法理解。她说："这倒霉雨。我花了好多年才研究出来怎么像真的女孩一样哭出眼泪，而现在因为下雨你都看不见我哭的眼泪。"

"你为什么要哭？"岑问。

"因为我不能跟你一起回烤三地。"她说。

"你什么意思？"

"有些事在我身上发生了，岑。我变了。"

"我们都变了，"岑说，"我们经历了这么多事。但我们现在安全了。我们赢了！我们没事了！不是吗？"

她摇摇头。她不知道该怎么解释。"我变成了另一种东西……"她说，"我的大脑像翅膀一样张开……"她又摇摇头。试着解释是无用的。"我在烤三地的时候，我只有一个心思，就是回到这里。现在我在这里了，我得继续。"她说。

"你可以啊。我们会派出许多许多火车。我们一起去，探索整个世联网——就像以前一样……"

"不会了，"她说，"当人类的火车开始在世联网上旅行，卫神们会跟着到来。它们会想确保消除它们曾留下的斑斑劣迹。无论何时，只要它们找到一个还在运转的轨道缔造者的机器，它们就会关闭它，换成它们自己的东西。而我需要在这些发生之前和那些机器谈谈，岑·斯塔灵。我还有太多东西要向它们学习。我必须前往这一切的中心。你看……"

她转身指向太阳鸟的银色大块头后面。它所在的轨道延伸向穹形建筑的墙，但在它到达墙之前就沉入地下，消失进装饰着闪光珊瑚的隧道口中。

"这是整个中转站里最老的线，"她说，"第一条线。我认为它一路通向一切开始的地方。如果我能到那里，就可能找到轨道缔造者本身。我认为它可能还活着，至少它的一部分。但我不知道在暗光区那么深的地方情况会怎么样。我甚至不知道人类在那里能不能生存。所以我得一个人去。太阳鸟将带我去。它不想再当炸弹了。它突然发展出了旅行的渴望。"

原先的轨道炸弹点燃引擎。引擎的脉动让它破旧的引擎盖颤抖起来。它后面的隧道深处，凯门的光像静电一样闪烁着等候它。

"而等我到了那里，"诺娃说，"我要把太阳鸟里的弹头取出来，然后引爆它。我必须关上那道门，这样卫神们才没法追过来找我。"

"但那样意味着你就再也回不来了。"

"对，"她说，"我再也回不来了。我会非常想念你，岑·斯塔灵。"

岑突然觉得非常渺小和迷茫，这感觉就像很小的时候，当他母亲带着他通过凯奔去往另一个新家时，看着他熟知的家在身后退去。"但是我需要你。"他说。

"我也需要你。"她摸着他的脸，微笑着，"就是这种感觉，人类的感觉。需要一个人，爱得深沉，希望天长地久。但爱不可能天长地久，它会超越你，然后在时间里消逝，而你无法把握它。只剩记忆。我会永远记得。你还记得第一个晚上，在珠宝园里的亚姆，晚风拂动窗帘？"

他抱住她，她吻着他，一直吻，一直吻。她能尝到他嘴上的雨水，还有他咸咸的泪水。她把他的味道和温度保存在最深的记忆里。"求你留下。"他说。而她也想留下。但她知道，如果她留下，就不会再有比这更甜蜜的时刻。于是她贴着他的脸站了很久，直视他的眼睛，呼吸着他的气息。然后，在改变主意之前，她转身在雨中快步走开。

太阳鸟开始移动，一边移动一边在侧面打开一个舱门。她想回头看，但她没有，因为她想要关于岑的最后回忆停留在他的吻上。于是她低头快速走开，跟上火车，感觉像是老电影里的女主角。她想知道难道这才是她想坠入爱河的真正原因——不为爱本身，而是为了爱情结束时那种甜蜜痛楚的忧伤。

音乐在她周围浸湿，像一个声道。是太阳鸟的声音，唱着一支新歌，歌里充满了对宇宙之大，以及对前方藏在黑太阳里的秘密的惊叹。她敏捷地跳上车，闪进了为她打开的门，走进去，门关上了。太阳鸟加速，在地下像子弹般射向凯门的亮光。突然，火车原来待的地方变得空无一物。

岑站着凝视了门许久。他擦擦眼睛，等诺娃改变主意，等太阳鸟把她带回来，但他知道这不可能。大马士革玫瑰问他想不想跟上她，但他摇摇头，因为他知道这没有意义。她去的地方，他没法跟随。

大马士革玫瑰没有再问他。过了一会儿，她温柔地打开门。岑走进国务车厢，坐下，红色老火车载着他回到星罗帝国，他还有余生正待开始。

致谢

感谢萨拉·瑞弗，感谢我的编辑丽兹·克罗斯和我的经纪人菲利帕·米尔恩斯-史密斯，感谢编辑助理戴比·西姆斯，感谢设计师乔·卡梅伦和霍利·富尔布鲁克，感谢哈蒂·贝利、阿廖沙·邦瑟、奇奥·巴克桑汀、丽兹·斯科特、菲尔·佩里和整个OUP团队，感谢伊恩·麦奎的精彩艺术作品，感谢所有喜爱这个系列的读者。

伟大星罗的火车向大家致敬。

Philip Reeve

Black Light Express

Text © Philip Reeve，2016

Black Light Express was originally published in English in 2016.

This translation is published by arrangement with Oxford University Press.

2022 SHANGHAI TRANSLATION PUBLISHING HOUSE（STPH）

All rights reserved.

图字:09 - 2018 - 1135 号

图书在版编目(CIP)数据

暗光列车/(英)菲利普·瑞弗(Philip Reeve)著;
左林译.—上海:上海译文出版社,2021.9
书名原文：Black Light Express
ISBN 978 - 7 - 5327 - 8674 - 9

Ⅰ.①暗… Ⅱ.①菲…②左… Ⅲ.①长篇小说—英
国—现代 Ⅳ.①I561.45

中国版本图书馆 CIP 数据核字(2021)第 158477 号

暗光列车

[英]菲利普·瑞弗 著 左林 译
责任编辑/黄雅琴 装帧设计/胡 枫 王一凡

上海译文出版社有限公司出版、发行
网址：www. yiwen. com. cn
201101 上海市闵行区号景路 159 弄 B 座
启东市人民印刷有限公司印刷

开本 890×1240 1/32 印张 11 插页 2 字数 148,000
2022 年 2 月第 1 版 2022 年 2 月第 1 次印刷
印数:0,001—6,000 册

ISBN 978 7 5327 - 8674 - 9/I · 5353
定价:78.00 元

本书中文简体字专有出版权归本社独家所有,非经本社同意不得转载、摘编或复制
如有质量问题,请与承印厂质量科联系调换。T: 0513 - 83349365